메인 근력
찾아드립니다

따인 근력 찾아드립니다

샤크 코치·에리카 코치 지음

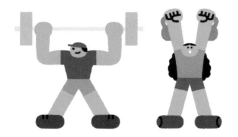

위즈덤하우스

눈 감으면 근력 떼어 가는 세상에서
내 몸 똑바로 챙기기

안녕하세요, 샤크와 에리카입니다. 한 명은 머리가 길고 한 명은 짧습니다. 인바디로는 둘 다 근육형 과체중으로 나옵니다. 실제로 덩치가 큽니다. 큰 만큼 힘도 셉니다. 서울에 여성 전용 체육관을 세 곳 운영하고 있고, 그곳에서 여자들을 우리처럼 단단하고 강하게 길러내고 있습니다. 앞으로도 더 많은 두껍고 건강한 여자들을 배출하는 것이 목표입니다. 아참, 한쪽이 종종 오해를 받긴 하지만 둘 다 확실히 여자가 맞습니다.

우리는 우연히 만나 함께 일하게 되기 전까지 꽤나 다른 삶을 살아왔습니다. 그런데 서로의 궤적을 되짚어보니 전혀 접점이 없던 각자의 삶에 어떤 공통 경험이 있다는 걸 발견했습니다. 살아온 형태는 달랐지만, 한국에서 가녀리지 않은 체형의 여자로, 몸 쓰는 걸 좋아하는 성격의 여자로 태어나 자란다는 건 어떤 삶이든 녹록지 않은 일이었습니다. 재밌는 건 그것이 우리만의 기억이 아니라는 점입니다. 운동을 가르치면서, 우리는 다른 여자들 역시 크든 작든 우리와 비슷한 경험이 있다는 걸 알게 되었습니다.

주로 '여자(애)가 도대체/왜/무슨/어쩌려고/역시'로 시작하는 썩 유쾌하지 않은 여성 집단의 기억은 서로 다른 개인의 조건이나 특징을 초월하는 어떤 절대적인 체험으로 보입니다. 심지어 지금 운동이란 것을 일절 하지 않거나 운동에 전혀 관심이 없는 여자들이어도 이 보편적 경험에 아주 예외는 없을 것이라 생각합니다. '난 그런 거 없었는데?' 싶더라도 이 책을 끝까지 읽다 보면 무언가 떠오르는 어렴풋한 기억이 있을 것이라 믿습니다(그러니 시험 삼아 이 책을 한번 끝까지 읽어보시길 바랍니다).

생각보다 많은 여자들이 자신의 몸과 친하지 않습니다. 그리고 그보다 더 많은 여자들이 자신의 몸을 부정적으로 인식합니다. 여자들에게 몸은 다그치고 조이고 깎아내야 하는 끝없는 담금질의 대상입니다. 그리고 이른바 '관리'의 지향점은 어쩐 일인지 단 하나뿐입니다. 이상적인 아름다움으로 향한다는 그 길은 말도 안 되게 좁고 가파릅니다. 과연 실제로 그 길을 통과할 수 있는 사람이 있기는 한 건지 도무지 믿을 수가 없습니다. 가능하거나 말거나, 오늘도 많은 여자들이 나이와 지위를 막론하고 그 험난한 길에 투신합니다. 투쟁의 담보는 바로 그녀들의 근력과 체력입니다.

바늘귀 같은 '예쁨', '마름'의 길을 걷기 위해 수많은 여자들이 근육과 건강을 희생합니다. 때로는 그것을 아까워하지도 않고 지긋지긋해하면서 말입니다. 우리는 그녀들에게 다른 길도 있다고, '여성스러움'에 예쁨만 있는 것이 아니라고 말하고 싶습니다. 많은 여자들이 징그럽다며 내던지고 있는 근육, 근력이 사실은 진짜 목표가 되어야 합니다. 어마어마한 볼륨의 이두근이나 입이 떡 벌어지는 스쾃 중량을 얘기하는 것이 아닙니다. 내 몸을 의지대로 움직일 수 있는 힘, 원하는 일을 해낼 수 있는 체력은 곧 내 삶의 자유도와 직결됩니다. 얼마나 자유롭게 살 수 있는가는 내가 얼마나 튼튼한가로 결정된다고 봐도 과언이 아닙니다.

그런데 왜 유독 여자들만 다른 길엔 눈이 가려진 채 자유의 반대 방향으로만 스스로를 채찍질하게 된 것일까요? 우리 두 사람도 한때는 마찬가지였습니다. 가녀리지 못한 몸을 혐오하고 원망했던 적이 분명히 있었죠. 그 생각이 과연 철저히 개인의 내면에서 자연적으로 발생했을까요? 경주마가 스스로 눈가리개를 쓰는 것이 아니듯, 여자들을 한 방향으로 몰아붙인 것도 여자의 외부에 있었습니다. 우리는 우리의 살아온 날을 들여다보면서 그 사실을 깨달았습니다. 여러분이 우리의 이야기를 들으며 알게 모르게 떼여버린 근력의 존재를 알아차리길 바랍니다. 걱정하지 마세요. 다 돌려받을 수 있습니다.

떼인 근력, 우리가 찾아드립니다.

차례

탯줄부터 근육질인 사람은 없지

운동하고 싶은데, 운동하기 싫어

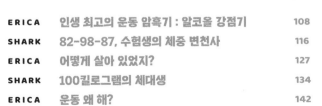

떼인 근력, 샤크짐에서 찾아드립니다!

탯줄부터
근육질인 사람은
없지

탯줄부터 근육질인 사람은 없지

최초의 기억은 하늘색 벽과 하늘색 천장이다. 나는 바닥에 뉘어 온몸이 꽁꽁 동여매인 채였고 처음엔 그것이 하나도 답답하지 않았다. 팔다리를 휘젓는 자유가 어떤 것인지 미처 알기 전이라 그랬을 것이다. 나는 오랫동안 멍한 상태였는데 그러다 별안간 놀랐고 곧 뒤이어 무서운 마음이 엄습했다.

내 세계를 뒤덮은 그 색은 채도가 낮아 탁하고 뿌옜다. 하늘색 먼지(먼지와 '하늘색'이라는 단어는 어울리지 않지만)와 안개에 둘러싸인 듯했다. 진짜 하늘이 아닌 것들이 하늘색을 띠면 무엇이든 대단히 인공적인 느낌을 주기 마련이다. 본래 단어가 가진 뜻이 청정할수록 그렇지 못한 현실과의 갭이 더욱 크고 위협적으로 느껴진다. 그러나 그때 나의 시각과 지력은 아직 원초의 상태로 그 기능을 개발하기 전이었기 때문에 모든 불안은 논리적 판단이 아닌 순전한 본능의 결과였다.

별안간 거대한 원이 내 시야의 약 6분의 1을 차지하며 불쑥 등장했다. 원보다는 살짝 위아래로 길쭉한 타원에 가까운, 자세히 보면 외곽의 울퉁불퉁함 역시 곡선이라 말하기 힘들지만, 역시 보다 보면 타원 외에는 딱히 표현할 적절한 형태도 없는 그런 오브제였다. 그것은 하늘색보다 더 감별하기 어려울 정도로 침침했으나 나와의 거리는 비교할 수 없이 더 가까워서 상대적으로 또렷했다.

그러나 그래봤자 '또렷한 어둠'에 불과했으므로 나는 이내 심한 두려움에 입술을 달싹였다. 그야말로 '난생처음' 마주하는 위협과 공포에 어떻게 반응해야 할지 미처 결정을 내리지 못하고 있는 사이 두 번째, 세 번째 검은 타원들이 잇달아 하늘색 배경에 등장했다. 그것들은 저마다 높고 새된 소리나 낮고 으르렁거리는 소리를 내며 나를 혼란스럽게 했다. 그 소리는 일정한 방향이나 순서도 없었고 하나씩 차례로 소리를 내는 것도 아니어서 나는 곧 어떤 것이 어떤 소리를 내는지 알 수 없게 되어버렸다. 그것이 나를 극도의 절망과 충격으로 내몰았다.

두 눈이 점점 크게 열리고 콧구멍도 있는 대로 확장되었으나 거친 숨은 코보다는 이미 아까부터 벌어져 있던 입으로 나왔다. 묶여 있는 몸속 심장이 마치 누군가가 미친 듯이 피스톤질하는 우물의 펌프처럼 날뛰었다. 폭발적인 심장의 움직임이 느껴지자 그와 대비를 이루는, 고정되어 무력한 나의 사지를 처음으로 인지할 수 있었다. 나는 그것들을 가능한 최대치로 그들 앞에 휘두르고 싶은 열망과 그럴 수 없음으로 인한 초조함을 동시에 느꼈다.

이 엄청난 시련 앞에 내가 할 수 있는 일이 아무것도 없다는 것을 깨닫는 것은 최초의 공포보다 더 나빴다. 최악인 것은 당시의 내가 죽음이라는 개념에 완벽하게 무지했으므로 '차라리 죽고 싶다'는 일종의 체념조차 할 수 없었다는 것이다. 이제 와 하는 말인데 포기와 좌절도 배워야 할 수 있는 것이다. 백지상태였던 나로서는 점점 명료해지는 의식, 감각 들과 함께 끝도 없는 캄캄한 절벽으로 영원히 추락하는 수밖에 없었다.

간신히 그러한 사실 하나를 깨우치고 나는 두 눈을 질끈 감았다. 오로지 콧구멍과 입만을 활짝 열어둔 채로 가능한 모든 근육을 온 힘을 다해 수축해 찌그러트렸다. 아직 눈물은 갖추지도 못한 나의 첫 감정적 울음이 터지자 타원 중의 하나가 여태까지보다 더 높은 소리로 외쳤다.

"어머! 애가 낯설어서 우네!"

믿거나 말거나, 이는 내가 기억하는 신생아 시절의 장면이다. 실제 기억인지 어린 시절의 내가 환상적으로 구성한 허구의 기억인지는 나도 모르겠다. 다만 과거에 대해 보통 사람보다 확실히 덜한 기억력을 가진 나에게도 상당히 또렷하게 남아 있는 어린 시절의 장면 몇 가지가 있는데, 그중에서도 이 기억은 꽤 생생하다. 나중에 물어보니 갓 태어난 내가 있던 조리원의 벽과 천장이 하늘색이었다고는 하더라.

나는 예정일을 보름 넘겨서 태어났다. 하루, 일주일이 아니고 2주 이상을 지난 보름이다. 내가 아주 영young한 나이는 아니지만 신생아 사진이 흑백일 정도로 옛날 사람은 아니기에 산부인과에서 예정일을 잘못 계산했다거나 하는 실수는 아니었을 것이다 (게다가 우리 엄마는 간호사였고 내가 태어난 곳도 외삼촌의 개인 병원이다). 보름이 지난 후에도 그 어떤 조짐은커녕 감감무소식이어서 엄마가 병원까지 걸어 들어갔다고 한다. 나는 분만 유도 주사를 맞고 태어났다.

태어날 생각이 아예 없는 딸 때문에 엄마는 유도 주사를 맞고도 기나긴 진통을 겪어야 했다. 엄마 골반뼈에 오랫동안 걸려 있어서 결국 흡입기로 나를 잡아 뺐는데 아마 다른 병원이었다면 진작에 제왕절개로 돌렸을 만한 난산이었다. 나는 한참을 골반 뼈에 끼어 있다 억지로 흡입기에 빨리느라 벌건 해남 고구마처럼 길쭉해져서 나왔다. 아빠는 아직도 나와의 감격스러운 첫 만남을 '마치 오징어 외계인이 나오는 줄 알았다'고 회고하곤 한다.

애를 먹이며 태어난 주제에 나는 탯줄을 끊고도 거의 1분 가까이 숨을 안 쉬었다. 때리고 흔들고 털고(?) 첫 폐호흡을 유도하기 위해 온갖 시도를 다 해도 반응이 없어서 외삼촌도 죽었구나…… 하고 포기하려던 순간 그제야 '삐이익' 울었단다. 전반적으로 순조롭게 태어나지는 못했다고 할 수 있다. 엄마 배 속에 반달이나 더 있고도 출생 당시 몸무게는 고작 2.8킬로그램. 외할머니는 나를 보고 '이렇게 작은 아이는 처음 본다'는 첫 소감을 밝히셨다. 나는 절대로 건강하다고는 말할 수 없는 아이였다.

건강하지 못한 조짐은 임신 초기부터 있었다고 한다. 엄마의 입덧은 멀미였다. 하루 종일 롤러코스터에 타고 있는 것처럼 어지러워서 먹은 것도 없이 계속 토했다. 보통은 임신 초기에만 그러고 중·후반기에는 식욕이 폭발하는 '먹는 입덧'을 한다는데, 엄마는 나를 낳기 직전까지 음식 냄새만 맡아도 속이 울렁거리고 살이 빠져서 어지럼증으로 고생했다(무슨 원리인지는 모르겠지만 아빠도 엄마와 함께 하루 종일 머리가 아프고 속이 메슥거리는 입덧을 의리로 같이 했다고 한다).

안 울려고 버티고 버티던 출생 당시와는 달리 한번 울음을 터트린 나는 밤낮없이 울어댔다. 특별히 불편한 데도 없이 주야장천 우니 애를 여럿 키워보신 친할머니도 얘가 큰 병이 있는 게 틀림없다고 엄마와 나를 병원에 보내셨다. 그러나 검진 결과는 의외로 이상 없음이었다. 아무 문제도 없는데 도대체 애가 왜 이렇게 죽어라 악을 쓰며 우냐는 질문에 의사는 이렇게 대답했다고 한다. "태어난 게 짜증나서 그렇습니다."

그렇다. 나는 벌컥 태어나버린 게 너무너무 싫어서 0세부터 삶의 의욕이 0에 수렴하는 약하고 신경질적인 아이였다. 지금은 겨드랑이 밑에 박쥐같이 펼쳐지는 활배근을 장착하고 있지만 태어날 때부터 아기장수마냥 겨드랑이 밑에 날개가 있는 건 아니었던 것이다. 탯줄부터 근육질인 사람은 없다. 나는 나의 점액형 기질을 극복하고 저체중으로 태어났지만 현재 BMI ☗ 24 이상으로 당당하게 인바디In Body ☗ 검사지에 근육형 과체중으로 표기된다.

당신도, 할 수 있다!

BMI　체질량지수. Body Mass Index의 약어. 체중(kg)을 키(m)의 제곱으로 나눈 값으로, 체지방량을 간단히 추정하는 데 쓰인다. 대한비만학회 지침에 따르면 BMI 23 이상이면 과체중으로 본다.

인바디 In Body　체내 수분, 단백질, 지방, 골격근의 양과 비율 등을 측정하는 검사를 체성분검사라고 한다. 인바디는 체성분검사를 할 수 있는 장비의 브랜드명인데 워낙 유명해서 체성분검사라는 말 대신 '인바디 검사'로도 통용된다.

배 나온 여자애 못 봤어요?

엄마 아빠는 항상 바빴다. 내가 태어나기 전부터 바빴고 지금 이 순간에도 바쁘시다. 엄마 아빠가 바쁜 게 당연해서 그게 바쁜 상태라는 것도 몰랐다. 안 바빠본 때가 있어야 이게 바쁜 거구나 비교를 하지. 그때나 지금이나 얼굴 보기 힘든 분들이다. 한 지붕 아래 같이 살면서도 그렇다. 룸메이트도 아니고 하우스메이트 같은 느낌이라고 해야 하나. 같은 고시원 사는 사람들이라고 해도 될 것 같다. 각자의 방이 세 들어 사는 집이고 공유하는 복도가 거실인 셈이다.

엄마는 의류 도매업을 한다. 출근은 9시다. 아침 9시가 아니고 밤 9시. 도매 시장은 심야에 열리기 때문이다. 남들은 돈 주고 가는 파리의 시간을 엄마는 매일 살고 있다. 치열하게 밤을 치르고 낮에 퇴근한 엄마는 비로소 밤잠 같은 낮잠, 밤잠을 대신한 낮잠을 잔다. 그러고 다시 어두운 저녁에 일어나 출근을 한다. 아빠는 엄마가 취급하는 의류를 생산하는 공장을 운영한다. 공장 관리만 하는 게 아니라 엄마가 가게를 오픈할 때도 가서 도와주고 퇴근할 때 마감도 도와준다. 그래서 아빠는 오전 9시에 출근하긴 하는데 퇴근을 거의 12시가 다 되어서 한다. 두 분 다 '어린아이'라는 요소가 함께하기는 어려운 생활 리듬으로 사시는 거다.

아빠는 낮에 아예 집에 존재하지 않았고, 엄마는 너무너무 피곤해서 준비물 사게 용돈 달라는 말도 붙이기 어려웠다. 그래서 맨날 준비물을 못 챙겨 가서 교실 뒤에서 벌을 섰다. 솔직히 우리 집이 가난한 건 아닌데, 오히려 썩 잘 버는 편인 거 같은데도 나는 빈곤 가정의 아이처럼 지냈다. 나는 엄마 아빠 대신 할머니들 손에 컸다. 서너 살 때까지는 외할머니댁에 있었고 외할머니가 돌아가시고 난 뒤에는 초등학교 저학년 때까지 입주 도우미 할머니들이 나와 동생을 돌봐주셨다. 두세 분 정도의 할머니들을 거치고 나서는 집안일만 해주시는 분이 매일 오셨다. 그때부터는 딱히 돌봄이란 걸 받지 못했다. 초등학교 입학식 때 처음이자 마지막으로 할머니가 와주셨고 그 이후로는 고등학교 졸업할 때까지 모든 입학식, 졸업식, 운동회 같은 행사에 누가 보러 온 적이 없었다. 부모님은 아마 그날이 그런 날이었다는 것도 몰랐을 것이다.

너무나 열심히 사는 그들이 딱히 원망스럽진 않았다. 사실 외롭거나 서러운 것도 잘 몰랐다. 역시, 비교할 게 있어야 말이지. 양육에 있어서 엄마 아빠의 최대한의 노력은 먹을 것을 사다 쟁여놓는 것이었다.

엄마 아빠는 나름 어린애 입맛에 맞을 만한 여러 가지를 박스 단위로 넉넉히 채워두셨다. 라면, 스팸, 냉동 만두, 캔 참치, 빵, 과자 이런 것들. 뭐 하나에 꽂히면 질리지도 않고 그것만 반복하는 나의 성격은 그때부터였는지, 할머니가 계실 때는 맨날 라면 끓여달라고 졸라서 정말 매일같이 라면을 먹었다. 할머니가 안 계시게 된 이후에는 끼니마다 스팸을 한 캔씩 먹었다. 데우지도 않고 그냥 까서 숟가락으로 밥이랑 푹푹 퍼먹었다. 과일이나 채소 같은 건 입에 대지도 않았다. 사실 엄마 아빠부터가 딱히 그런 걸 챙겨 드시는 스타일이 못 된다.

그러니까 내 식사량이나 영양 구성 따위를 제한하는 사람이 아무도 없었다는 말이다. 할머니들이야 아이들 해달라는 대로 다

해주시는 분들이었고. 사실, 돈 받고 일하는 입장에서 인계받은 내용도 없는데 굳이 신경 쓸 부분이 아니긴 했다. 그래서 나는 아무런 제지도 받지 않고 앉은자리에서 과자를 세 봉지씩 뜯어 먹었다. 어쩌다 커피크리머(그러니까, 프리마)를 맛봤는데 달달하니 너무 맛있어서 프리마 왕창 붓고 설탕 왕창 부어 만든 나만의 음료수를 벌컥벌컥 마셔 배를 채우기도 했다. 지금 생각하면 정말 경악스러운 일이다.

내가 늦게까지 밖에서 놀면 잠깐 같이 살던 삼촌이 날 찾아다녔다. "배 나온 여자애 못 봤어요?"라고 사람들에게 물어보면서. 나는 어떤 티셔츠를 입어도 배가 다 안 덮이고 배꼽이 보이게 끝자락이 떠 있었다. 나를 찾는 데는 다른 어떤 묘사보다 그게 직방이었다. 사실 굳이 여자애라고 안 하고 "배 나온 애 못 봤어요?"라고만 했어도 모든 이웃이 손가락을 들어 내가 있는 곳을 가리켰을 것이다.

내내 소아비만이었는데 초등학교 졸업할 때까지 한 번도 살을 빼야겠다는 생각을 하지 못했다. 빼고 싶었던 적도 없었다. 체중에는 전혀 신경을 안 썼지만 체격에는 신경을 좀 썼다. 유치원 때 내가 키로 여자애들 중에 뒤에서 두 번째였는데, 그게 그렇게 짜증이 났다. 내가 제일 커야 하는데. 몸무게(kg)가 '키(cm)-100'을 초과한 건 이미 초등학교 2학년 때부터였다(이건 흔히 하는 비공식 과체중 식별 계산법이다. 보통 키-100을 정상 체중의 마지노선으로 친다). 그럼에도 돼지나 뚱보라는 소리는 듣지 않았다. 그냥 살만 찐 게 아니라 골격 자체가 거대해서 그랬던 것 같다. 대신 가끔 흑곰이나 멧돼지라고 불렸다.

중학교에 올라가니 여자애들이 다 유행처럼 다이어트를 했다. 누가 방학 동안 살을 쫙 빼서 개학 때 나타나면 반 전체가 난리가 났다. 다들 그 애 책상에 달라붙어서 도대체 비결이 뭐냐고 아우성을 치며 물어봤다. 그럼 하루에 밥 두 숟갈만 먹기를 2주 동안 했다는 식의 대답이 돌아왔다. 이 또한 경악스러운 일인데 그땐 다들 경악 대신 경탄을 했다. 정말 대박이라고 너무 부럽다고, 나도 해봐야겠다고. 내일부터 당장 두 숟갈 다이어트 들어간다고.

분위기가 그러니까 나도 그게 좋은 건가 하는 마음이 들었다. 마르면 좋은 건가? 마침 그 무렵 내게도 취향이라는 게 생겼다. 이제 옷을 아무거나 주워 입지 않고 좀 고르게 됐다. 입고 싶은 스타일도 생겼는데 그래도 그게 미니스커트나 블라우스 같은 소위 '여성복'은 아니긴 했다. 나는 면바지에 셔츠를 입고 싶었다. 그래서 뱅뱅, FBJ 같은 매장의 남성복 코너에 가서 몇 번 시도해봤는데 안 맞았다. 몸이 어떻게 들어가더라도 핏이 구렸다. 내가 머릿속에 상상하던 모습이 아니었다.

그래서 중1 때 처음으로 체중을 좀 빼야겠다고 생각했다. 마침 나랑 덩치가 똑같던 친구도 다이어트 선언을 해서 같이 먹는 양도 좀 줄이고 줄넘기도 좀 하고 평소보다 좀 더 걷고 했다. 먹는 양을 줄였다고 한들 남들 평범하게 먹는 정도긴 했지만 우리에겐 엄청난 고통이었다. 일반식은 크나큰 절제심과 인내를 요구했다. 그러다 결국 친구가 먼저 성질을 냈다. "야 내가 내 돈 주고 비싸게 살찌웠는데 이걸 왜 빼야 돼!" 듣고 보니 그럴싸했다. 나는 또 설득되어서 의리 있게 함께 다이어트를 때려치웠다.

중학교 내내 몸무게가 80킬로그램 초반에서 왔다 갔다 했다. 그러다 졸업 전에 다시 스멀스멀 내가 생각하는 멋진 스타일로 입고 싶은 열망이 커졌다. 두 번째로 다이어트를 시작했다. 방법은 똑같았다. 근력운동, 근육량, 기초대사량 이런 거 하나도 모르니까 대충 적당히 먹고 줄넘기하고 또 걷고. 이번엔 성공이었다. 무려 72킬로그램을 찍었다. 너무 기분이 좋아서 쇼핑도 하고 드디어 멋쟁이 신사처럼 면바지에 셔츠도 입었다. 바로 약속을 잡고 친구들을 만났다. 두근거리며 그들의 감탄을 기다리는데 친구들이 깜짝 놀라며 외쳤다. "너 왜 이렇게 얼굴이 길어졌어?"

볼살이 다 빠지니까 얼굴 가로 폭만 줄어서 나는 그만 오이지가 되어버렸던 것이다. 살 빠진 건 안 보이냐고 툴툴거렸더니 그건 잘 모르겠고 몸이 작아지니까 얼굴이 엄청 더 커진 것 같다는 소리만 해댔다. "아!" 그리고 친구들은 한마디를 덧붙였다. "어깨도 더 좁아 보여!" 내 골격과 체형은 생각 안 하고 무턱대고 살만 뺐더니 전반적인 비율이 어색해진 것이었다. 친구들은 다들 다이어트 전이 더 나은 것 같다고 서로 고개를 끄덕였다. 그래서 나도 그냥 살기로 했다. 다시 행복하고 자연스러운, 나에게 더 어울리는 80킬로그램의 삶으로.

사실 '야식은 되도록 먹지 않는 것이 좋다'거나 '라면을 너무 자주 먹으면 몸에 좋지 않다'는 등의 지극히 상식적인 개념을 나는 대학교에 가기 전까지 꿈에도 모르고 살았다. 대학 동기들이 "늦은 시각엔 살찌니까 잘 안 먹지"라고 당연한 듯이 얘기하는데 나는 조용히 마음속으로 큰 충격을 받았다. 다른 사람들은 평소에도 저렇게 식욕을 조절하면서 적정량만 먹고 사는구나. 나는 먹고 싶은 욕구를 (입시 체육 때와 이 두 번의 다이어트 시도 때 외에는) 전혀 참아본 적이 없는데(물론 대학교 4학년 전까지 얘기고 이후로 숱한 시도와 실패를 경험하게 된다……).

무분별하고 위험한 다이어트도 당연히 좋지 않지만 너무 무절제하고 무신경한 식습관도 그만큼 건강하지 못하다는 것을 나는 살면서 양극단으로 다 체험해봤다. '어렸을 때 누군가가 나를 좀 더 바르게 지도해줬으면 좋았을걸'이라는 생각이 가끔 들기도 한다. 하지만 뭐든지 단점이 있으면 장점도 있는 것이다. 양육자들의 무관심이 어떤 면에서는 좋은 작용도 했다. 비록 식이는 엉망이었지만 나는 '여자애는 이러이러해야 한다'는 간섭과 잔소리를 거의 들은 적이 없다.

자라면서 여자애가 뚱뚱해서 어쩌냐는 말도 별로 들은 적이 없고 여자애가 옷차림이 그게 뭐냐는 소리도 딱히 들어본 적이 없다. 나는 초등학교 입학 이후에도 남동생과 집에서 람보 놀이를 했다. 청바지에 아빠 벨트 훔쳐 차고 웃통을 깠다, 완전히. (소아비만이라) 벌써 약간 봉긋한 가슴을 다 드러내놓고 장롱 문 뒤에 숨어서 총 쏘는 시늉을 하고 소파를 데굴데굴 구르고 별짓을 다 했다. 나는 나의 자유로운 어린 시절에 대부분 만족한다.

좋은 습관도 배우지 못했지만 대신 특정한 편견도 접한 적이 없는 것이다. 서른 중반이 된 현재까지 우리 집은 '너 머리가 왜 이렇게 짧니, 머리 좀 길러라', '너는 왜 치마를 안 입고 다니니', '여자애가 왜 이렇게 팔자걸음으로 걷니' 같은 사회적 압박으로부터 자유로운 코르셋-프리 존이다. 나의 가장 프라이빗한 코어 공간이 무한히 자유로웠기에 나는 거기서 축적한 힘으로 집 바깥 세계에서도 서슴지 않고 '여자들아, 자유롭자!'고 말할 수 있다. 그건 누가 뭐래도 나의 타고난 행운이다.

그 집 딸이 그랬잖아요!

양재동 주택에 살던 미취학 아동 시절, 그 동네 얼라들 사이에서는 팽이치기가 인기였다. 요즘(이라는 단어를 쓰는 점에서 이미옛날 사람 확정이구나라는 뼈아픈 현실을 잠시 자각해본다) 애들은팽이를 탑블레이드 따위의 멋진 메이저 브랜드 아파트 이름 같은 고유명사로 부르는 듯하다. 그걸 탑건스피너(?)라는 총 같은걸로 쏴서 무려 전용 경기장에서 배틀을 붙는다고 한다. 자본주의의 첨예한 발달로 유년 시절의 추억을 공유하는 데도 꽤나 많은 지출이 요구되겠구나 싶다.

나와 동네 친구들이 돌리던 그때 그 시절 팽이는 꽤 무겁고 단단했다. 끝에 무쇠 못 같은 것이 달려 있었는데 집 안에서 뒤집혀 있던 팽이를 잘못 밟아서 발바닥이 쪽 찢어졌던 기억도 난다. 그걸 돌리려면 운동화 끈보다 조금 더 굵고 탱탱한 전용 줄이 필요했다. 꼭지에 한 바퀴 감고 풀어지지 않게 압력을 잘 조절해가면서 밑에서부터 촘촘하게 감아올리는 게 포인트였다. 적절히 끈의 말미를 남기고 손목의 스냅을 이용해서 좌악 뿌려주면 울퉁불퉁한 아스팔트에 스키드 마크를 남기며 쇠못 팽이가 돌아갔다.

다른 동네에선 어땠는지 모르겠는데 우리 동네에서는 팽이 제일 잘 치는 애가 짱을 먹을 수 있었다. 그래서 내가 짱이었다. 여자애들은 보통 팽이치기보다 공기놀이를 했는데 나는 공기놀이도 하고 팽이도 쳤다. 공기가 섬세함과 정확성, 순발력을 요구하는 게임이었다면 팽이는 근력과 민첩성, 균형 감각을 요구하는 스포츠였다. 스킬을 발휘하려면 어느 정도의 유연성과 협응력도 따라줘야 했다. 둘이 분야가 완전히 다르고 각각의 재미가 있음에도 여자애들은 공기놀이만 하고 남자애들은 팽이만 치는 게 그때도 좀 이상하다고 생각했다. 둘 다 하면 두 배로 재밌는데, 바보들!

공기는 그냥 평범에서 중상위 정도의 수준이었는데 팽이는 지금 생각해봐도 정말 잘 쳤다. 요즘처럼 자본주의로 바를 추가 아이템이 없었는데도 내 평범한 팽이의 스핀은 강력했고 다른 팽이들을 다 쓰러트리고 난 후에도 오래오래 한참을 돌았다. 어떻게 그런 게 가능했지 싶은 묘기도 자유자재로 구사했다. 나는 돌아가는 팽이를 공중에 띄워서 다시 양손으로 잡은 줄 위에 얹을 수 있었다. 흡사 영화 〈왕의 남자〉에서 줄을 타던 공길과 장생처럼 그 위에서 원하는 대로 좌우로 왔다 갔다 이동시키기도 했다. 애들의 감탄을 즐기다 다시 아스팔트 위에 안착시킬 때까지 팽이는 한 번도 멈추지 않았다.

공기놀이는 여자애들이나 하는 거라고 생각하던 꽉 막힌 남자애들도 여자인 내가 짱이 되는 것에는 이견이 없었다. 내 팽이 실력이 그만큼 압도적이었는지, 그네들이 (아직) 거기까지 편견을 학습하지 않았던 덕인지는 잘 모르겠다. 어느 쪽이든 소 뒷걸음질 치다 쥐 잡는 격으로 묘한 아이러니적 개방성을 보이며 남자애들은 나를 인정했다. 나는 혹시나 있을 반발을 초장에 잡기 위해 단번에 호칭부터 정리했다. "그럼 니네 다 이제부터 나 대장이라고 불러." 인성 발달이 덜 된 시절이었다.

공식 대장이 된 나는 본격적으로 남자애들을 우르르 끌고 다니며 온 동네에서 활개를 쳤다. 크루에 속하려면 하루에 최소 한 번은 내가 정한 '모험'을 해야 했다. 내가 정한 가지까지 나무 타고 올라가기, 그네로 120도 이상 각을 그리다가 정점에서 멀리뛰기 하기 등등 다양한 항목이 있었는데 가장 많이 한 것은 남의 집 담장 넘기였다. 집 안에 들어가거나 뭘 가져오는 등의 나쁜 짓을 하지는 않았다(이미 남의 집 담장을 넘는 것이 주거침입죄이긴 하지만……). 그냥 스파르탄 레이스 같은 구조물 달리기를 하듯이 담장을 넘자마자 다시 넘어서 돌아오는 것이 미션이었다.

나는 항상 대장으로서 먼저 시범을 보였다. "자 봤지! 이렇게 하면 되는 거야!"라고 데모를 시연하면 이인자를 차지하고 싶은 아이들이 너 나 할 거 없이 달려들어서 따라 했다. "나도 했다!", "내가 더 빨리 함!" 하며 옥신각신하는 애들한테 너그럽게 "오 잘했네. 빠르네"라고 평가를 내려주는 것까지가 내 역할이었다.

주택단지였기 때문에 담장은 골목을 따라 빼곡히 서 있었고 매일매일 새로운 타깃을 정할 수 있었다. 스릴의 역치는 반복될수록 점점 높아지기 마련이다. 집단으로 행하면 그 속도는 더욱 빨라진다. 나는 매번 더 높고 더 어려운 담장을 찾아내야 했고 찾아내면 속으로는 겁나 쫄리면서도 남자애들 앞에서 머뭇거리거나 헛발질하는 모습을 보이지 않도록 의연함을 연기해야 했다. 그러던 어느 날 마침내 최종 보스를 만났다. 높은 담장 위에 그보다 더 높게 철로 된 펜스를 둘러친 집이었다.

내 뒤를 따라나선 남자애들도 "아, 이건 좀……" 하면서 조심스레 철수 의견을 내었지만 그렇기 때문에 더더욱 나는 물러설수 없었다. 다들 겁을 집어먹는 일을 해내는 것, 그것이 대장의 본분이자 나의 '가오'였다. 눈을 질끈 감고 담벼락에 손을 짚었다. 벽돌 위까지 올라가는 일은 쉬웠지만 날카로운 창 같은 펜스의 끝과 마주하자 가슴이 서늘했다. 조심스럽게, 그러나 쫀 것처럼 보이지는 않게, 최대한 여유로운 척, 내가 펜스를 넘어갔다가 곧 점프해 마당 안으로 착지하자 담장 밖에서는 "와!" 하는 함성이 터져 나왔다.

나는 아무도 보지 않는 담장 안쪽에서 몰래 안도의 한숨을 내쉬고 한결 가벼워진 마음으로 다시 담장을 올랐다. 빨리 다시 나가서 내게 환호하는 얼굴들을 내 눈으로 직접 보고 싶었다. 쿨하게 '별거 아니네. 쉽네'라고 말하고 싶었다. 그렇게 비죽이는 입꼬리를 내리누르며 다시 펜스를 넘는 순간, 방심하고 말았다. 니트 소재로 된 상의가 뾰족한 펜스 끝에 걸려버린 것이다. 한 올이 펜스에 걸린 줄도 모르고 나는 성급히 뛰어내렸고 그대로 펜스에 뒷덜미가 잡힌 채 대롱대롱 매달리게 되었다.

남자들의 의리란 습자지처럼 얇은 것이었다. 내가 덜렁 매달리자 나의 용기와 수행 능력에 찬사를 보내던 그들은 귀신이라도 본 것처럼 "으아악" 소리를 지르며 한순간에 사방으로 흩어졌다. 실제로 몇몇은 어린 마음에 내가 귀신한테 붙잡혀서 공중에

떠 있는 거라 오해했을 수도 있겠다 싶긴 하다. 하지만 대부분은 이미 남의 집 담장을 몰래 넘는다는 위법적 행위로 긴장이 머리 끝까지 차 있다가 돌발 상황이 트리거가 되어 도망을 갔을 것이다. 잔뜩 긴장한 고양이가 앞에 도토리 한 알만 떨어져도 미사일처럼 튀어오르듯이.

니트는 애매하게 튼튼해서 한참을 발버둥 쳐도 찢어지지 않았다. 안에 아무것도 입고 있지 않아서 옷을 벗어버릴 수도 없었다. 왜 여성의 상의 탈의는 터부시되는가 하는 여성주의적 토플리스 의제를 고민하기엔 너무 어렸기 때문에 상의를 벗는 옵션은 일찌감치 포기했다. 그래서 남은 선택지는 그저 하염없이 매달려 있는 것뿐이었다. 빈집은 아닌 것 같았는데 그 시간에 사람이 없었는지 아무도 나와 보지 않았다. 하긴 집 안에 누군가 있었어도 설마 자기네 집 담벼락에 어린애가 걸려 있을 거라는 생각은 미처 하지 못했을 것이다. '대추나무 사람 걸렸네'도 아니고.

그날따라 골목길엔 인적이 드물었고 나는 꽤 오랜 시간을 멍하니 매달려서 앞으로 대장으로서의 나의 입지에 대해 생각했다. 해가 넘어갈락 말락 할 무렵 엄마가 왔다. 도망친 남자애들 중에 그래도 약간의 의리가 남아 있던 애가 (저녁 먹을 때가 돼서야) 자기네 엄마한테 나의 상황을 말했고 그 집 엄마가 우리 엄마에게 연락을 해본 모양이었다. 엄마는 퇴근하고 돌아오는 길이라 스

32

커트 정장에 구두를 신고 한쪽 어깨에 핸드백을 메고 있었다. 나는 엄마를 보고도 아무 말도 안 했고 엄마도 아무 말도 안 했다. 엄마는 지친 얼굴로 내 겨드랑이 밑에 양손을 넣고 단숨에 나를 펜스에서 뽑아냈다.

집에 돌아오는 길에도 특별히 혼나지 않았다. 집에 도착할 때까지 엄마가 아무 말도 안 해서 혼나고 자시고 할 것도 없었다. 이게 내가 저지른 1만 8621여 개의 사고 중 하나여서 지쳐버렸던 걸까. 돌아오는 길에 간간이 내쉰 엄마의 한숨의 이유가 나 때문에 속이 터져서였는지 아니면 그나마 경미한 사건에 속해서 다행이라 생각해서였는지 문득 궁금하다.

담장 사건이 있기 불과 며칠 전에는 옆집 남자애 피부병 사건이 있었다. 그 연타를 생각하면 엄마의 한숨이 이해되기도 한다. 엄마가 시장에 가는데 옆집 아줌마도 마침 아들 손을 잡고 집을 나서던 중이었다고 한다. 그 집 아들 목이며 가슴팍이 온통 벌겋길래 우리 엄마가 "어머 피부병인가 봐요!"라고 스몰토크를 건넸다(간호사였던 엄마의 직업적 오지랖이라고 할 수 있겠다). 그러자 그 아줌마가 엄마를 매섭게 쏘아보며 말했다. "그 집 딸이 그랬잖아요!"

벌건 자국은 나에게 줘 터진 자국이었다. 뭐 때문이었는지는 기억이 안 나지만 아마도 그 남자애가 뭔가 잘못했을 것이다. 나의 화려한 연타 공격에 남자애는 바로 케이오되었고 나는 당연히 한 대도 안 맞았다. 나에게는 싸움의 흔적이 전혀 없었기에 엄마가 눈치채지 못했던 것이다. 엄마는 너무너무 창피하고 미안해서 한동안 집을 나설 때 그 집 식구들과 마주칠까 봐 고개를 못 들고 다녔다고 한다.

엄마는 종종 내가 꼭 나 같은 딸을 낳아서 업보를 받아야 한다고 말한다. 맞다. 나는 만약 내 딸이 (결혼 계획도 없고 출산 계획은 더더욱 없지만) 다른 남자를 패고 들어온다면 엄하게 혼낼 것이다. 우리나라는 법치국가이고 사유가 무엇이든 먼저 폭력을 행한 사람, 일방적으로 폭행을 가한 사람은 위중한 처벌을 받기 때문이다. 민사까지 가면 상당한 금전적 배상을 해야 할 수도 있다. 자본주의 사회에서는 맞는 것이 이기는 것이다. 그러니 존재할 일 없는 내 딸아, 시비가 붙어도 가능한 한 참아라. 어쩔 수 없이 사람을 패게 되거든 되도록 너보다 강한 남자를 패거라. 약자를 괴롭히는 건 비겁하니까. 뒷일은 이 엄마가 어떻게든 해볼게.

SHARK

그 남자애가 좋아서가 아니라

    여섯 살 겨울 무렵 지금 살고 있는 아파트에 이사 왔다. 이웃에는 나와 나이가 같은 남자아이가 있었다. 자연히 같은 초등학교로 진학했다. 같은 반이 된 적은 딱히 없었던 것 같지만 그래도 동네 친구로 단짝처럼 어울려 놀았다. 나보다 키가 조금 작았나? 자라면서 키가 같아진 때도 잠시 있었던 듯하다. 하지만 그 아이가 나보다 컸던 적은 한 번도 없었다. 키가 아니라도 전체적인 체구가 항상 나보다 작은 느낌이었다.

    반대로 나는 아주 어릴 때부터 컸다. 유치원 때 사진을 보면 내 얼굴만 다른 아이들 정수리 한 뼘 정도 위에 있다. 초등학생이 슬쩍 섞여 있는 것처럼. 키와 덩치만 큰 게 아니라 힘도 셌다. 이웃집 남자아이와 어울려 놀 때면 장난으로 서로 투닥거리며 몸싸움을 벌일 때가 많았다. 진짜로 싸우거나 힘줘서 때린 건 아니었지만 그때마다 느낄 수 있었다. 내가 마음만 먹으면 진짜 이 아이를 패버릴 수 있다는 것을.

사회화가 덜되었던 탓인지, 그래서 더 동물적인 본성에 충실했던 탓인지 나는 본능적으로 내가 그 아이보다 서열이 높다고 여겼다. 그 남자아이와 굉장히 친밀했고 그 애를 억압하거나 괴롭히려는 마음은 추호도 없었지만 그것과는 별개로 암묵적 서열이 결정된 건 사실이었다. 신체적 차이와 힘의 우위가 자연스럽게 무의식에 영향을 미친 것이다. 나는 언제든지 그 남자아이가 마음에 안 들거나 거슬리면 실컷 패버릴 수 있었지만 친구 사이에 그래선 안 된다고 배웠기 때문에 그러지 않았다. 아마 그 남자애도 느끼고 있었을 것이다.

그래서였을까, 초등학교 2학년으로 올라가던 해에 그 남자애가 갑자기 태권도장에 다니겠다고 선언했다. 아마 나 때문에 등록한 것이 맞을 것이다. 나는 그 아이에게 잘해줬지만 그건 고릴라가 혹시 병아리를 터트릴까 봐 아주 조심스럽게 쓰다듬는 그런 종류의 매너였으니까. "나 태권도장 등록했어"라는 그 아이의 말을 듣자마자 가슴이 쿵 떨어지면서 심장이 빨리 뛰었다. 그 아이가 지금껏 느꼈을 모종의 위기감에 미안해서는 솔직히 아니었다. 그렇다면 사실은 그 남자아이를 좋아하고 있었는데 나 말고 다른 새로운 친구들이랑 더 친해질까 봐 불안해서? 그런 건 더더욱 아니었다. 나는 그 아이가 나보다 더 세질까 봐 두려웠다.

엄마를 졸라서 바로 그 아이를 따라 똑같은 태권도장에 등록했다. '어렸을 때부터 단짝인 남자 친구를 따라 평소에는 생각도 안 하던 태권도장에 등록했다'라고 하면 보통은 흐뭇한 미소가 지어지는 풋풋한 첫사랑의 전개를 예상하겠지만 그런 로맨스는 단 0.001그램도 없었다. 오히려 그 남자애는 내가 자기를 따라 태권도장에 다닌다는 사실에 약간 절망했을지 모른다. 관계의 역전을 노렸는데 오히려 격차가 더 벌어지게 생겼으니까 말이다. 그리고 그것은 그대로 현실이 되었다.

어린이들을 대상으로 한 태권도장은 예나 지금이나 태권도만 가르치지 않는다. 거의 종합 보육시설에 가까울 정도로 여러 가지 다양한 활동을 시킨다. 나도 태권도 겨루기 자체보다 보조적인 운동을 더 좋아했다. 1분 동안 줄넘기 최대한 많이 하기, 벽에 도움닫기해서 공중에 걸린 미트 차기, 왕복 달리기, 림보 등등 승부욕을 자극하는 게임류의 신체 활동을 많이 했다. 그게 그렇게 재밌었다. 몸을 쓰는 데는 내가 여자 남자를 통틀어 항상 1등이었다. 운동 자체도 재밌었지만 내가 1등이라는 사실이 더 재밌었다. 1등을 지키기 위해 집에서 남몰래 특훈을 하기도 했다. 태권도 연습만 빼고 다.

겨루기는 그다지 좋아하지 않았다. 태권도장에서 태권도를 제일 안 좋아했던 셈이다. 지금도 격투기류를 썩 좋아하는 편은 아니다. 공격받는 것보다 공격하는 게 더 무섭다. 내가 상대를 다치게 할까 봐. 어렸을 때부터 그런 감각이 있었다. 내가 잘못 때리면 상대방이 크게 잘못될 수도 있겠다는 느낌. 그래서 힘이 세질수록 겨루기가 점점 더 부담스러웠다. 사실 겨루기할 기회도 별로 없었다. 또래보다 힘이 압도적으로 셌기 때문에 누구도 나와 겨루기를 하고 싶어 하지 않았다. 나는 약간 공포의 대상이었다.

4학년 때쯤부터는 사범님이 나를 저학년 이하의 어린이들에게 샌드백 대용으로 내줬다. 명목은 겨루기라도 나는 공격하지 않고 그냥 맞기만 하는 역할이었다. 나도 아직 애였지만 나보다 작고 어린 애들이 귀여워서 그 역할을 꽤 즐겼다. 그때쯤 되니 나를 태권도장에 등록하게 한 남자아이는 이미 그만두고 없었다. 파란 띠 정도까지만 하고 나갔던 것 같다. 나와의 힘의 격차는 태권도를 배우기 전보다 배 이상, 오히려 더 크게 나던 상황이었다. 타고난 힘에 태권도라는 스킬까지 곁들인 나는 무서울 게 없었다.

몸이 약해서 나와 같이 태권도장에 등록했던 남동생도 애초에 체육에 흥미가 없는 타입이어서 금방 그만두고 어느덧 나 혼자 남았다. 이왕 한 거 품띠까지 하자는 생각으로 승격 심사를 받으러 국기원에 갔다. 낯선 상대와 겨루기 전에 조금 긴장되긴 했지만 내가 질 거라는 생각은 하지 않았다. 당연히 이겼고 1단을 따고 난 후 곧 태권도를 그만뒀다. 태권도를 안 배워도 아무도 날 이길 수 없었기 때문에 미련이 없었다. 그리고 그때쯤엔 관심사가 학교 친구들로 쏠려서 태권도장에도 흥미가 떨어졌다.

　어렸을 때 신체 능력과 힘의 크기로 묘하게 관계의 우열이 가려지던 기분을 생생히 기억한다. 당연히 현대인으로서 이성을 키우고 사회성을 습득하며 그것이 관계를 좌우하지 않도록, 상대를 차별하지 않도록 억누르지만 인간도 동물인지라 본능을 완전히 억제하긴 힘들 것이다. 우리 안의 원시인 DNA는 무의식적으로 사고를 자극한다. 특히 본인이 우위에 서 있을 때는 이런 자극을 계속해서 누르고 관리하기가 쉽지 않을 수도 있다. 긴장을 푸는 순간 마음대로 해버리게 된다.

　이렇게 발달한 사회에서도 여자는 각종 범죄의 대상이 되거나 크고 작은 차별을 겪고, 연약함이라는 코르셋을 강요당한다. 여자가 남자보다 물리적으로 약할 수밖에 없기 때문에? 평균적으로는 그럴 수도 있다. 하지만 언제나 그렇지는 않다. 우리는 장미란같이 강력한 여자들이 실제로 존재한다는 사실을 안다. 진짜 이유는 '여자가 남자보다 반드시 약해야 한다'는 생각이다.

실제로 약한 것보다 약한 존재로 낙인찍히는 것이 훨씬 더 위험하다. 낙인찍힌 여자들을 원시적 본능이라는 허울 좋은 핑계로 '편하게' 대하는 사람들이 언제나 주변에 있다(물론 원시의 본능에 충실하게 행동하는 사람은 당연히 현대사회에서 추방해 원시로 돌려보내야 한다). 그렇다고 여자들에게 타깃이 되지 않기 위해 긴장하라고 하고 싶진 않다. 긴장해야 하는 것은 그들이다. 최대한 강해지자. 사회적인 힘뿐 아니라 물리적인 힘도. 우리의 강함을 자주 드러내고 뽐내서 우리가 본인들보다 더 약하길 바라는 그들에게 크나큰 불편함을 안겨주면 어떨까. 더 이상 편하지 않게, 생각을 갖추어 여자들을 대할 수 있도록.

가정환경은 **평범…하진 않았나?**

　평범하다는 건 뭘까. 표준국어대사전에서는 평범을 '뛰어나거나 색다른 점이 없이 보통'인 상태라고 설명한다. 평범이란 것은 반드시 대조군이, 그것도 상당한 규모로 필요한 수식어라는 뜻이다. 상대적으로 조금 더 우세한 정도로는 평범이 성립되지 않는다. 통계상으로 절대적, 압도적 수치 우위를 차지해야 조심스럽게 평범하다는 평가를 내릴 수 있다. 그 때문에 만약 주변의 데이터가 충분치 않다면 어떤 것을 함부로 평범하다고 말해서는 안 된다.

그러나 어리석은 군중에 지나지 않는 우리는 종종 무심결에 통계학적 실수를 저지른다. 내가 오랫동안 우리 가족을 '평범하다'고 얘기해왔던 것처럼.

우리 가족은 헤테로이자 모노가미 부부인 엄마 아빠와 그들의 유전자가 적절히 배합된(제3자의 개입 없이 둘만 태아 수정에 참여했다는 뜻) 나와 내 동생으로 구성되어 있다. 엄마 아빠 모두 대충 9시에 출근해서 운 좋으면 6시에 퇴근하는 직장을 다녔고 비슷한 형태의 이웃이 즐비한 주거시설에 거주했다. 때맞으면 끼니를 같이 하고 가끔 단체로 여행도 가고 종종 싸우기도 해서 나는 내 가족을 평범하다고 여겼다. 지금도 많은 면에서 '우리 가족은 평범하다'는 참인 명제다. 그러나 생활체육 면에서 우리 가족의 평범성에는 분명히 타개해야 할 의문점들이 존재한다.

나는 네 살 때 처음으로 북한산 정상에 올랐다. 열네 살의 오타가 아니고 네 살이 맞다. 한국 나이로 네 살의 여름이었으니 아마 만 두 살 몇 개월 정도 됐을 거다. 당연히 혼자는 아니었다. 아빠가 아동학대범은 아니었으니까(그는 그저 산에 조금 미쳐 있던 젊은 아빠일 뿐이었다). 중간중간 험한 곳에서는 나를 업거나 안기도 했지만 상당한 거리를 나 혼자 걷게 했다고 한다. 아직 대근육이 완전히 발달하지 않은 나는 몇 시간을 입을 헤벌린 채 산길에서 뒤뚱거리는 비효율적 보행을 하다 이로 입술을 다 찢었다. 하산하고 보니 터진 입술에서 나온 피로 턱받이가 얼룩덜룩했다는데, 여기까지 쓰다 보니 문득 아빠가 넓은 범주의 아동학대범에 포함될 수도 있겠다는 생각이 든다.

대근육과 소근육의 발달을 모두 마친 학창 시절, 내가 공부에 집중할 수 있는 곳은 학교, 학원, 독서실, 카페, 친구네 집, 지하철, 버스뿐이었다. 그러니까 우리 집만 빼고는 어디서든 공부가 가능했다는 말이다. 집에 구조적으로 문제가 있던 것은 아니었다. 나는 혼자 쓰는 방을 가지고 있었고 거기엔 멀끔한 책상과 의자도 있었다. 이명박 전 대통령이 건축법에 손대기 전에 구축된 아파트였기에 층간소음이 고약한 것도 아니었다. 내가 집에서 공부할 수 없었던 이유는 자꾸만 운동을 하자고 조르는 식구들이 있어서였다.

책상 앞에 앉아 교과서를 펼치고 이제 공부 좀 해볼까 싶으면 이내 경쾌한 리듬의 노크 소리가 들려왔다. 그리고 마지막 박자와 함께 문이 벌컥 열리며 대개 싱글벙글한 아빠가 들어온다(엄마 아빠가 내 방에 노크하는 목적은 입장 가능 여부를 물어보고자 함이 아니다. 이제 곧 들어간다는 인트로 멜로디일 뿐이다. 'JYP'나 '브레이브 사운드'처럼 일종의 시그니처 사운드인 것). "딸! ( )하러 가자!" 이때 괄호 안에 들어가는 옵션으로는 배드민턴, 탁구, 농구, 수영,

등산, 산책 등의 다양한 활동이 있다. "나 공부해야 돼"는 방어력 0에 가까운 무의미한 주문이었다. 심지어 궁극의 주문인 "내일 시험이야"도 방어력이 고작 30 정도에 그쳤으니까. 모든 반격은 "잠깐이면 돼!"라는 카운터 어택에 무력해졌다.

어느 주말엔 아빠가 자전거나 타러 가자며 방문을 열어젖혔다. 그때 나는 9월 모의고사를 앞둔 고3이었다. "기출문제 풀어야 되는데"라는 미약한 저항은 요 앞에만 한 바퀴 돌자는 대답에 가로막혔다. 발에 신발을 꿰며 "오래 안 탈 거지?"라고 재차 묻자 아빠는 껄껄 웃으며 "그럼~. 동네만 슬슬 돌 거야"라고 경쾌하게 답했다. 그런데 어디까지가 동네인 거지? 등 뒤로 현관문 닫히는 소리와 함께 불길함이 엄습했던 것을 기억한다.

그날 아빠와 나는 자전거로 총 40킬로미터 정도를 달렸다. 아빠의 '요 앞', '동네'라는 개념이 그렇게 거대했을 줄이야. 무슨 시베리아의 야생 늑대도 아니고. 우리 집은 삼성서울병원 근처였는데 아빠와 나의 도착지는 여의도였다. 63빌딩 앞에서 한강으로 저무는 색색의 노을을 바라보는데 눈물이 났다. 도대체 어떻게 돌아가지 싶어서. 생물학적 여성인지라 이미 어느 정도 균열이 있는 상태긴 하지만 정말이지 가랑이가 찢어지는 것 같았다. 어찌어찌 돌아간다고 해도 이 엉덩이로 다시 책상 앞에 앉기는 다 틀린 일이었다.

처음부터 목적지가 여의도인 걸 알았더라면, 내가 달릴 거리가 40킬로미터라는 것을 알고 시작했더라면 조금 덜 힘들었을 것이다. 하지만 아빠는 비겁하게도 내가 완전히 모르는 길로 접어들 때까지 입을 꾹 다물고 나를 유인했다. 스마트폰이 등장하기 전이라 GPS나 내비게이션 같은 것은 꿈도 못 꿀 때였다. "아빠 어디까지 가?", "언제까지 가는 거야?"라고 계속 물어도 아빠는 웃음기 어린 목소리로 "조금만 더~", "다 왔어" 따위의 간악한 거짓말로 나를 속였다. 일종의 희망고문이었다.

하필 나는 지리적 감각이 젬병이었다. 사회탐구 과목을 선택할 때 한국지리는 염두에 두지도 않았다. '왜 이렇게 오래 탄 것 같지? 혹시 내 시간 감각에 이상이 있는 것일까? 우리 동네에 내가 모르는 곳이 이렇게 많았다니'라고 계속 스스로를 탓하고 의심하면서 나는 아빠의 등 뒤를 따라 페달을 밟을 수밖에 없었다. 가스라이팅이나 다름없는 라이딩이었다. 강남구가 크긴 크구나 싶을 때 갑자기 나타난 63빌딩은 나를 얼마나 허탈하게 하던지.

공부 시간을 존중해준다는 점에서는 엄마가 아빠보다 나았다. 그러나 엄마는 내 공부를 응원하려는 의도에서 비의도적으로 나의 공부를 방해했다. 아빠가 미필적 고의라면 엄마는 과실상해 정도려나. 엄마는 끊임없이 내게 양질의 영양분을 공급함으로써 공부의 맥을 끊었다. 엄마는 최고이자 최악의 영양사였다. 우리 집에 머무는 그 누구도 엄마의 애정 어린 음식 공격을 피할 수 없었다. 수험 때문에 반년 정도 우리 집에 머물렀던 사촌은 7킬로그램쯤 체중이 불어서 나갔다. 엄마는 그 애를 더 잘 먹이지 못했다고 한탄했다.

엄마의 패턴은 이렇다. 밥은 먹고 공부해야지 해서 밥을 먹고 방에 들어가면 5분 이내로 종류별로 깎은 과일 접시를 들고 들어온다. 과일은 비타민의 보고고 입안도 상쾌하게 해주니까. 사과나 배를 세 조각쯤 먹으면 오미자차나 수수차, 구기자차 같은 것을 컵에 한껏 담아 들고 들어온다. 집중력을 높여주고 몸도 해독해주므로 최대한 자주, 많이 마셔야 하는 것들이다. 마지막으로 받은 컵을 채 반도 비우기 전에 다크 초콜릿이나 무가당 사탕 같은 게 예쁜 그릇에 담겨서 들어온다. 후식으로 달달한 간식을 좀 먹어줘야 섭섭하지 않기 때문이다(우리 집에서는 과일이 후식 개념이 아니다. 과일은 그냥 과일일 뿐 후식, 디저트는 별개다).

아빠도 대식가지만 엄마는 아빠보다 더 많이 먹었다. 다만 먹는 속도가 느려서 티가 나지 않을 뿐이었다. 가장 늦게까지 앉아서 모든 것을 비우는 사람이 엄마였다. 평범한 체격에 담겨 있으리라고는 믿기 힘든 큰 위는 외가의 내력이었는데, 돌아가신 외할아버지의 평소 신조가 '조금 먹는 놈은 등신이다'였다고 한다.

나는 한 번도 외할머니나 엄마가 만족할 만큼 먹지 못했다. 그래서 30년 넘게 등신 신세를 벗어나지 못하고 있다.

한 사람의 평생 근육량은 5세 이전까지의 운동량으로 결정된다고 한다. 물론 근육의 절대량은 태어나기 전에 세포 분열 단계에서 유전자상에 이미 정해져 있다. 그러나 타고난 근육량 게이지를 어느 선까지 채울 수 있을 것인지, 한계점까지 실제로 구현할 수 있을지 여부는 유아기 환경으로 결정된다는 것이다. 지금 내가 근육량 30킬로그램의 캥거루 같은 몸을 소유하게 된 건 성장기 내내 엄마 아빠가 제공한 (다 소화하지는 못한) 엄청난 양분과 운동량 덕이리라.

초보 부부이던 30여 년 전의 젊은 엄마 아빠가 이 사실을 알고 의도적으로 나를 굴렸(?)을 것 같지는 않다. 아마 알았다면, 나는 나를 위하는 부모님의 사랑과 노력으로 앞에 나열한 일화 이상의 혹독한 유년기를 보내게 되었을 것이다. 나는 아직도 엄마 아빠보다 많이 먹지 못한다. 그들의 산책을 빙자한 등산에 끌려다닐 때 무릎에 물이 찰 것 같은 사람은 나뿐이다(엄마 아빠는 평생 무릎이 아파본 적이 없다!). 환갑을 넘긴 그들은 장비를 풀로 장착한 전문 산악인들보다 빠르다.

평범한 듯 평범하지 않은 생활체육인 풍 가정환경으로 나는 남들보다 조금 더 센 몸과 힘을 가질 소중한 기회를 얻었다. 엄마 아빠는 내가 딸이라고 미술 학원이나 발레 학원으로만 돌리지 않았다(물론 미술 학원, 발레 학원 다 다녔고 여기에 더해 제발 좀 침착해지라고 서예 학원까지 다니긴 했다). 요즘은 덜하지만 예전엔 아들은 태권도 학원, 딸은 피아노 학원으로 예체능을 갈라 보내는 게 일반적이었다. 하지만 나는 오히려 반대가 되어야 한다고 생각한다.

여자들은 살아가면서 크고 작은 '여성성 강요'를 겪을 수밖에 없다. 어릴 때부터 신체의 자유로움과 활동성에 익숙해질 수 있도록, 그래서 미래의 억압에 대비하고 극복해갈 수 있도록 신체 활동을 함양시켜주는 것이 좋다. 반대로 남자아이라면 사회적 용인의 범위가 어차피 넓다. 이를 남용하지 않도록 차분하게 스스로를 컨트롤 할 수 있는 정적인 활동을 권유하면 어떨까.

딸인 나도 본인처럼 골프 비거리가 250야드는 넘어야 한다고 생각하는 아빠에게, 본인은 출산 전까지 팔씨름으로 남자도 이겼으니 너도 당연히 힘이 세야 한다고 말하는 엄마에게 그리고 요즘도 탁구공이 보이지 않을 정도의 속도로 무섭게 랠리를 주고받는 두 분 모두에게 사랑과 함께 깊은 감사를 표한다.

SHARK

남자 친구만 수십 명, 여자 친구는 0명

초등학교 때는 여자 친구가 단 한 명도 없었다. 정말 단 한 명도. 혹시나 싶어 덧붙이지만 '나 너 좋아해. 우리 사귈래? 그럼 오늘부터 1일' 같은 연애적인 대상을 말하는 게 아니다. 그냥 성별이 여자인 친구에 대한 얘기다. 혹시 있었나? 있었는데 내가 까먹었나 싶어서 지금 다시 한번 머리를 쥐어짜 보았는데 역시 없다. 같이 등하교하고, 쉬는 시간마다 모여서 수다 떨고, 점심 당연히 같이 먹고 매점도 함께 가는 여자 친구가 6년 동안 한 명도 없었다. 잠깐만, 혹시 나 왕따였나?

다행히도 왕따는 아니었다. 같이 어울리는 애들이 있긴 있었으니까. 다만 그들의 성별이 죄다 남자였을 뿐이다. (그렇게 생각할 사람도 없을 것 같지만) 어떤 의도가 있어서 일부러 여자애들을 무시하거나 남자애들만 쫓아다닌 건 아니었다. 애초에 나에게 소속 그룹을 결정할 선택권이란 게 있었나 싶다. 생각해서 결정한 것이 아니라 그냥 자연스럽게, 어느 순간, 정신을 차려보니 그렇게 되어 있었다. 아니, 재밌는 건 다 남자애들만 하더라니까!

그 당시에는 여자들이 좋아하는 것과 남자들이 좋아하는 것이 아주 극명하게 나뉘어 있었다. 두 카테고리는 심지어 서로의 경계선을 공유하지도 않았다. 서울과 뉴욕처럼 저 멀리 떨어져 있는 별개의 그룹이었다. 그 사이가 태평양보다 넓었다. 여자애들이 좋아하는 건 이런 것들이었다. 고무줄놀이, 공기놀이, 학종이 접기, 러브장 꾸미기, 교환 일기 쓰기 등등. 반면 남자애들이 좋아하는 건 이랬다. 축구, 농구, 팽이치기, 인라인스케이트 타기, 곤충 채집 같은 것들.

내가 끌렸던 것은 후자였기에 내 주변엔 남자 친구들밖에 없었다. 가끔 그 점에서 여자애들이 나를 부러워하기도 했다. 자기들은 좋아하는 남자애랑 말 섞고 엮일 기회가 거의 없고, 그래서 마주쳐도 민망하고 어색한데 샤크는 스스럼없이 그 애들이랑 잘 어울려 논다고 말이다. 좋아하는 남자애가 내 동성 친구랑 잘 놀면 질투가 날 법도 한데 어떻게 질투는 단 한 명도 안 했다. 누가 봐도 너무나 우정이었고, 우정일 수밖에 없는 그런 게 있었나 보다.

한편 나는 여자 그룹에 약간의 갈망이 있었다. 모여서 즐겁게 웃고 떠드는 걸 멀찍이서 볼 때면 약간 소속감의 부재를 느끼기도 했다. 그렇다고 내가 남자애들 사이에서 소외당하거나 구박을 받은 건 아니었다. 왜냐하면 내가 제일 덩치가 컸으니까. 초등학생들은 아무래도 아직 사회성을 발달시키는 과정에 있어서 그 덕을 봤나 싶기도 하다. 그중에서도 남자애들 무리에는 조금 더 야생의 논리가 적용되는 편이어서 거대한 나는 오히려 환영받는 쪽이었다.

여자 무리에 껴보려는 노력을 해보기도 했다. 여자애들 노는 걸 보면 항상 저게 재밌나? 하는 의문이 들었는데 몇 번 쑥스러움을 무릅쓰고 껴서 고무줄놀이 같은 걸 해보니 과연 예상대로 재미가 없었다. 시시하거나 허접하다는 생각은 들지 않았고 철저히 취향의 문제였다. 나는 정교함을 요하는 체조류 동작보다는 움직임 반경이 크고 개인이나 팀 단위로 서로 겨루는 경쟁 스포츠에 끌리는 타입이었던 것이다. 나로서는 고난도 스킬로 공기 고비를 넘겼을 때보다 발로 공을 뻥뻥 찰 때 더 큰 카타르시스를 느꼈다. 별로 쌓일 것도 없는 스트레스가 다 풀리는 기분이었다.

그런데 나 같은 여자애가 과연 나뿐이었을까? 돌이켜 생각해 보면 이런 의문이 든다. 분명 정도는 달랐어도 나와 끌리는 취향이 비슷한 여자애가 최소 몇 명은 더 있었을 것이다. 그럼에도 실제로 축구나 농구 같은 놀이에 다른 여자애들이 나서지 않은 이유는 하나뿐이다. 그게 '남자들의' 운동이라서. 여자애들은 특히 구기 종목은 할 생각도 안 했다. 남자애들도 장난으로라도 "야, 같이 할래?"라는 제안 자체를 하지 않았다. 그 어린 나이에도 그게 당연하다는 사회적 통념이 자리 잡았기 때문이다.

학교나 가정에서 "남자는 축구나 농구 하고 여자들은 고무줄, 공기만 해!"라고 확실하게 가르쳐놓은 것도 아닌데 자연스럽게 모두의 고정관념으로 자리 잡았다는 점이 제일 무섭다. 마치 횡단보도는 파란불에만 건넌다는 것처럼 당연한 사고였다. 심지어 파란불에만 건너라는 건 학교에서 가르치는데도 불구하고 어영부영 어기는 애들도 꽤 많은데 놀이, 운동에 관해서는 비교도 안 되는 철저함으로 모두가 그어진 선 안을 지켰다. 법보다 엄격한 규칙이었다.

이런 룰은 암묵적으로 점점 더 강화되어갔다. 체육 시간에는 자주 선생님이 여자, 남자를 나눠서 여자는 피구를 시키고 남자는 축구를 시켰다. 자유 시간이 아닌 정규 수업 시간이었다. 이 지시는 한 번도 뒤바뀐 적이 없었다. 여남 스포츠 격차는 점점 벌어졌다. 남자애들보다 발로 공을 다뤄본 시간이 절대적으로 적으니 항상 남자애들과 어울려 노는 데다 남자애들보다 덩치가 크고 운동신경이 좋은 나도 그들보다 축구를 못할 수밖에 없었다.

공 컨트롤 능력이 상대적으로 떨어지니까 축구 할 때 스트라이커 같은 건 꿈도 못 꾸고 주로 골키퍼를 했다. 나는 그럼에도 불구하고 몸으로 날아오는 공을 막거나 뻥 차서 멀리 날려주는 게 짜릿해서 계속 축구를 놓지 않았다. 하지만 나보다 공에 대한 집착이 조금 덜했던, 그러니까 축구나 농구 같은 것에 평범한 정도의 흥미를 가진 여자애였다면 어땠을까. 굳이 이 취미를 지속할 이유를 찾기 힘들 것이다.

아마 남자애들 중에도 사실 구기 종목이 딱히 성향에 맞지 않는데 친구들이 다 하니까 어울리기 위해 참가하는 애들이 꽤 있었을 것이다. 많이 하면 어쨌든 더뎌도 실력이 향상되긴 하기 때문에 해당 종목에 조금 더 애정이 생기기도 한다. 꼭 그렇지 않더라도 어쨌거나 그 과정에서 몸은 확실히 더 발달한다. 그런 기회가 여자들에게는 없었다. 나처럼 아주 악착같거나 우악스럽게 물고 늘어진 극단적인 케이스가 아니라면.

요즘 성인 여성들을 대상으로 농구 동호회를 꾸려가고 있다. 정기적으로 모여서 스킬 연습도 하고 게임도 한다. 중학교 체육 실기 평가 이후 몇십 년 만에 농구공이란 것을 손에 잡아본 사람들이 대부분이라 아직 다들 많이 어설프지만 모두가 하나같이 이런 말을 한다. "이렇게 재밌는 줄 몰랐네. 어릴 때 좀 해둘걸!" 이 안타까움을 어쩌다 한 명이 느끼는 게 아니라 농구 동호회에 들어온 사람 백이면 백 모두가 공감하는 터라 가끔 슬퍼지기도 한다.

내가 만약 체육 교사가 되어 초등학생 때의 우리 반을 담당하게 된다면 어떨까 상상해본다. 여자와 남자를 구분하긴 할 것이다. 신체 특성에 따른 발달 정도가 다르기는 하니까. 무작정 여남을 섞어버리면 체구가 작은 쪽이 주눅 들 수밖에 없다. 프로 스포츠에서 몸무게로 체급을 나누는 것과 똑같은 원리다. 하지만 종목을 나누지는 않을 것이다. 같은 종목, 같은 과제를 주되 연습은 성별로 나눠 따로 시키고 시합은 철저히 실력을 기준으로 팀을 나눠 진행해야지. 남자애들에겐 팀을 넘어선 배려와 매너를, 여자애들에게는 과감함과 승부욕을 깨워주고 싶다. 그래서 서로가 잘 어울리도록, 어느 쪽도 아쉽지 않도록, 나중에 "내가 이걸 왜 모르고 살았지. 어릴 때 더 해볼걸" 하는 아쉬움이 남지 않도록.

촌지 교사의 뜻밖의 순기능

어렸을 때는 이사를 꽤 자주 다녔다. 부모님의 부동산 투자와 높은 교육열이 적절히 어우러져 화곡동, 성수동, 양재동을 거쳐 마침내 초등학교 2학년 2학기에는 강남 8학군에 입성할 수 있었다. 당시 나는 또다시 정이 들락 말락 하는 친구들과 헤어져 상당히 우울하고 의기소침해 있었다. 1학기도 아닌 2학기 전학이라는 애매함이 나의 막막함을 가중시켰다. 이미 무리가 고정되어 끈끈한 아이들 틈에 어떻게 비집고 들어가야 할지!

새로운 담임은 뱅 헤어에 칼 단발인 여자 선생님이었다. 눈썹을 굉장히 두껍게 그리고 입술을 유난히 붉게 칠했던 인상이 희미하게 남아 있다. 이렇게 묘사하면 자칫 힙스터처럼 상상될 여지가 크지만 그녀는 안타깝게도 그다지 자신의 얼굴에 책임을 지지 못한 중년이었다. 인상이 좋지 못했다는 뜻이고 공자의 논리에 따르자면 인상이 좋지 못하게 될 정도의 인성을 오래 유지했다는 뜻이다.

전학 첫날 처음 마주한 순간부터 담임은 내게 아무런 관심이 없어 보였다. 오히려 내가 귀찮아 보였고 나중에 전후 사정을 파악한 결과 나의 감상은 다분히 사실이었다. 그녀는 "애들한테 인사해!"라며 나를 교탁에 세우고 곧바로 본인 자리에 앉아 교과서를 뒤적이기 시작했다. 아무런 마음의 준비 없이 갑자기 낯선 아이들 30여 명의 시선을 한 몸에 받은 그날의 당혹스러움이 아직도 생생하다. 그때도 지금처럼 닳고 닳은 ENFP였다면 자기소개쯤이야 문제 될 게 없었겠지만 만 7세의 어린 나는 환경 변화로 낯을 굉장히 많이 가리고 위축된, INFP에 가까운 상태였다.

어떻게 입을 떼야 할지 감도 잡지 못한 채 나는 새하얗게 질려서 한참을 서 있었다. 처음엔 나름 집중하며 기다리던 애들도 결국 초등학교 2학년, 많아봤자 아홉 살일 뿐이었다. 체감상 5분 이상 꿔다 놓은 보릿자루처럼 서 있는 나를 두고 반 애들은 결국 자기네들끼리 잡담을 시작했다. 담임은 아무도 제지하지 않았다.

떠드는 소리가 점점 커지고 나의 투명인간화가 98.231퍼센트까지 진행되자 그때야 담임이 벌떡 일어나 내게 성큼성큼 다가왔다. 그러더니 "인사도 못 하니?!"라며 내 뒷머리를 우악스럽게 잡고 나를 반으로 접었다. 거의 교탁에 이마를 박을 뻔한 모습으로 나의 첫인사가 이루어졌다. 그것이 시작이었다.

다행히 적응력이 좋았던 나는 한 번의 낯가림만 넘기면 넉살 좋게 누구에게나 잘 감겼다. 그 덕에 비록 첫인상이 매끄럽지 못했음에도 전학을 오자마자 2학기 반장에 선출되었다. 그러나 담임의 괴롭힘은 내가 반장이 되자 눈에 띄게 더 심해졌다. 물론 나도 모범생이라고는 절대 말할 수 없었다. 공부는 잘했지만 가끔 복도에서 뛰어다니기도 했고 준비물을 깜박하기도 했다. 하지만 다른 아이들과 비슷하게 실수를 해도 나에 대한 체벌은 배 이상 심했다.

나는 '원산폭격'을 그녀에게 배웠다. 초등학교 2학년 때. 그게 주로 군대에서 이루어지는 가혹 행위 중 하나라는 것은 한참을 더 자라고서야 알았다. 대학 때 군대를 전역한 남선배들이 치약 뚜껑에까지 머리를 박아봤다고 무용담 아닌 무용담을 늘어놓을 때 나는 경악하지 않았다. 이미 아홉 살 때 하루가 멀다 하고 해봤기 때문이다. 박았다 하면 최소가 40분이었다. 내가 박았던 뚜껑은 뭐였더라, 깜찍이 소다였나?

혼나는 명분은 다양했다. 수업 중간에 짝꿍이랑 어쩌다 눈 마주쳐서 한 번 키득거린 죄, 수학 익힘책을 꺼내야 하는데 수학책을 꺼낸 죄, 영어 시간 지나고 국어 시간 시작했는데 아직 영어 교과서를 집어넣지 않은 죄, 쉬는 시간 방금 끝났는데 친구한테 말하던 문장을 중간에 끊어내지 않고 서술어까지 완성해버린 죄 등등.

담임은 타격보다는 그라운딩을 즐겼기에(그라운딩이란 이종격투기나 주짓수 등에서 바닥에 누워 거는 기술 종류를 이르는 말인데, 그렇다고 안 맞은 것도 아니었다) 나는 바닥에서 정지 상태로 버틸 수 있는 자세가 실로 무궁무진하다는 것을 알게 되었다. 원산폭격은 내 기준 레벨3 정도의 체벌이었다. 처음부터 잘(?)해내진 못했다. 처음엔 레벨1 정도밖에 안 되는 엎드려뻗쳐도 힘들었다. 더운 여름날도 아닌데, 경찰과 도둑 놀이를 할 때처럼 미친 듯이 뛰어다닌 것도 아닌데, 가만히 있어도 그렇게 힘들고 땀이 줄줄 날 수 있다는 것을 그때 처음 알았다. 생전 처음 느껴보는 힘겨움과 고통이었다.

체벌을 어쩌다 한 번 당했으면 레벨1 정도로도 충분히 담임이 원하는 만큼의 고통을 받았을 텐데 하도 자주 받으니까 몸이 적응을 해버렸다. 나는 기나긴 엎드려뻗쳐 중에 본능적으로 발뒤꿈치를 바닥에 붙이고 고개를 어깨 사이로 푹 꺼트리는 방법으로 체중을 뒤로 보내 이두와 전완의 피로를 덜었다. 자연스럽게 다운 도그 자세Down Dog 를 터득한 것이다. 햄스트링hamstring 이 쫙 늘어나는 것을 '시원~하다'고 느끼며 그렇게 어른의 형용사를 몸으로 깨쳤다.

엎드려뻗쳐를 요령껏 버텨내자 담임은 내게 엉덩이를 낮출 것을 요구했다. 레벨2, 플랭크 홀드Plank hold 였다. 과연 허리 꼭짓점이 사라지자 몸을 수평으로 버텨내야 하는 코어의 부담이 수직으로 증대되었다. 춥거나 무섭지 않아도 몸이 오래된 경운기처럼 덜덜거릴 수 있다는 것도 이때 알게 되었다. 레벨2는 5분도 버티기 힘들었다. 하지만 나는 방법을 찾아냈다. 몸을 좌우로 비틀면 하중이 이동하기 때문에 찰나라도 몸이 왼쪽, 오른쪽 교대로 휴식을 취할 수 있었다. 그래도 버티기 힘들면 몰래 팔꿈치로 한 팔씩 내려갔다가 다시 한 팔씩 올라왔다. 푸시 업 플랭크Push up plank 를 스스로 개발한 것이다.

물론 푸시 업 플랭크는 움직임이 크기 때문에 고반복으로 수행하기 어려웠다. 담임 눈에 움직이는 걸 걸리면 바로 레벨3으로 체벌 수준이 올라가기 때문이다. 담임이 칠판에 서기를 하거나 교과서를 읽고 있을 때만이 기회였다. 그렇게 자연스럽게 플랭크 홀드와 푸시 업 플랭크를 반복하는 콤파운드 세트compound set 가 생성되었다. 보통 체벌은 수업 시간 40분 내내 이어졌기 때문에 세트 수는 상상을 초월하는 것이었다.

담임의 또 다른 체벌 스킬로는 할로 홀드Hollow hold ●와 슈퍼맨 홀드Superman hold ●가 있었다. 이쯤에서 밝히지만 담임의 전공은 체육이 아니다. 운동을 즐기는 타입도 아니었다. 담임은 움직이는 것, 땀이 나는 것, 햇볕 쬐는 것을 다 싫어했다. 그녀는 오로지 학생을 괴롭힐 목적으로 다양한 자세를 고안해냈고 최대의 고통을 주고자 하는 그녀의 발상들이 맨몸운동의 베이직과 철저히 우연하게 맞닿아 있었을 뿐이다. 그 때문에 그녀는 할로 동작이 할로인지, 슈퍼맨 동작이 슈퍼맨인지 알지 못한 채, 전자를 바나나 자세로 후자를 슈퍼맨 자세로 불렀다. 몰라서 호부호형을 못했는데 우연히 반은 맞은 경우라고 할 수 있다.

나는 오로지 살고자 하는 마음으로 바나나와 슈퍼맨 자세에서도 응용력을 발휘했다. 할로 홀드에 스윙을 첨가해 할로 록Hollow rock ●을 수행하고 슈퍼맨 홀드에서 슈퍼맨 레이즈Superman raise ●, 얼터네이트 슈퍼맨 레이즈Alternate superman raise ●로 자세를 디벨롭했다. 기마 자세는 하프 에어 스쾃Half air squat ●이나 월 시트Wall sit ●로 슬금슬금 바꿨다. 솔직히 나중에는 그녀의 기출문제를 몰래 변형하는 것 자체에도 약간 재미가 들렸던 듯하다. 거의 레벨 제로에 가까운 그냥 손 들고 서 있기도 은근히 벽에 기대 팔을 오르락내리락하는 월 에인절Wall angel ●로 바꿨으니까.

담임이 나를 싫어했던 이유는 강남 8학군에 입성을 하면서, 그 것도 귀찮게 2학기에 대가리를 들이미는 주제에 부모가 인사 한 번 오지 않아서였다. 근데 짜증 나게 성적은 또 좋고(솔직히 거의 톱이었다) 반장까지 꿰차고서도 감감무소식이었다는 점이 괘씸 했던 것이다! 어린 나는 당연히 이런 내막을 짐작할 수 없었다. 그래서 그저 엄마한테 담임선생님이 너무 무섭다고 몇 번 지나 가듯이 얘기했다. 왜냐면 일단은 아무리 사소하더라도 내가 혼 낼 빌미를 제공하기는 했고 혹시나 엄마한테까지 한 번 더 혼날 까 무서웠기 때문이다.

엄마는 집에서 별로 말수가 없는 내가 담임선생님이 무섭다는 말을 한 번이 아닌 여러 번 하자 곧바로 상황을 알아차렸다. 그리 고 그날로 차려입고 학교를 찾아가 담임과 독대했다. 면담은 교 무실이 아닌 방과 후 텅 빈 교실에서 이루어졌다. 그래야 '인사'를 할 수 있으니까. 엄마는 "제가 직장 생활을 하느라 바빠서 신경을 못 썼네요"라는 말과 함께 넉넉한 촌지가 담긴 봉투를 건넸다(고 한다. 나는 이 사실을 초중고 12년을 다 끝낸 후에야 알았다). 다음 날 부터 담임은 나를 환한 미소로 맞았다. 떨떠름한 평화의 시작이 었다.

비록 담임의 부패와 내 영악함의 콜라보였지만, 돌이켜보면 그녀가 내게 베풀어준 다양한 체벌은 내 인생 최초의 근력운동이었다. 그녀가 사랑의 매로 원산폭격 중인 내 엉덩이를 사정없이 찔러댔기 때문에 괄약근 조이는 법을 알았고, 코어를 수축하는 법과 척추기립근으로 버티는 법, 최적의 파워를 내는 대퇴사두와 비복근의 각을 체득했다. 다른 장에서 다시 언급하겠지만 매섭게 단련된 나는 확실히 강해져 있었다.

거듭 말하자면 근육량은 타고나지만 타고난 근육량의 성장 최대치는 어린 시절 활동량으로 결정된다고 한다. 나는 촌지를 밝히던 담임 덕에 저학년의 나이에 일찍 무산소성 근력운동을 시작할 수 있었다. 공자는 《논어》에서 세 사람이 길을 가면 반드시 그중에 나의 스승이 있다고 했다. 근비대 측면에서 그녀는 분명히 나의 귀인이다. 고마운 마음을 담아, 그녀의 삶에 어려움만 가득하기를 빈다.

다운 도그 자세 Down Dog 견상자세라고도 한다. 손바닥과 발바닥을 지면에 댄 상태에서 다리를 쭉 펴고 엉덩이를 높게 들어 올린다. 어깨로 체중을 버텨야 하므로 스트레칭과 더불어 상체 근육 및 코어 강화 효과를 얻을 수 있다.

햄스트링hamstring 허벅지 뒤쪽 근육과 힘줄.

플랭크 홀드 Plank hold 팔꿈치와 발끝을 바닥에 대고 몸을 일직선으로 만든 상태에서 엎드려 버틴다. 가장 기본적인 코어 운동 중 하나.

푸시 업 플랭크 Push up plank 플랭크 자세에서 한 팔씩 펴 손바닥으로 지면을 밀어내 체중을 버티고 다시 한 팔씩 팔꿈치로 내려와 플랭크 자세로 돌아온다.

콤파운드 세트compound set 같은 부위를 두 종류 이상의 운동으로 훈련하는 방법.

할로 홀드 Hollow hold 누워서 사지를 공중에 들고 코어로 버티는 운동.

슈퍼맨 홀드 Superman hold 할로 홀드와 반대로 엎드려서 사지를 공중에 띄우고 코어로 버티는 운동.

할로 록 Hollow rock 할로 홀드 상태에서 코어의 긴장을 유지한 채로 몸 전체를 앞뒤로 흔들며 버티는 동작.

슈퍼맨 레이즈 Superman raise 슈퍼맨 홀드 상태에서 양팔과 다리를 동시에 올렸다 내리는 운동.

얼터네이트 슈퍼맨 레이즈 Alternate superman raise 슈퍼맨 홀드 상태에서 오른팔과 왼 다리, 왼팔과 오른 다리를 한 세트로 올렸다가 내리기를 번갈아 수행하는 운동.

하프 에어 스쾃 Half air squat 고관절 힌지가 무릎보다 높이 위치할 정도로만 앉았다 일어서기를 반복하는 맨몸 스쾃.

월 시트 Wall sit 벽에 등을 기대고 정강이와 허벅지를 수직으로 만들어 마치 투명 의자에 앉은 듯한 자세를 취하는 동작.

월 에인절 Wall angel 벽에 밀착해 서서 벽을 쓸듯이 양팔을 머리 위로 올렸다가 다시 벽을 쓸듯이 팔꿈치를 접어 90도 각도로 내리는 동작.

SHARK

인기 없는데 **인기** 있어

　에리카가 전반적으로 '우리는 모두 친구!'라는 스탠스인 반면 나는 대부분의 상황에서 리더가 한 명은 존재해야 한다고 생각하는 편이다. 중구난방 의견이 모이지 않을 때 한 명이 나서서 정리해줘야 빠르게 의사결정을 하고 일을 진행할 수 있으니까. 그리고 누군가 그 역할을 해야 한다면 되도록 그게 나였으면 한다. 웬만하면, 내가 꽤 괜찮게 잘할 수 있다. 내가 밀고 나가는 게 속이 시원하다(하지만 사람들은 왠지 에리카를 더 좋아하네?).

이런 마음은 어릴 때부터 한결같아서 초등학교 때도 언제나 반장이나 부반장 같은 걸 해보고 싶었다. 선생님한테 예쁘게 보이고 싶다거나 엄마 아빠에게 칭찬받고 싶다는 마음보다 무리에서 리더가 되고 싶은 마음이 더 컸다. 더 어렸던 유치원 때는 내가 가장 덩치 큰 아이였으면 좋겠다는 마음이 있었는데 이것도 야생의 본능에서 비롯된 우두머리가 되고 싶다는 욕망의 일환이었을지도 모르겠다.

하지만 욕망과 달리 6년 내내 한 번도 그런 자리를 맡아보지 못했다. 우리나라는 민주주의 국가이기 때문이다. 무슨 말이냐면, 반장이나 부반장을 하려면 아이들의 표심을 얻어야 하는데 내가 인기가 없었다는 말이다. 솔직히 말하자면 애들이 나를 별로 안 좋아했다. 대놓고 따돌림을 당하지는 않았다. 다만 반에서 과반수는 그냥저냥 나를 싫어하지도 좋아하지도 않는 무관심한 입장이었고 나머지 일부는 확실하게 나를 기피했다.

내가 너무 과격했기 때문이다. 어렸던 나는 힘과 성질머리를 절제하는 법을 몰랐다. 마치 당시 식습관처럼. 그런데 하필 내가 다른 아이들의 평균보다 월등하게 세고 크게 태어났던 것이다. 그걸 무신경하게 휘두르는 우악스러움이 어떤, 혹은 많은 아이들에게 폭력적이거나 독단적으로 느껴졌을 것이다.

체육 시간에 피구 같은 걸 할라치면 거의 공을 독점해서 게임

내내 나만 줄곧 공을 던졌다. 왜냐면 내가 제일 공을 세게 잘 던지니까. 내가 제일 피구 잘하니까. 게임이 안 풀리면 분풀이로 상대 팀에게 온갖 손짓과 함께 야유를 퍼붓기도 했다. 사실 나한테는 그게 반 장난이었는데 다른 아이들에게는 그렇게 받아들여지지 않았던 것 같다. 내가 예상했던 반응은 모두가 하하하 웃음을 터트리는 것이었지만 항상 찬물을 끼얹은 듯 분위기가 싸해졌다. 크고 검은 험악한 외모로 죽어라 과몰입해서 "야, 공 줘봐! 나 줘!" 하고 공이란 공은 다 빼앗아 던져대는데 웃음이 나올 리가 없었겠지.

맘에 안 드는 남자애들은 다 때리고 다녔다. 마음에 안 드는 이유는 전부 사소했다. 주위를 맴돌며 간죽거린다든지, 메롱메롱 하며 약을 올린다든지, 괜히 툭 치고 도망간다든지 하는 것들이었다. 그 애들이 꼭 나에게만 그런 것은 아니었던 걸로 미루어볼 때, 서로 흔히 하는 장난이거나 친근함의 표현일 수도 있었겠다 싶다. 하지만 그때 나는 반드시 배 이상의 무력으로 그 남자애들에게 짜증을 갚아줬다.

꼭 몇 배로 갚아주고 말겠다고 마음먹은 것은 아니었지만 한 대 툭 친 것에 똑같이 한 대로 되돌려줘도 힘이 워낙 세니까 몇 배의 위력이 되어버렸다. 한 대 맞은 애들은 두 번 다시 나에게 장난을 걸지 않았다. 그때 이미 별명이 고릴라였는데 남자애들도 차마 내 앞에서 그 별명을 입 밖에 내지 못했다. 내 귀에 들리면 자기한테 덤빌까 봐 무서워서.

그런데 이런 상황에서도 나는 애들이 날 은근히 피한다는 사실을 5학년 때야 알았다. 그렇게도 눈치가 없었다. 반 애들 여덟 명 정도와 놀이공원에 가기로 했는데 약속 장소에 가보니 아무도 없었다. 나한테만 다른 위치를 알려준 것이었다. 애초에 나랑 같이 갈 마음이 없었는데 걔네들끼리 얘기하는 걸 내가 낄 데 안 낄 데 구분 못 하고 옆에서 "나도 갈래!" 하는 바람에 그렇게 되지 않았나 싶다. 아무리 눈치가 없어도 아무도 오지 않는 약속 장소에서 30분 이상 기다려보니 알 수 있었다. 애들이 날 싫어한다는 걸.

집에서 곰곰이 생각해보니 나라도 날 별로 안 좋아하겠다 싶었다. 맨날 준비물 안 챙겨와서 혼나고 솔직히 잘 씻지도 않고 하니까. 특히 대부분이 모범적이고 품행이 방정한 여자애들과는 더더욱 어울릴 수가 없었다. 남자애들은 그런 데 무디니까 그나마 같이 공 좀 차고 놀았지만. 핑계를 대자면 나는 정말로 아무에게도 관리나 보살핌 같은 걸 받지 못하고 혼자 컸다. 앞서 얘기한 것처럼 거의 방치되는 수준이었다.

얼마나 혼자 컸냐면, 초등학교 4학년 때 처음으로 뼈가 부러졌는데 그때도 혼자 병원에 가서 깁스를 하고 올 정도였다. 헐떡거리는 신발을 신고 마구 뛰다가 넘어졌는데 왼쪽 손목에는 실금이 갔고 무릎에서는 하얗게 뼈가 보일 정도였다. 근데 울지도 않고 혼자 아파트 상가에 있는 병원에 갔다. 딱히 정형외과 같은 덴 아니고 감기 걸릴 때도 가고 어디 찢어졌을 때도 가는 종합 의원 같은 곳이었다. 초등학교 2학년 이후로는 상주하면서 돌봐주시는 할머니도 없어서 혼자 갈 수밖에 없었다.

6학년 때쯤에는 살얼음판 위에서 뛰어놀다가 넘어지고는 너무 아파서 엉엉 울면서 집에 돌아왔다. 토요일 낮이었는데 엄마 아빠가 퇴근하고 돌아오는 8시까지 소파에서 혼자 울기만 했다. 나 아프다고, 빨리 오라고 엄마 아빠한테 전화해볼 생각조차 못 할 정도로 바쁜 분들이었다. 뒤늦게 응급실에 갔더니 발꿈치뼈가 다 으스러져 있었다. 이때는 3개월이 넘게 깁스를 했다.

이런 적이 열두 번이니 내가 어느 날 갑자기 깁스를 하고 와도 엄마 아빠의 반응은 "또 다쳤냐? 으이구"가 끝이었다. 가끔 몸살이 나서 끙끙 앓으면 그땐 조금 걱정을 했지만 이상하게 내과적 문제가 아닌 외상과 관련해서는 평소 이상으로 무관심하셨다. 아마 내가 너무 별나게 활개 치고 다니는 애라서였겠지 싶다. 첫 깁스를 하고 난 이후 졸업할 때까지, 초등학교 3년 동안 깁스만 열두 번 했다. 사소하게 삔 것까지 합쳐보면 더 많다. 오른발 열 번, 왼발 한 번. 사지 중에 한 번도 깁스를 하지 않았거나 삐지 않은 곳은 오른 손목뿐이었다(어떻게 이렇게 자세하게 기억하냐면 내 학년에 나보다 더한 남자애가 딱 한 명 있었기 때문이다. 걔는 깁스를 푸는 날 또 넘어져서 다시 다른 쪽에 깁스를 하는 애였다. 경쟁을 좋아하는 나는 그때도 몰래 세어봤다. 깁스를 쟤가 더 많이 하나 내가 더 많이 하나. 아주 근소하게 걔가 더 많았다. '내가 쟤보다는 낫군' 하고 내심 흐뭇해했다).

내가 팔자걸음으로 걷는 것도 어렸을 때 깁스를 너무 자주 한 탓이다. 예전에는 반 깁스 같은 것도 없고 4주건 6주건 내내 무조건 다 통 깁스였다. 발목이 구부러지지 않는 깁스를 한 채로 또! 뛰어다니다 보니 발끝을 밖으로 빼는 지금의 걸음걸이로 굳어지게 되었다. 발목 가동범위도 제한적인 편이다. 사실 정해진 기간 내내 얌전히 깁스를 하고 있던 적도 별로 없다. 병원에서 6주 동안 하라고 하면 답답하다고 2, 3주 만에 집에서 혼자 칼, 가위, 심지어 톱까지 온갖 걸 다 동원해서 잘라버렸다. 깁스가 너무 튼튼해서 자르기 힘들고 지치니까 오늘 몇 센티, 내일 몇 센티 하며 며칠에 걸쳐 야금야금 자르기도 했다.

아무튼 이렇게 유난스러우니 부모님에게 적절한 관심과 돌봄을 받고 단정히 자란 아이들이 보기엔 '쟤 왜 저래?' 싶었을 것이다. 그런데 그 와중에도, 이렇게 좋아하기 어려운 조건의 나를 좋아하는 사람들이 또 있었다. 내가 다니던 초등학교의 일진은 주로 이쁘고 잘나가는 애들이 했는데 그 6학년 일진 언니들이 날 귀여워하면서 잘 데리고 다녔다. 내가 힘이 세고 크니까 경호원 같은 느낌이었을까? 그 언니들이 날 터프하다면서 '터푸걸', '푸걸'이라고 불렀다. 그게 마음에 들어서 그 무렵 가입한 인터넷 사이트 아이디들이 아직도 다 푸걸이다. 영어에 약해서 터프를 'tough'라고 쓰는 줄 모르고 'pugirl'이라고 했지만.

5학년 때는 옆 반에 여자애가 전학 왔는데 전학 오자마자 모든 남자애들이 그 애를 좋아했다. 나도 그 애를 좋아했다. 그 애가 아람단에 들어가겠다고 해서 나도 아람단에 들어갔다. 걸스카우트가 아니라 얼마나 다행이었는지. 걸스카우트는 단복이 치마였는데 아람단은 다행히 바지였다. 어차피 다 동네 친구라 대강대강 서로 알고 어울리고 하긴 했지만 그 애도 내가 썩 마음에 들었던 것 같다. 한번은 아람단 행사로 학교 운동장에 텐트 치고 하루 야영하는 날이 있었는데 그 아이와 단둘이 텐트를 쓰게 됐다. 걔가 내 팔베개를 하고 자서 나는 한숨도 못 잤다.

그러니까 나를 싫어하는 사람만 있던 것은 아니었다. 공 차는 남자애들이나 여기저기 쏘다니는 일진 언니들처럼 에너지 레벨이 높은 아이들은 나를 나름대로 좋게 평가해줬다. 가끔은 그 아람단 아이처럼 그런 케이스가 아닌데도 예외적으로 나를 좋아해주는 아이도 있었다. 생각해보면 대학 때도 그랬다. 고분고분하지 않다는 이유로 꽤 많은 사람들에게 미운털이 박힌 나에게 학교에서 제일 인기 있던 동기가 단짝이 되어줬다. 그러니 단정하고 얌전하지 않아도, 걸핏하면 다칠 만큼 기운이 넘쳐도 그러니까 내가 그냥 나여도 나는 썩 나쁘지 않은 사람이라고 믿어도 되겠지? 무엇보다 에리카가 나를 좋아해주니까.

세일러문이 되고 싶어

　당신이 다른 사람의 어떤 특징을 싫어한다면 그건 슬프지만 당신에게 그런 면이 존재하기 때문이다. 물론 이때 타인의 그 싫은 특성은 특별히 나에게 해롭지 않다는 걸 전제로 한다. 먹을 때 쩝쩝거리거나 술값을 정산할 때마다 세월아 네월아 입금을 미루는 등의 악마적 습관은 주변에 분명한 불쾌감과 확실한 피해를 준다. 하지만 야망이 대단한 성격, 주변의 관심을 끌고 싶어 하는 타입 같은 특성들은 애매하다. 이런 특징은 주관적으로 호오가 판단되며 어떤 사람들에게는 심지어 호불호를 고민해볼 대상으로 감지조차 되지 않는다.

나에게 없는 남의 부정적인 특징은 의외로 크게 거슬리지 않는다. 내게 없는 면이기 때문에 그저 신기하게 느껴질 수도 있다. 하지만 타인의 어떤 모습이 내게 격렬한 거부 반응을 일으킨다면, 필요 이상의 극심한 혐오를 유발한다면 그건 인정하기 어려워도 나의 무의식 깊은 곳에 동족이 도사리고 있기 때문이다. 애써 부정하고 싶은 나의 모습을 타인에게서 발견하는 것은 고통이다. 뇌는 스스로를 보호하기 위해 이 내적 고통을 생각보다 쉽게 타인을 향한 반감으로 바꾼다.

나는 경우에는 그게 오타쿠다. 일본 만화나 애니 오타쿠들을 레이더로 감지하는 수준으로 잘 알아본다. 대중적으로 히트 친 작품 몇 편 보고 즐기는 일반적 수준을 말하는 게 아니다. 현실과 만화의 경계가 흐릿한 '혼모노'거나 '혼모노였던 과거를 미처 완벽하게 지우지 못한' 사람들을 나는 미묘한 말투와 어휘 습관, 비언어적 제스처만으로 단박에 구분해낸다. 왜냐면 내가 과거에 바로 그 일본 만화에 푹 빠진 오타쿠였기 때문이다.

막내 외삼촌은 상당한 늦둥이여서 나와 나이가 열몇 살밖에 차이 나지 않는다. 어렸을 때 꽤 오랜 기간을 같이 살았는데 대학생이던 막내 외삼촌 덕(또는 탓)에 일본 대중문화를 굉장히 일찍부터 접하게 되었다. 얼마나 일찍이었냐면 고 김대중 전 대통령이 일본 대중문화 개방 조치를 취하기 전부터 접했다. 그 당시 일부 대학생들은 정식 수입이 안 된 만화책과 애니메이션 비디오테이프 들을 모종의 경로로 입수해 서로 돌려봤던 모양이다.

그렇게 미취학 아동일 때부터 〈슬램덩크〉나 〈신세기 에반게리온〉 같은 것들을 막내 외삼촌이랑 같이 섭렵해나갔다. 아빠가 애들한테 별로 교육적이지도 않은 것들을 보여준다고 조금 못마땅해하기도 했고, 아마추어가 어설프게 번역한 해적판의 한국식 이름으로 캐릭터들을 기억하고 있다가 나중에 정식 발매된 후 이름들이 영 딴판으로 달라진 걸 보고 다소 혼란스러워하기도 했다. 약간 자라서 컴퓨터를 다룰 수 있게 되었을 무렵부터는 삼촌의 도움 없이 스스로 일본 만화를 찾아 봤다. 〈카우보이 비밥〉을 정주행하다 눈물이 멈추지 않아서 영어 학원을 가지 못한 적도 있었다.

양육자의 직감이었을까. 아빠가 자세한 내용은 알지도 못하면서 (또 내가 영어 학원 빠진 건 꿈에도 모르면서) 무작정 싫어한 거긴 했지만, 일본 만화나 애니가 어린 나에게 그다지 좋지 못한 영향을 끼친 건 맞았다. 특히 여성관 면에서 대부분의 것들이 유해했다. 수박만 한 가슴과 손바닥만 한 허리로 과장된 여체, 소위 '서비스 컷'이라는 명목하에 관음적으로 때론 가학적으로 소비되는 '섹시함'이 문제의식 없이 어린 내게 익숙해졌다. 특히 최악인 것은 나의 미의식이 그것들을 기준으로 정립되었다는 점이었다.

 나는 세일러 마스를 좋아했다. 전투에 방해가 될 만한 긴 생머리를 휘날리며 전투는 물론 일상생활조차 힘겨울 짧은 치마와 코르셋 톱, 하이힐 차림을 한 외양이 너무나 마음에 들었다. 연습장에 세일러 마스를 따라 그리면서 나는 심지어 원작보다도 더 여체를 왜곡했다. 가슴은 더 크게, 허리는 더 얇게, 치마는 더 짧게. 하지만 팔다리는 더 더 더 길게. 그게 더 이상적이라고 생각했다. '원작도 이런 모습이면 좋을 텐데'라며 아쉬워하기도 했다. 과연 코르셋엔 '빠꾸'가 없었다.
 세일러 행성 군단의 기괴한 비율 중에서도 특히 꼬챙이처럼 가는 팔다리를 동경했다. 허벅지 사이가 8차선 강변북로만큼 멀리 떨어져 있는 그 모습이 피타고라스의 황금비 이상으로 완벽하게 느껴졌다. 그들의 그려진 다리에 감탄하다 화장실에 가서 변기에 앉으면, 내려다보이는 내 허벅지가 너무나 펑퍼짐하고 추해 보였다. 나는 왜 이렇게 허벅지가 두꺼워서 이렇게 여백 없이 딱 붙어 있는지. 나는 변기 위에서 손날로 허벅지 안팎을 톱질하는 시늉을 해보며 이만큼 잘라내면 딱 좋겠다고 한숨을 쉬었다.
 한번 잘못 정립된 미적 관념은 쉽게 변하지 않고 오랫동안 나를 괴롭혔다. '마름'은 가장 기본이자 절대적인 미의 기준이었다.

보통 말라서는 보통의 예쁨밖에 되지 않았다. 와 소리가 나오게 예쁘려면 실제로 부딪치면 뼈에서 깡 소리가 날 정도로 깡말라야 했다. 학원 친구의 친구가 너무너무 말라서 교복 스타킹을 신으면 줄줄 흘러내린다는 도시 괴담 같은 이야기가 돌았는데 다들 진심으로 소문 속의 그녀를 부러워하고 질투했다. 얼굴 한번 못 본 그 친구가 이 동네에서 제일 예쁜 애겠거니 확신했다.

현실과 잘못된 이상 사이의 크나큰 갭은 엄마 아빠에 대한 엉뚱한 원망으로 튀기도 했다. 엄마는 왜 나를 이렇게 낳아서, 왜 이렇게 잘 먹여서 나를 이렇게 건강하게 만들었냐는 불만을 입에 달고 살았다. 평생 내가 (본인 기준으로) 조금 먹어서 불만인 엄마에게는 씨알도 먹히지 않았지만. 하루는 학교에서 체험학습으로 근처 산에 등산을 갔는데, 다음 날 옆 반 여자애네 엄마가 다리에 알 배어서 미워질까 봐 그 애 종아리를 밤새 맥주병으로 밀어줬다는 얘기를 들었다. 우리 엄마는 왜 나를 저렇게 관리 안 해주지 한숨 쉬던 그때의 나 자신에게 세게 꿀밤을 먹이고 싶다.

만화에 푹 빠져 있을 때는 내 모습이 마음에 안 들어서 사진 찍히는 것도 싫어했다. 그런데 한참 지나고 그 시절 사진들을 보니 나는 너무나 괜찮은 체격을 가지고 있었다! 심지어 상당히 늘씬한 편이었다. 내내 스스로를 퉁퉁하고 덩치가 크다고 여기고 있었는데 말이다. 지금 돌아보면 어렸을 때의 나는 신체이형장애가 있었나 싶을 만큼 나 자신을 추하게 인지하고 있었다. 신체이 형장애는 실제와 달리 자신의 외모에 심각한 결점이 있다고 여 기는 질병으로 신체추형장애라고도 불리는데, 여성에게 유병률 이 높은 것으로 알려져 있다. 미성년자의 단독 결정권을 제한하 는 법에 진심으로 감사했다. 그때는 어른이 돼서 돈을 벌면 가장 먼저 하고 싶은 게 각종 성형수술과 더불어 지방 흡입이었다. 그 때 만약 모든 것을 마음대로 할 수 있었다면 지금의 나는 도대체 어떤 모습일지 소름이 끼친다.

나는 제대로 된 근력운동을 시작하면서 비로소 건강하지 못한 미의식을 완전히 버릴 수 있었다. 본격적인 근력운동을 성인이 되어 회사에 다니며 시작했으니 실로 오랫동안 건강하지 못한 미의 기준에 사로잡혀 있었다. 안타까운 것은 몇십 년 전의 그때 보다 훨씬 더 사회가 성숙하고 인식 수준이 높아졌음에도 나와 같은 전철을 밟고 있는 여자아이들이 아직도 많다는 점이다.

트위터에는 거식증을 지향한다는 뜻의 '프로아나'와 '개말라' 해시태그가 수도 없이 리트윗되고 있다. 리트윗하는 계정들이 말하는 프로아나와 개말라의 장점에는 "체육 수업 때 빠지기 쉽 다", "친구들이 '아, 몇 반 개, 마른 애?'라고 기억해준다" 같은 항 목들이 있다. 확실히 이 유행은 분명 어린 학생들 사이에 도는 것이다. 예전보다 더 발달한 인터넷과 SNS 세상에서 여자아이들은 더 경쟁적으로 굶고 병든 몸을 아름다운 것으로 자랑한다.

사회란 한 방향으로 변하는 것이 아니라, 여성의 몸에 대한 사회적 인식이 분명 개선되는 중이지만 예전보다 더 나빠진 면도 있다. 한쪽에선 탈코르셋 운동이 일어남과 동시에 다른 한쪽에선 '먹토'와 '씹뱉'이 유행인 것처럼(유추하기 어려운 말은 아니지만 '먹토'는 먹고 토하기, '씹뱉'은 씹다가 뱉기라는 뜻이다. 굶어야 한다는 강박을 느끼는 와중에 음식에 대한 갈망을 해결하는 슬픈 방법들이다). SNS로 침식되기 쉽다는 점에서 지금의 어린 세대들은 나쁜 영향에 더 취약하다. 나는 어찌 보면 특수한 환경에서 마이너한 문화를 접했고, 그 문화는 창작물로서 그나마 현실과 경계가 지는 편이었다. 그러나 지금은 유튜브나 틱톡 같은 생생한 영상 플랫폼에서 실제 인간들이 좀 더 시각적으로 뚜렷한 이미지들을 전달한다.

비슷하게 학교를 다니고 친구들과 어울리는 내 또래가 '마름'으로써 인기를 얻고 유명해지는 것을 실시간으로 목격한다면, 그것을 무시하기는 쉽지 않을 것이다. 인간은 사회적 동물이며 주변의 다수가 추구하는 것을 높은 가치로 여길 수밖에 없다. 그래서 더 늦기 전에, 사회와 미디어를 컨트롤할 수 있는 어른들이 나서주어야 한다. 그 어떤 미적 가치보다 나를 돌보고 내 건강을 지키려는 일이 우위에 있어야 한다. 스스로를 해치는 것은 절대로 아름다울 수 없다는 것을 '말라서 아름답다'는 메시지보다 더 많이, 자주 전시해야 한다.

SHARK

왜 나만 이렇게 까맣지?

성장기의 나는 언제나 어디서나 가장 큰 애였다. 아마 신생아 때부터 크지 않았을까. 내 기억의 시발점인 유치원에서부터 나는 단연코 가장 컸다. 132센티미터였다. 정확한 숫자를 기억하고 있는 이유는 나의 큰 키가 그때에도 엄청나게 자랑스러웠기 때문이다. 뭔가 내가 최고라는 게 좋았다. 그냥 단순히 132라는 숫자가 커서 좋았던 것일 수도 있겠다. 100 넘어가면 다 천문학적으로 느껴지는 나이니까.

그 이후로는 또래 중에 내가 제일 큰 게 당연해서 딱히 구체적인 숫자에 신경을 쓰지 않고 살았다. 나보다 커서 견제할 만한 사람이 없으니까 다른 애들 키에도 관심이 없었다. 그러다 초등학교 4학년 때 어떤 애랑 친해지게 되었다. 작고 아담한 아이였다. 나도 애였지만 뭔가 흐뭇한 미소가 나오는 귀여움이 있었다. 문득 키가 몇 정도 되면 이렇게 귀여운 느낌인 건가 궁금해져서 키를 물어봤다. 아마 처음으로 남의 키를 물어본 때가 아닌가 싶다.

그 아이는 130센티미터대 초반이었다. 나는 큰 충격을 받았다. 내 유치원 때 키잖아? 내가 충격을 받은 건 그 애가 너무 작아서가 아니었다. 열 살 여아의 평균 키보다 조금 작긴 했지만 크게 차이 나는 정도는 아니었다. 그 아이는 보통에 가까운 편이었다. 내가 놀란 건 유치원 때의 내가 이렇게나 컸다는 사실 때문이었다. 유치원생이? 4학년 키였다고? 정말 하나도 안 귀여웠겠다 싶었다. 집에 가서 유치원 때 사진을 찾아봤는데 과연 다른 유치원생들 사이에 나 혼자 우뚝 솟아 있었다. 골격 자체가 다른 느낌이었다. 누가 날 유치원생으로 봤을까. 강호동이 세 살 때 창가에 앉아 있으면 지나가던 사람이 길을 물어봤다던데, 그게 남의 일이 아닐 뻔한 것이다.

초등학생 때는 만화가 유행했다. 지금은 만화 좋아하는 사람을 오타쿠 같은 걸로 구분하지만 그때는 모두가 만화를 좋아했다. 제일 인기 있었던 건 〈달의 요정 세일러문〉이었다. 주인공의 크루들이 한 명씩 늘어나서 나중에는 등장인물이 꽤 많아졌는데 내 또래 아이들은 그들을 대상으로 종종 인기투표를 했다. "너는 〈달의 요정 세일러문〉에서 누가 제일 좋아?"라고 하면 다들 다양한 이유로 꽤 다양한 캐릭터를 꼽았다. 그러나 그 와중에 단 한 번도 언급되지 않는 캐릭터가 있었다. 세일러 플루토, 유일하게 얼굴이 까무잡잡한 캐릭터였다. '까만 피부는 인기가 없는 건가?'라고 생각하며 나도 세일러 마스를 골랐다.

중학교에 가니 이제 만화 캐릭터보다는 현실의 인물들이 더 인기를 끌었다. 같은 학년 친구나 선후배 중에서도 인기 많은 사람들이 몇 있었다. 다들 만화에 나올 듯한 외모기는 했다. 마르고 키 크고 (머리가 짧고) 얼굴이 작아 비율이 좋았다. 각자의 취향이 있었기 때문에 꼭 저 조건에 부합하지 않는 깜찍한 스타일이나 청초한 긴 생머리 등도 수요가 있었다. 하지만 어떤 타입이건 인기 많은 사람들에게는 뚜렷한 공통점이 있었다. 피부가 하얗다는 점이었다. 나는 하얗지 않았다. 사실 하얗지 않다기보다 그냥 엄청 까만 사람이었다. 처음으로 하얘지고 싶다고 생각했다. 나도 인기가 많아지고 싶어서.

미백 효과가 있다는 마스크팩을 사서 열심히 붙여보고 스킨로션 같은 것도 화이트닝 라인으로 골랐다. 하지만 당연히 하얘지지 않았다. 남동생은 피부가 하얗다 못해 투명해서 핏줄이 보일 정도였는데 나는 누굴 닮아서 이런가, 한숨이 나왔다. 그때 내 별명이 고릴라였다. 까맣고 커서. 그게 그렇게 싫었다. 큰 건 괜찮았는데 까맣다는 특징이 싫었다. 만약 내가 하얬다면 별명이 고릴라는 아니었을 텐데, 최소 백돼지였을 텐데…… 라고 나는 자주 한탄했다. 나는 고릴라보다는 백돼지가 되고 싶었다. 백돼지는 뭔가 귀엽지 않나?

그때쯤 농구를 시작했다. 내 플레이가 거칠고 공격적이라 농구 동호회에서 샤킬 오닐Shaquille O'neal이라는 새로운 별명을 얻었다. 샤킬 오닐은 덩치가 큰 흑인 NBA 선수였는데 크고 검은 점도 나랑 비슷하다고들 했다. 이건 마음에 들었다. 샤킬 오닐의 농구 실력은 부정할 사람이 없었다. 그는 최고의 선수 중 하나였기 때문에 그가 가진 모든 조건들이 좋게 느껴졌다. 샤킬 오닐의 애칭이 샤크라 나 또한 샤크가 되었다. 경기 중에 사람들이 나에게 패스 사인을 보내며 "샤크! 샤크!" 하고 부르면 그게 그렇게 듣기 좋았다. 샤킬 오닐처럼 강해지는 기분이었다.

크로스핏을 시작하고 처음 보드에 이름과 기록을 적을 때도 샤크라고 적었다. 그전까지 내 별명은 윤식이었다. 내 이름인 윤주가 너무 여성스러워서 남성스러운 내 외모와 어울리지 않는다며 부른 별명이었다. '여성스러운' 이름과 '남성스러운' 외모, 둘 다 굉장한 편견이 담겨 있는 개념이었다. 옛날이라 당시엔 나도 거기까지 깊게 따져보진 못하고 그냥 뭘 굳이 이름을 바꿔 부르나 라고 혼자 생각했다. 그래서 윤식이 따위보다 더 세 보이는 샤크라고 썼다. 다들 잘 어울린다고 했다. 그렇게 나는 샤크가 됐다.

농구 동호회는 주로 동국대 야외 코트에서 모였다. 땡볕 아래에서 몇 시간씩 농구를 하니까 동호회 사람들은 다 나처럼 까맸다. 하얀 사람이 아무도 없었다. 학교에 있을 때는 나만 까매서 튀었는데 농구 동호회에서는 반대였다. 하얀 사람이 있었다면 좀 이상하게 보였을 정도였다. 내 피부가, 외양이 평범하게 느껴져서 학교 친구들보다 농구 동호회 사람들에게 더 친밀감을 느끼고 가깝게 지냈던 것 같기도 하다. 그러면서 조금씩 까만 피부에 대한 부정적인 감정이나 불만도 사라져갔다.

연예인에 크게 관심은 없었지만 간간이 내가 멋지다고 느낀 사람들은 다 덩치가 큰 사람들이었다. 비가 한창 활동할 때 좋아했는데 로맨틱한 감정은 확실히 아니었고 동경을 했던 것 같다. 그의 볼록하게 솟은 삼각근이 너무 부러웠고 나도 그런 걸 갖고 싶었다. 김종국도 좋아했다. 그는 옆에서 봤을 때 두툼한 몸통이 일품이었다. 나의 취향 아닌 취향은 친구들에게 공감받지 못했다.

내가 "나 비 좋아해" 하면 "오 나도!" 하다가도 "아 나도 어깨가 저렇게 컸으면 좋겠다" 하면 친구들은 바로 눈살을 찌푸리며 "여자애가 무슨"이라고 선을 그었다. 같은 장르인 줄 알았는데 속았다는 듯한 태도였다.

고2 때부터 체대 입시를 준비했다. 본격적으로 운동을 해보니 내가 남들보다 근육이 잘 붙는 타입이라는 걸 금방 알게 되었다. 알통도 좀 나오고 등에도 견갑골이 좀 두드러지고 했다. 스스로가 무척 멋있게 느껴졌다. 체대 입시를 준비할 때는 윗몸일으키기를 많이 하는데 손가락으로 배를 꾹 눌러보면 (물론 아직 지방이 두둑하긴 했지만) 저 끝에 뭔가 딱딱하게 갈라져 있는 게 느껴지기도 했다. 신이 나서 눈이 마주치는 친구들마다 붙잡고 내 몸 좀 만져보라고 자랑을, 자랑을 해댔다. 처음엔 모두 "오~ 꽤 딴딴하네?" 하며 호응해주다가 내가 하도 그러니까 나중엔 작작 하라고 쳐냈다.

여대에서는 여중, 여고랑은 또 다른 차원으로 모두가 다 '예쁘게' 꾸미는 데 열중이었다. 나도 뭔가 살이라도 빼야 하나 싶었다. 그래도 덜 뚱뚱해지고 싶었지 작고 가냘파 보이고 싶진 않았다. 키가 크고 뼈대가 좋은 친구들은 본인의 골격을 자주 한탄하기도 했다. 더 가늘고 작아지고 싶다고, 그래서 남자 품에 쏙 들어가는 사이즈가 되고 싶다고. 다행히 나는 그런 여리여리함에는 끝내 관심이 가지 않았다. 원한다고 그렇게 될 수도 없었겠지만.

크로스핏을 하고 나서 몸이 크고 두꺼운 게 곧 강함의 증거라는 사실을 깨닫게 되었다. 기록으로 금방 증명이 되는 사실이었다. 더 두꺼운 사람이 더 많이 들었다. 더 두꺼워질수록 드는 무게도 그에 비례해 늘어났다. 내가 남들보다 몸통이 두껍다는 걸 일찍부터 알고는 있었는데 그게 장점인 건 모르고 살았다. '쇠질'을 하니까 이게 무게를 잘 들고 또 잘 버티는 엄청난 장점이었다. 정말 다행이라고 생각했다. 내가 이런 조건을 타고난 것과 그동안 이 조건을 없애려고 노력하지 않았다는 점이. 나에게 PT를 받던 회원 중에 몸이 두꺼운 게 스트레스라는 여자분이 있었다. 그분은 갈비뼈를 뽑아버리고 싶다고까지 말했다. 같은 조건에 이렇게 다른 감정을 가질 수도 있구나, 하고 나는 또 한번 놀랐다.

나는 친구가 많지 않다. 내가 사회성이 부족한 건지 공감 능력이 떨어지는 건지 하여튼 목적이 없는 무리, 그러니까 학교 친구들과 교류가 활발한 적이 살면서 거의 없었다. 그 대신 마음이나 취미가 맞는 한두 명과 깊게 사귀었는데 그 몇 안 되는 친구들은 공교롭게도 모두 외모에 관심이 전혀 없는 애들이었다. 당연히 외모 얘기는 아예 하지도 않았다. 한 명은 어찌나 무심한지 내가 살을 10킬로그램을 빼고 나와도, 찌고 나와도 알아보지 못했다.

내가 먼저 "나 10킬로그램 뺐다(또는 쪘다)"라고 말을 꺼내면 진심으로 "모르겠는데?"라고 말해서 맥이 빠지게 하는 친구였다.

정작 그 친구는 키 크고 마르고 얼굴 작고 하얀, 인기 많을 요소란 요소는 다 타고난 애였다. 그러나 꼭 그래서 외모에 초연한 것은 아니었다. 비슷한 조건이어도 오히려 남들보다 더 외모에 연연해하고 집착하는 사람도 많았다. 하지만 그 애는 오히려 살찌고 싶어 하고, 덩치 커지고 싶어 하고, 힘이 세지고 싶어 했다. 지금 생각하면 참 고마운 친구다. 그 애는 나의 외모엔 둔감했고 본인의 외모 지향점은 건강과 강함에 있었다. 내가 스스로를 부정적으로 느끼지 않도록 알게 모르게 도와준 셈이다.

나도 더 많은 사람들에게 이 친구 같은, 농구 동호회 사람들 같은 역할을 하고 싶다. '나만 크구나', '나만 까맣구나', '나만 머리가 짧구나'라는 생각이 들지 않게 더 유명해지고 더 많이 알려져서 더 자주 사람들 눈에 띄는 게 목표다. 주변에 흔해지고 익숙해지면 더 이상 특이하게 느껴지지 않는다. "샤크 코치가 누구야?"라는 질문에 "그 머리 짧은 사람"이라는 대답이 턱없이 부족했으면 한다. 머리 짧은 여자가 하도 많아서, 운동 좋아하는 여자가, 더 강해지고 싶은 여자가 넘쳐나서 말이다.

너넨 인문계 애한테 지냐?

체육은 기본적으로 내게 나쁠 게 없는 과목이었다. 일단 다른 과목들과 구분되는 소소한 이벤트들이 있다. 교복에서 체육복으로 의상을 갈아입고 장소도 운동장이나 체육관으로 바뀐다. 실내에 몇 시간 동안 앉아 앞만 바라보고 있다가 몸을 움직이고 햇볕을 쬐는 것은 즐거운 일이었다. 그러나 대부분의 여자 친구들은 같은 이유로 체육 시간을 싫어했다. 옷도 갈아입어야 하고 밖으로 나가야 하고 움직여야 하고 햇볕을 쬐어야 한다고. 그러면 땀이 난다고.

지금도 그런 것 같긴 한데 내가 청소년일 때 내 또래 사이에서는 확실히 '하이얀' 피부를 추구하는 게 메인스트림이었다. '안나수이' 거울을 들여다보며 '클린앤클리어 클리어 훼어니스' 로션을 꼼꼼하게 펴 바르던 친구들은 얼굴이 타는 걸 지극히 꺼렸다. 생리 카드를 다 쓴 친구들은 체육 선생님이 한 소리 하기 전까지 최대한 차양 밑에 서 있다 끌려 나와 얼굴을 찌푸린 채 양손을 이마에 대어 최대한 햇빛을 가렸다.

나는 원래 노란 편이어서 그런지 하얘지는 데 크게 집착하지 않았다. 빨리 포기했다고 해야 하나. 그래서 눈이 부시지만 않으면 햇빛 아래 서 있는 걸 딱히 꺼리지 않았다. 삶의 대부분을 앞머리 없는 머리로 살아서 앞머리가 땀에 젖어 달라붙는 것도 신경 쓸 필요가 없었다. 사실 어렸을 땐 지금보다 더 굉장한 건성이어서 땀 자체가 잘 안 났다. 여러모로 나는 체육 시간을 즐기는 데 제약이 없는 편이었다.

중학교 1학년 때는 전교 체육부장을 했다. 그렇게 큰 의미가 있는 직함은 아니었다. 그냥 반장, 부반장들이 모여 학생회를 구성하고 거기서 또 감투 하나씩을 나눠 쓰는데 내게 체육부장이 남겨졌다고 보는 게 맞을 것이다. 다만 그 시절에는 다들 사회적 편견이라든지 성별 고정관념이라든지 하는 것들을 깨우치기 전이라 마인드가 촌스럽고 구렸어서 체육부장 같은 건 대대로 남자

전용이었다. 내가 조금 이례적인 케이스였는데 '여자가 체육부장을 해도 되나? 아 근데 에리카니까, 뭐'라는 정도로 넘어갔던 것 같다.

'에리카니까'라는 이유의 큰 부분은 달리기에 있었다. 나는 단거리에 특화된 전형적인 스프린터였다. 초등학교 5학년 때 50미터 기록이 이미 7초였으니(참고로 2015년 통계 기준으로 19~24세 남자 평균 기록이 8초대이다). 아주 어릴 때부터 한 살 어린 남자 사촌 동생과 달리기 시합을 했다. 항상 아슬아슬하게 동시에 들어오거나 한 번 내가 먼저 들어오면 한 번 사촌 동생이 먼저 들어오는 등 엎치락뒤치락했다. 사촌 동생이 훌쩍 커진 중학교 무렵부터는 계속 지게 됐지만 그렇게 큰 차이는 아니었다. 그 사촌 동생은 키 180을 넘기고 체대에 가서 지금 체육 교사를 하고 있다.

한번은 체육 시간에 크라우칭 스타트crouching start를 배우는데 내가 예시를 보이게 되었다. 남 체육 교사가 자세를 잡아주다 말고 내 다리를 여기저기 짚으면서 이렇게 톰슨가젤 뒷다리처럼 허벅지는 굵은데 종아리가 가늘고 발목이 얇은 사람들이 단거리를 잘 뛰는 체형이라고 설명했다. 그래서 한동안 반 애들 몇몇은 나를 톰슨가젤이라고 불렀다. 그 체육 교사는 말미에 니네들은 아직 모르겠지만 이런 다리가 진짜 섹시한 다리라고도 덧붙였다. 내 나이 열네 살, 만으로 12세였다. 한편으로는 그 교사가 아직도 말버릇을 못 고쳤길 빈다. 요즘 같은 세상에서는 바로 소아성애, 성희롱으로 신고당하기 딱 좋으니까.

아무튼 톰슨가젤형 다리 덕분인지 나는 초중고 12년 내내 운동회의 꽃, 계주에서 항상 스타터를 맡았다. 계주는 가장 빠른 사람이 1번 주자나 마지막 주자를 맡는다. 1번 주자와 마지막 주자의 구분점은 힘이다. 1번 주자가 더 힘이 좋고 깡이 세야 한다. 방아쇠가 당겨지고 계주가 시작되면 일단 모든 주자가 한 덩이로 뭉쳐졌다가 일렬로 재정비되는 과정을 거친다. 매년 7월 프랑스에서 개최되는 장기 사이클 대회, 투르 드 프랑스Tour de France에서 시작할 때는 수십 대의 자전거가 서로 얽혀 있지만 레이스가 진행될수록 어느 정도 열이 만들어지는 것과 같다.

이때 결정되는 위치가 최종 순위에 큰 영향을 미치므로 1번 주자들에게 힘의 중요도가 높아진다. 주자들이 엉키는 순간에 치고 나가려면 어느 정도의 몸싸움은 필수이기 때문이다. 나는 12년 내내 목격해왔다. 계주 전에는 서로 "아 너무 무서워, 너무 떨려, 나 못 할 거 같아 힝~" 하며 연약함을 연기하던 1번 주자들이 총성이 울리자마자 돌변해서 "씨발 비켜!"라고 사자후를 내지르던 것을. 바통을 야구방망이처럼 휘둘러 주변 주자들을 물리치던 그 웅장한 순간을…….

나는 꼭 스타트라인에만 서면 하품이 나왔다. 계주뿐 아니라 체력장에서 50미터나 100미터 기록을 재기 전에도 그랬다. "에리카 너 하품이 나오니?"라고 누군가 타박하면 "아 너무 긴장돼서 하품이 나와"라고 대답했다. 다들 어처구니없다는 얼굴을 했지만 사실이었다. 나는 극도로 긴장하면 하품이 나온다. 크로스핏 대회 출전 직전에도 그랬다. 허세 부린다거나 진정성이 없다는 오해를 받기도 했다. 운동 전에 집중 안 한다고 샤크한테 혼난 적도 있다!

나중에 개도 긴장 상태일 때 하품한다는 사실을 알게 되었다. 내가 애견인이라서 같은 습성을 띠게 된 것일까. 다행히도 그건 아니었다. 뇌는 밸런스를 중요하게 여기기 때문에 한쪽 극단으로 쏠리면 반대쪽으로 급발진하는 경향이 있다고 한다. 극도의 스트레스 상태에서 교감신경이 항진되어 뇌 온도가 올라가면 이를 식히기 위해 뇌가 부교감신경을 가동시켜 하품이 나오게 만드는 것이다. 실제로 하품 직후에는 일시적으로 뇌 온도가 떨어진다고 한다.

하지만 긴장감이 없다는 나에 대한 오해가 하품에서만 비롯된 건 아니었다. 나는 달릴 때 웃는 버릇이 있다. 이건 어린아이들 특징이라고 하는데 내가 정신적으로 미성숙한 사람이라서 아직도 유아적 습성을 띠는 것일까. 이건 섣불리 아니라고 말하기 힘든 부분이다. 웃는 것도 미소 정도가 아니라 아주 박장대소를 한다. 진짜로 하하하 소리가 나올 때도 있다. 다행히도 100미터 이하에서만 나오는 특징이라 101미터부터는 다른 사람들과 마찬가지로 평범하게 오만상을 찌푸린다.

  나는 초중고 내내 반 대표 계주 1번 주자였고 매번 1등이었다. 뛰기 전에 하품하고 뛸 때는 웃으면서. 내가 첫 구간에서 2등과의 격차를 아주 넉넉하게 벌려놓기 때문에 다음 주자들은 그걸 지키기만 하면 되었다. 심지어 한 번쯤은 넘어져도 괜찮을 만큼의 거리였다. 전 학년에서 나와 같은 반이었던 애들은 나를 합동 계주 연습에도 내보내지 않으려고 했다. 내 전력이 드러나면 다른 반들이 연습을 더 열심히 해버린다는 이유에서였다. 나도 리허설 때는 페이스 조절을 해서 아슬아슬하게 같이 들어오거나 대충 2등 정도로 들어왔다.

  하지만 고3 운동회 때는 처음으로 자신이 없었다. 0교시부터 야자까지 하고도 독서실 가서 새벽까지 버티는, 공부만을 위한 스케줄로 1년의 4분의 3가량을 보낸 터였다. 체육 시간도 자습 시간으로 바뀌기 일쑤였고 (공부 때문은 아니고 연애 문제 때문이었지만) 살도 10킬로그램이나 빠져 체력과 면역력이 다 바닥을 찍고 있었다. 게다가 상대편에는 예체능계 반도 있었다! 체대를 목표로 매일 입시 체육을 맹훈련하는 그들을 이길 수 있을까.

그런데 나는 이겼다. 이번에도 똑같이 큰 격차로. 오랜만에 사지를 움직이며 뛰니 억눌려온 아드레날린이 미친 듯이 뿜어져 나왔다. 양말로 모래 바닥을 밀어내는 까슬한 감촉(나는 신발을 벗고 뛰는 걸 좋아했다), 뺨을 스치고 지나가는 바람 그리고 그 환호성! 전속력으로 뛰면서도 주변의 모든 상황이 약간 슬로모션처럼 느껴졌다. 안전하게 2번 주자에게 바통을 전달하고 반으로 복귀하자 친구들이 모두 다 달려 나와 대박이라고 짱이라고 내 얼굴을 쓰다듬어 주었다. 그때 우리 반 응원 아이템이 분홍색 때밀이 장갑이었기 때문에 나는 얼굴이 다 긁혀서 한동안 피부가 뒤집어져 고생을 했다.

다음 날 학교에 가니 어제 나와 같이 뛰었던 체대 준비반 애들이 코치한테 기합을 받고 있었다. 인문계 애한테 지는 게 말이 되냐는 이유였다. 그러고 보니 계주 후에 그 애들 표정이 어두웠던 게 기억이 났다. 그냥 학교 운동회인데 너무 심각해한다 생각은 했지만……. 지금 내가 먼 길을 돌고 돌아 결국 체육계에 종사한다는 사실을 그들이 알면 조금은 위안이 될까.

몇 주 후엔 학교 신문 표지에 내 사진이 실렸다. 계주 중의 순간을 포착한 스냅이었다. 최대치의 출력을 내느라 얼굴이 잔뜩 구겨져 있는 2등, 3등, 4등의 한참 앞에 활짝 웃으며 달리는 내가 있었다. 나 혼자 파트라슈와 산책하는 것같이 평화로워 보인다며 한동안 친구들 사이에 사진 합성 의혹이 있었다. 내가 말했잖아, 나 강아지 엄청 좋아한다고. 그러고 보니 네로도 어린 소년이다. 뛸 때 웃으면서 뛰었겠지?

크라우칭 스타트crouching start   달리기 시작 자세의 하나. 양손을 바닥에 짚고 몸을 앞으로 살짝 기울인다.

SHARK

농구 좀 작작 해

중학교로 진학하면서 클럽 활동을 선택해야 했다. 전교생이 매주 한 번 토요일마다 필수로 해야 하는 교과 외 활동이었다. 독서부, 발명부, 요가부 등등이 있었는데 나는 농구부를 선택했다. 농구를 좋아해서 선택한 건 아니었다. 그때까진 농구에 특별히 관심이 없었다. 〈슬램덩크〉를 보기도 전이었다. 그냥 제일 활동량이 많을 듯하고 뭔가 막연히 멋있는 느낌이라 농구를 골랐다. 다른 부 활동은 자리에 얌전히 앉아 있어야 할 것 같아서 끌리지 않았다. 그나마 몸을 쓰는 배드민턴, 피구 같은 것들은 이미 잘 알고 많이 해본 것들이라 식상했다.

농구부는 우리 여중에서 그해 처음 창설된 클럽이었다. 농구를 좋아하던 체육 교사가 자기가 맡아보겠다고 적극적으로 나선 덕이었다. 1, 2, 3학년 모두 합쳐서 서른 명 정도가 1기로 모였다. 농구공을 그때 처음으로 만져봤다. 내가 다녔던 초등학교에는 농구 골대가 없어서 농구 하는 애가 없었고 그래서 나도 남자애들이랑 축구만 했다. 그걸 특별하게 생각하진 않았는데 돌아보니 축구를 하던 여자애는 나밖에 없었다. 나는 어쨌든 몸을 많이 쓰고 싶었고 고무줄놀이는 내가 원하는 활동량에 미치지 못했다 (사실 나를 끼워주는 여자 친구들이 별로 없기도 했다. 나는 친구가 없었다……).

달리기가 빠르고 몸싸움이 되니까 초등학생 축구 레벨에서 나보다 공 잘 차는 애도 드물었다. 그런데 농구를 시작하니 농구공은 축구공만큼 내 맘대로 컨트롤이 잘 안 됐다. 축구는 골대도 대문짝만큼 넓어서 대충 차도 다 들어갔는데 농구 골대는 정교하게 조준해야 들어갈락 말락이었다. 스킬을 갈고닦아야 했다. 그런데 그 훈련 과정이 생각보다 지루하지 않았다. 아마 다 처음이라 모두가 고만고만한 수준이어서 그랬을 것이다. 연습 열심히 해서 내가 제일 잘해버려야지! 라는 생각에 불타올랐다. 치고 나갈 생각으로 훈련을 즐겼다.

하지만 넘치는 에너지와 열정에 비해 집중력과 성실도는 조금 떨어져서 잡담과 주의 산만으로 기합을 종종 받았다. 주로 나를 포함한 몇 명이 걸리면 연대책임으로 부원 전체가 다 같이 기합을 받아야 했다. 팔굽혀펴기는 기합의 단골 메뉴였다. 선생님이 "하나!"라고 외치면 모두가 동시에 내려갔다가 "둘!" 하면 올라와야 했다. 나는 그전까지 뛰고 구르고 몸을 휘두르기만 했지 근력운동이라곤 해본 적이 없었기 때문에 덩치가 무색하게 '둘!'에서 올라오지 못하고 맥없이 와르르 무너졌다.

그런데 내 왼쪽에 있던 어떤 선배가 내가 자빠져 있는 와중에도 흔들림 없이 팔굽혀펴기를 척척 다 해내고 있었다! 모르는 선배라 감히 쳐다보지는 못했지만 그 선배가 선생님의 구호를 하나도 놓치지 않고 오르락내리락 팔굽혀펴기를 하는 것이 왼쪽 흰자로도 생생히 느껴졌다. 그렇게 멋있을 수가 없었다. 내가 아닌 다른 여자를 멋있다고 느낀 건 태어나서 처음이었다. 그 선배가 나처럼 우악스럽게 크거나 통통한 스타일도 아니었다. 키가 크고 보통, 아니 오히려 마른 체격이었다. 긴 머리가 몸이 올라갔다 내려올 때마다 우아하게 찰랑거렸다. 그날부로 그 선배에게 흠모의 마음을 품었다.

그 선배와 친해지고 싶어서 정보를 수집했다. 학교 근처 맥도날드에서 알바를 한다는 사실을 알아내곤 돈이 생길 때마다 그

맥도날드에 들러서 햄버거를 사 먹었다. 돈이 없어서 매일 가진 못했다. 가서도 세트가 아닌 단품만 먹을 때도 많았다. 헝그리 정신의 결과로 마주치면 안부 인사 정도 하는 사이까지는 발전했지만 아쉽게도 그 이상으로 친밀해지진 못했다. 농구와 나의 관계도 마찬가지였다. 일주일에 한 번, 한 시간 반 정도의 활동으로는 대단한 재미를 느끼기 힘들었다. 각 잡고 경기를 하는 것도 아니었고.

비슷하게 클럽 활동에 한계를 느끼던 선배들 몇이 따로 농구 동아리를 만들겠다고 선언했다. 전부 커트 친 짧은 머리에 치마 대신 바지 교복을 입던 언니들이었다. 그 언니들이 스카우트한 서너 명의 1학년 중에 나도 있었다. 특별히 엄청나게 실력이 특출하진 않았었는데, 나도 머리가 짧고 교복 치마 밑에 체육복 바지를 겹쳐 입고 다녀서였을까? 아니면 나의 덩치에서 어떤 잠재력을 봤을지도 모른다. 솔직히 그 당시엔 썩 내키지 않았다. 딱히 농구가 재밌는지도 모르겠고 무엇보다 동아리에 팔굽혀펴기 잘하던 그 선배도 없었으니까. 그래도 '그냥 해보지, 뭐' 하는 생각으로 수락했다. 대충 한 결정이었지만 정말 잘한 선택이었다.

서른 명 가까이 되는 클럽 농구부에서 열몇 명의 동아리로 인원이 줄어드니까 비로소 농구 경기다운 경기도 할 수 있게 되었다. 농구부는 사람이 많아서 서로 얼굴도 잘 몰랐는데 동아리에서 같은 사람들이랑 계속 돌아가며 플레이를 하니 서로 확 친해졌다. 그제야 농구가 재밌어졌다. 알고 보니 농구는 엄청나게 재밌는 것이었다! 게다가 정식으로 경기를 해보니 역시 내가 제일 잘했다. 자리가 사람을 만든다고 그때부터 농구에 대한 애정이 더 샘솟았다. 학교 체육관은 6시면 문을 닫았는데 선생님한테 따로 열쇠를 받아서 나 포함 네다섯 명이 저녁 9시까지 농구를 했다. 그때부터 반 친구나 동네 친구보다 농구 동아리 친구들끼리 더 많은 시간을 어울려 다니기 시작했다.

그래도 둘이 세트로 다니던 단짝 친구가 따로 있기는 했다. 그런데 내가 평일에는 거의 매일 농구한다고 서너 시간씩 연락이 두절되니 그 친구가 화를 내기 시작했다. 쌓여 있는 문자와 부재중 전화에 땀에 젖은 손으로 헉헉대며 뒤늦게 답을 하면서 나는 매번 미안하다고 빌었다. 다음부터는 중간중간 연락 잘하겠다고. 그래놓고 그다음 날 또 똑같이 농구 한다고 본의 아니게 잠수를 탔다. 농구공만 잡으면 다른 생각이 하나도 안 들었다. 정신을 차려보면 수 시간이 지나 있었고 핸드폰엔 단짝 친구의 분노의 메시지가 가득했다. "농구 좀 작작 해!"

결국 그 친구에게 절교당했다. 나로서는 조금 억울하긴 했다.

내가 뭐 딴짓을 하거나 다른 친구 만나는 것도 아니고 정말 농구만 하는데. 뻔한데. 하지만 객관적으로 과한 편이긴 했던 것 같다. 심지어 농구를 같이 하는 친구들까지 나를 조금 질려했다. 그 친구들도 농구를 즐기긴 했지만 나처럼 매일매일을, 매번 몇 시간씩 연달아 하고 싶어 하진 않았다. 점심시간에 다른 친구들은 삼삼오오 친구들이랑 모여서 다 같이 밥 먹고 서로 기다려주고 하는데 나는 그 시간이 아까워서 혼자 후다닥 밥을 먹고 농구 하러 운동장에 나갔다.

나는 하루 종일 농구만 하고 싶은데, 같이 할 사람 구하기가 힘들었다. 어쩔 수 없이 부족한 사회성을 바닥까지 긁어냈다. 별로 친하지도 않았던 초등학교 때 남자 동창도 불러내고 어떤 땐 학교 선생님까지 불러냈다. 하지만 그 누구와 붙어도 내가 훨씬 더 잘했다. 성인 남자 선생님들도 체육 교사가 아니고서야 나랑 실력을 맞추기 힘들었다. 나는 항상 농구 욕구불만에 시달렸다. 그러다 결국 동호회를 따로 알아봤다. 다음 카페에 '여자 농구 동호회'를 검색해봤는데 그때 당시 딱 한 건의 검색 결과가 있었다. 거길 혼자 찾아갔다. 중2 때였다.

가보니 내가 제일 어렸다. 20대가 다수였고 아주 가끔 고등학생이 오는 정도였다. 묘하게도 대부분 머리가 짧았다. 농구 동아리를 만든 학교 선배들처럼. 머리 길이와 농구 실력은 반비례하는지 그 동호회 사람들은 아마추어인데도 다들 실력이 굉장했다. '잘 찾아왔구나, 여기다!' 싶었다. 팔굽혀펴기를 쓱싹쓱싹 해치우던 그 선배 같은 사람들만 모여 있는 것 같았다. 나는 금방 그들을 우러러보게 되었다.

이제는 매주 토요일마다 그 농구 동호회에 출석 도장을 찍었다. 모일 때마다 5천 원씩 동호회비를 걷었는데. 거기까진 내 주머니 사정으로도 감당할 만했지만 끝나고 회식으로 나가는 돈이 좀 부담스러웠다. 그래서 이런저런 핑계를 대면서 농구만 하고 밥 먹으러 가기 전에 빠질 때가 많았다. 그래도 그게 하나도 서럽지 않을 정도로 농구 동호회가 너무너무 재밌었다.

동호회에서는 주로 골대 하나에 3 대 3으로 붙는 길거리 농구를 했다. 그러다 인원이 늘자 5 대 5로 하는 정식 경기를 더 자주하게 되었다. 동네 친목 모임에서 진짜 아마추어 동호회로 막 발전해나가는 시점이었다. 하지만 나는 오히려 조금 흥미를 잃었다. 나는 3 대 3 경기가 취향에 맞았다. 3 대 3 경기는 플레이 진행이 빠르고 공간도 좁게 쓰니까 몸싸움이 더 과격했는데 5 대 5 경기는 공간이 여유로워지면서 조금 덜 터프해진 느낌이었다.

실력의 한계도 느꼈다. 학교 동아리에서는 내가 압도적으로 체력이 좋으니까 5 대 5 경기를 해도 언제나 MVP를 차지할 수 있었는데 동호회에서는 5 대 5로 바뀌자마자 기량이 확 떨어지는 게 보였다. 3 대 3에서는 강자였지만 코트를 전부 다 쓰니까 더 많이 뛰게 되면서 체력의 한계가 도드라진 것이다. 5 대 5에서는 여유 공간이 많아진 만큼 전략과 작전이 차지하는 비중도 늘었다. 단순히 나 하나 힘 좋고 슛 잘 던진다고 해결되는 게 아니었다.

지금이었으면 그러려니 하거나 그래서 더 노력했을 것 같은데 그때는 마음이 많이 어렸다. 내가 1등이 아니라는 생각이 들자 바로 농구에 흥미가 떨어졌다. 태권도 때와 마찬가지로 마침 그즈음에 (그제서야) 학교 친구들이랑 가까워져서 관심사가 다시 친구들로 옮겨가기도 했다. 그렇게 고3이 되기 전에 농구 동호회를 그만뒀다. 엄마는 이제 정신 차렸다고 좋아했지만 수능 대비라든가 하는 공부와 관련 있는 이유는 전혀 아니었다.

그럼에도 농구는 계속 내 마음속 한편에 남아 있었다. 다른 사람들과 어울려 땀을 흘리던 즐거운 기억은 자연스럽게 나를 체육 전공으로 이끌었다. 졸업하고 진로를 선택할 때도 체육 지도자의 길을 결정한 데는 농구와의 추억이 큰 영향을 미쳤다. 두근거리고 신나고 뿌듯하고 행복하던, 살아 있음을 만끽하던 그 기분을 다른 사람들에게도 느끼게 해주고 싶었다. 더 널리 알리고 싶었다.

크로스핏이라는 또 다른 운동의 선수 생활을 하면서 그리고 몇 년간 한국 1등의 자리를 지키면서, 이제 다른 사람들에게 운동을 가르치면서, 모든 과정 내내 다시금 농구에게 고마움을 느낀다. 나를 여기까지 데려와준 건 어쩌면 농구였다. 처음으로 몰입해 본 대상인 농구, 내게는 선물 같았던 농구가 다른 사람에게는 요가나 달리기 혹은 또 다른 운동으로 찾아올 수 있다. 어떤 것이든 마음을 열고 받아들여 봤으면 좋겠다. 나처럼 즐겨주기를, 한번 푹 빠져보길 바란다. 절대로 후회하지 않을 것이다.

운동하고 싶은데,
운동하기 싫어

인생 최고의 운동 암흑기 : 알코올 강점기

　우리나라에서는 대입이 마치 정치인 H 모 씨의 대선 공약 같은 역할을 한다. 열심히 H 씨의 이름을 외치면 전라도와 경상도가 통합되어 지역감정이 사라지고 경기도지사쯤은 인스타그램 디엠으로 임명받을 수 있다는 그의 말처럼 대학만 합격하면 살도 빠지고 키도 커지고 이쁘고 잘생겨지고 애인도 생기고 시력도 좋아지고 등등 초중고 12년 동안 실현되지 못한 모든 것이 갑자기 한순간에 이루어질 수 있다는 묘한 믿음이 21세기에도 널리 퍼져 있다. 많은 학부모와 교사들이 조직적으로 이런 관념을 확대 재생산함으로써 허상을 강화하는 데 가담하기도 한다.

　나는 '대학에만 가면'이라는 일련의 대국민 사기에 크게 휘둘리지는 않는 편이었다. 이미 지금의 키를 초등학교 5학년쯤에 거의 다 완성하기도 했고 원래도 평범한 체형이었지만 고3을 지나며 10킬로그램 정도 더 자연스럽게 빠져서 (앞에서 말했듯 공부 스트레스는 아니었고 연애와 교우관계 문제로 맘고생을 좀 했다) 다이어트에 별생각이 없던 덕이기도 했다. 한 가지, 시력은 확실히 대학에 가고 드라마틱하게 좋아졌다. 라식 수술을 했으니까.

　나는 다만 뭔가를 몰래 하지 않아도 되는 자유를 벼르고 있었다. 내 사적인 영역의 일에 허락을 받지 않아도 되는 권리와 자격이 부여되는 순간이 오기를 기다렸다. 더 마음껏 연애하고 하고 싶은 만큼 스킨십하고, '명절이니까 너 이거 한번 마셔봐라' 해서 겨우 한잔 홀짝이는 약주 말고 싸구려 소주와 맥주를 아무렇게나 섞어서 들이부어보고 싶었다. 그러니까 말하자면 합법적으로 막 나가고 싶었던 것이다(조금 아이러니한 게, 진짜 막 나가려면 합법이고 말고를 따질 필요도 없긴 하다). 온갖 감수성이 소용돌이치는 사춘기에 '나는 나를 파괴할 권리가 있다'는 비탄적 감성이 추가된 상태라고도 할 수 있겠다.

　해가 지나면 어쨌든 법적 성인이 되긴 하지만 재수생 신분은 완벽한 성인으로서의 특장점을 휘두르기엔 제약이 많을 게 뻔했다. 의무교육 과정의 연장선에서 해야 하는 것이 남아 있는 재수생 신분은 내 기준 그리고 결정적으로 내게 제약을 부여할 수 있는 부모님의 인식상 그저 미성년자의 유예 기간에 불과했다. 그래서 나는 절대로 재수를 하면 안 됐다. 지금까지 몇 년을 참아왔는데! 여기에 1년이나 더 추가되는 건 말도 안 되는 일이었다. 특히 다른 사람들은 즐기고 있는데 나 혼자 못 즐긴다? 이건 나에게 거의 사형선고나 다름없었다.

고3 때 만약 내가 공부를 열심히 한 적이 있다면 그건 오로지 절대로 재수할 수 없다는 일념 하나에서였다. 부모님은 사실 재수에 대해 부정적이지 않으셨다. 더 좋은 결과를 낼 수 있다면야 그럴 수도 있다는 편이었다(실제로 내 동생은 대입 합격증 컬렉터에 가까울 정도로 도장 깨기 하듯 다양한 학교를 다녔다). 그러나 내 성격은 내가 제일 잘 알았다. 나는 하면 안 되는 것이 너무나 많은 미성년자의 기간이 너무나 지루했다. 몇 년을 기다려온, 이제 눈앞까지 다가온 모범수 가석방의 기회를 여기서 놓쳐버리면 영영 무너질 게 뻔했다. 빠르게 끝내야 했다. 내 장기는 저강도 장시간의 유산소가 아니라 로켓 상태⬤가 빈번한 고강도 단시간의 무산소니까.

그래서 실제로는 평온한 국립공원 같은 외부 환경이었지만 나는 마음속에 울돌목을 품고 배수의 진을 쳤다. 일생 단 한 번의 시험, 두 번은 절대 없다는 각오로. 이 모든 비장함이 법적 성인이 되자마자 놈팡이처럼 놀겠다는 단 하나의 생각에서 비롯된 것이라니 지금 생각해도 정말 대단하고 한심하다. 나는 무난히 고려대학교에 합격했다. SKY 들어가면 외제차를 뽑아주겠다고 큰소리치던 아빠는 눈에 띄게 당황했다. 맨날 몰래 애인 만나고 새벽에 들어와서 핸드폰 압수당하던 딸이 그럴 리가 없다고 생각하고 날렸던 뻥카였던 것이다(차는 사회생활을 시작하고도 한참 후에 받긴 했다. 내 부주의로 사고를 내서 폐차했지만). 사실 주변에선 사탐 하나만 더 신청했어도 서울대도 지원하는 거였는데 아깝다고 난리였는데.

수능 직전까지는 연애에 상당히 집착하는 편이었는데 대입이 결정되자 마치 갑자기 해탈이라도 한 듯이 모든 번뇌와 강박이 사라져 조금 초연해졌다. 그때의 연애는 내게 국가가 허락한 유일한 마약이었다(비록 엄마 아빠는 허락하지 않았지만). 이드, 더 솔직히 말하자면 리비도의 스트레스 해소 창구 정도? 수능이라는 가장 큰 압박이 해소되자 그전까지의 광기도 사그라들어 공부를 안 해도 돼서 남아도는 시간을 딱히 그렇게 안달하던 데이트에 투자하지 않았다. 나는 대신 운동을 시작했다.

환갑이 훌쩍 넘은 현재에도 나보다 최신 핫플레이스를 더 잘 꿰고 있는 엄마가 너 '필라스테'라는 것 좀 해보라며 필라테스를 권했다(그로부터 15년 이상이 지난 지금까지 엄마는 필라테스를 필라스테라고 말하는 경우가 더 많다). 그 당시는 한국에서 필라테스라는 단어 자체가 생소할 때였다. 엄마는 알고 있는 내 친구 중에 제일 참하고 조신한 친구를 골라 같이 선릉역에 거의 최초로 생긴 필라테스 스튜디오에 등록시켰다. 혼자 다니면 또 옆길로 새거나 연애할까 봐서였다.

물론 필라테스 간다고 챙겨 나와서 애인 만나러 가버린 경우가 두 번쯤은 있었지만 그 외에는 전반적으로 성실하게 출석했다. 체육 시간에 실기 점수 받으려고 하는 연습 활동이 아닌, 돈 주고 배우는 운동은 생각보다 재밌었다. 한국에 막 들어온 필라테스는 지금처럼 기구 위주가 아니라 마루에서 밴드나 볼 같은 걸 활용하는 맨몸운동에 가까웠다. 그냥 콧구멍이 뚫려 있어서 숨 쉬고 살았는데 호흡하는 법, 몸에 힘주는 법이 따로 있다는 것이 무척 놀랍고 흥미진진했다. 몸을 파트별로 또 안팎으로 구분해서 괄약근까지 따로 움직여본다는 것도 마치 새로운 장난감을 발견한 듯한 기분이었다.

필라테스 동작 중에는 코어로 버티는 동작이 많았다. 같이 등록한 친구가 나보다 훨씬 몸무게가 덜 나가는데도 그 가벼운 사지를 들어 올리지 못하고 끙끙거리는데 되게 신기했다. 비하나 무시가 아니라 저게 안 될 수도 있는 동작이라는 걸 처음 알게 돼서 정말 순수하게 그 사실이 경이로웠다고 해야 하나? "자, 오른손을 들어볼게요" 해서 별생각 없이 오른손을 들었는데 나를 제외한 다른 사람들은 "아 선생님, 이거 원래 들리는 거예요? 절대 못 들겠어요"라고 난리가 난 것 같은 느낌이었다.

그 스튜디오에서는 필라테스 외에 요가, 요가와 필라테스를 결합한 요길라테스, 방송 댄스 같은 수업도 운영하고 있었다. 필라테스로 몸을 움직이는 데 재미 붙인 나는 다른 수업도 모조리 다 신청했다. 하루에 세 시간씩 연속으로 수강하는 날도 종종 있었다. 선생님은 계속 바뀌는데 나는 계속 같은 공간에 있는, 마치 〈여고괴담〉 1편의 설정 같은 수강생이었다. 선생님들은 내 체력에 혀를 내둘렀는데 사실 내 체력의 근원 중 하나가 그 선생님들이었다. 선생님들이 전부 다 눈이 황홀할 정도로 내 스타일이었기 때문이다(일단은 롤모델로서라고 해두자). 어떤 금요일에는 마감하고 선생님들끼리 클럽에서 회식하기로 했다는데 그날 클럽에서 감히 그 선생님들을 넘겨볼 별 볼 일 없을 게 뻔한 남자들이 괜히 밉고 부러워서 짜증이 나기도 할 정도였다.

그렇게 몇 개월간 마인드는 조금 건강하지 못한 듯하지만 몸은 건강하게 관리하던 나는 '대학에만 들어가면'의 대전제에서 실제로 발이 물리적으로 대학 정문을 넘어가게 되는 신입생 오리엔테이션 이후로 완전히 무너졌다. 대학은 1차원적인 쾌락의 보고였다. 특히 신입생은 술을 들이붓는 게 흐뭇하게 권장되기까지 하던 때였다. 뇌가 마비돼서 아무 말이나 하다가 필름이 끊기고 다음 날 다른 사람에게 지금은 입가에 미세한 진동도 오지 않는 나의 요절복통 에피소드를 듣는 사이클을 나는 너무나 즐겼다. 다들 조금씩은 돌아 있는 때였지만 나는 유독 제일 많이, 최고로 돌아 있었다. 짐작은 하고 있었지만 나는 과연 중독에 너무나 취약한 사람이었다.

당연히 필라테스건 소크라테스건 운동은 조금도 하지 않았다. 그럴 시간이 없었다. 나는 학교에 가야 했다. 학교에 가서 술을 마셔야 했다. 수업이 없는 날에도. 어떻게 하면 술을 한 번이라도 더 먹을 수 있을까가 사고의 대부분을 차지했다. 주량을 먹고 죽는 양으로 잘못 안 데다가 되지도 않는 '술부심'까지 부려서 맥주 같은 건 시켰다 하면 병 단위가 아니라 짝으로 시켰다. 몸이 쓰레기가 되는 건 순식간이었다. 플랭크 때 단단하게 온몸을 버티던 내 팔꿈치는 자꾸 술집 테이블 위에서 미끄러지고 바닥을 힘차게 밀어내던 양 손가락은 젓가락이나 술잔을 놓치기 일쑤였다.

그래도 여전히 체력 좋기로 유명했다. 나는 그게 튼튼한 간을 타고난 내 덕이라 생각했는데 아니었다. 그건 다 그전에 해놓은 필라테스, 근력운동 덕이었다(운동은 보통 10년 후를 위한 투자다. 10대 때 꾸준히 운동했으면 20대 때 덕을 볼 것이고 20대 때 꾸준히 운동을 했다면 30대 때 그 덕을 볼 것이다. 반대로도 마찬가지여서 20대 때 운동을 등한시했다면 30대 때 그 대가를 치르게 된다). 나는 수능 직후부터 대학 입학 전까지 나도 모르게 저축했던 체력을 마구 인출하며 소비하고 있었다. 이자도 붙지 않는 그 잔고가 이제 얼마 남지도 않았는데. 그 사실을 깨닫는 데 정말 오래도 걸렸다.

로첵 상태　더 큰 출력을 내기 위해 최대 근력 상태에서 일시적으로 호흡을 참는 것.

SHARK

82-98-87, 수험생의 체중 변천사

체대에 가야겠다는 생각은 중학생 때부터 했다. 체육 시간이나 체력장 때 내가 다른 애들보다 월등하니까 그리고 월등해지는 게 어렵지 않으니까 '체대에 가는 게 좋겠다'고 어렴풋이 느꼈던 것 같다. 공부를 잘하면 공부로 대학을 가고 미술을 잘하면 미술로, 음악을 잘하면 음악으로 대학을 가는 것처럼 나는 체육을 잘하니까 체대에 가는 게 자연스러웠다. 그렇다고 공부를 못했던 건 아니다. 특히 고등학교 때는 평균이 90점 밑으로 내려가본 적이 없을걸? (내신 한정이긴 했다. 정해진 범위를 달달 외우면 되니까. 모의고사 성적은 솔직히 별로였던 걸 인정한다. 국어 지문을 끝까지 읽어볼 시간이 영 없더라.)

유유상종인지 친하게 지낸 친구들도 다 달리기도 빠르고 체육에 두각을 나타내는 애들이었다. 그 친구들이 고2 말부터 체대 입시 학원에 다닐 거라고 했다. 그래서 나도 친구 따라 체대 입시 학원에 갔다. 도봉구에 있는 학원이었다. 집에서 버스로 30분 정도 걸렸다. 초중고를 다 도보 10분 이내의 곳으로 다녔던 나에게는 엄청난 장거리였다. 나 혼자 다니는 거였으면 가장 가까운 체대 입시 학원이 그곳뿐이었어도 안 다녔을 수도 있다. 친구들이랑 몰려가니까 갔지(아, 참고로 엄마 아빠는 내가 체대 입시를 준비하는 것에 대해 아무런 코멘트도 하지 않았다. 나의 유년 시절 파트를 읽었다면 아마 이런 반응이 이해가 될 것이다).

체대 입시 학원은 수능 전까지 주 3회 출석해야 했다. 한 번 가면 두 시간 정도 수업을 받았다. 여자 반과 남자 반이 구분되어 있었고 여자 반은 총 열 명, 남자는 그 두 배 정도의 인원이 있었다. 남자 선생님 한 명이 우리를 담당했다. 지금의 나보다 어린 나이였을 텐데 그때는 꽤 무서운 존재였다. 학교나 다른 국영수 학원, 과외 선생님으로부터는 느껴볼 수 없는 시니컬한 태도가 있었다. 잘 못하면 "야 너 이런 식으로 하면 체대 절대 못 가", "장난하냐 지금?" 같이 다소의 막말까지도 하는 정도였다.

　주로 근처 고등학교 내에 있는 체육관을 대관해서 훈련을 했는데 그날 훈련 결과가 좋지 못한 애들은 사무실에 남아서 나머지 공부처럼 나머지 운동을 해야 했다. 일단 학교 끝나고 학원으로 직행하면 워밍업으로 체육관을 몇 바퀴씩 뛰었다. 그냥도 뛰고 한 발 점프로도 뛰고 두 발 점프로도 뛰고 전속력으로도 뛰고 그래서 몸에 열이 좀 오르면 스트레칭을 또 한참 했는데 땀이 뚝뚝 떨어질 정도의 볼륨volume●이었다. 그러고 나서 비로소 입시 실기 종목에 들어갔다. 고2 때까지는 아직 어느 대학을 지망하게 될지 모르니까 대학별 실기 종목을 전부 다 해보는 식이었다.

　십자 달리기, 20미터 왕복달리기, 높이뛰기, 서전트 점프Sargent jump, 제자리멀리뛰기, 윗몸일으키기, 배 근력운동 이런 것들을 끊임없이 측정했다. 지원 대학에 체조 종목이 있는 사람들은 핸드스프링handspring●도 성공시켜야 했고 농구 슛과 배구 서브도 있었다. 선생님이 먼저 요령을 알려주면 몇 번이고 반복해서 측정을 했다. 몸을 동작에 적응시켜서 숙련도가 올라가게 하는 시스템이었다. 다들 운동신경이 좋으니까 겨루는 재미가 있었다. 나는 그중에서도 잘하는 축에 드니까 더 재밌었다. 아, 매달리기는 제외다. 이건 대개 60초 이상이 만점인데 체중 때문에 20초를 넘겨보지 못했다.

그때쯤엔 수능까지 시간적 여유가 있으니 그다지 심각한 긴장 감도 없고, 우리끼리 우열 가려봤자 별 의미도 없으니까 처절한 경쟁도 없었다. 그러니 선생님이 좀 무서워도 재밌게 학원을 다닐 수 있었다. 전반적으로 즐거웠다. 친구들이랑 까불면서 낄낄 거리던 기억이 많이 난다. 운동량이 많으니 힘들어서 먹기도 많이 먹었다. 학원 바로 앞에 애슐리가 있었는데 가맹주에게 기립 박수를 보낼 만한 탁월한 위치 선정이었다. 거기를 정말 자주 말 그대로 털었다. 옆에 있는 분식집의 떡볶이와 어묵은 입가심 수 준이었다.

그렇게 반은 노는 기분으로 학원을 다니다 보면 시간이 흘러 수능을 보게 되고 수능 이후에는 분위기가 사뭇 진지해진다. 이제는 희망 대학을 정해서 그 대학이 요구하는 실기 종목을 집중 적으로 훈련해야 한다. 매일 오전 10시부터 밤 10시까지 연습했다. 죽고 싶을 만큼 괴롭고 힘든 스케줄이었다. 제자리멀리뛰기 기록이 잘 안 나오는 애들은 근처에 있는 산을 타야 했다. 재수가 없으면 체육관에서 산까지 뛰어서 갔다가 뛰어서 돌아와야 하는 날도 있었다. 뛰어도 편도로 30~40분은 걸렸다. 가장 싫은 순간 중 하나였는데 다행히 나는 제자리멀리뛰기를 잘하는 편이라 주 1회 정도만 산에 갔다. 못하는 애들은 최소 세 번은 가야 했다.

그러고 나면 스미스 머신, 레그 프레스 머신 등등 헬스장에 주로 깔려 있는 웨이트 머신으로 근력운동을 했다. 머신들을 서킷 트레이닝circuit training 🖱으로 돌고 나면 1시 반에서 2시 정도가 되는데 이때부터 4시까지 점심시간이 주어졌다. 소화시키고 와서 다시 운동해야 되니까 시간은 넉넉히 주는 편이었다. 나는 이때 너무 힘들고 졸음이 쏟아져서 밥 먹는 시간조차 아까웠다. 그래서 종종 끼니 대신 편의점에서 쿨피스 1리터짜리를 사서 마시고 바로 체육관에서 잠을 잤다(다들 힘들어했지만 이렇게까지 하는 사람은 나밖에 없기는 했다. 내가 좀 피로가 잘 쌓이는 체질이긴 한 것 같다. 소아비만이어서 그런가, 어렸을 때 식단이 영양학적으로 너무 별로였어서 그런가……). 지망 대학 실기에 윗몸일으키기 종목이 있는 사람들은 오후 운동이 끝나고 나서도 곧장 쉬지 못하고 별도로 윗몸일으키기 3천 개를 채워야 집에 갈 수 있었다. 매일을 그러니 꼬리뼈 부근이 다 까져서 피가 나니까 생리대를 차고 하는 사람도 있었다.

고3 때는 상명대, 숙명여대, 동덕여대에 지원했다. 내가 준비해야 하는 종목은 농구 자유투 라인 슛, 배구 서브, 핸드볼 던지기, 앞구르기, 100미터 달리기, 제자리멀리뛰기, 높이뛰기 정도였던 것 같다. 다른 건 그럭저럭 준비가 됐는데 배구 서브를 특정 구역에 넣는 게 너무너무 안 됐다. 그동안의 훈련에 배구 비중이 적긴 했어도 왜 그렇게까지 못했는지 지금도 이해가 안 될 정도다. 거의 포기하고 운에 맡겨야겠다고 생각했다.

실기 시험장에서는 소심한 성격상 엄청나게 떨었다. '실전에 강했다!'고 할 만한 종목이 단 하나도 없었다. 다 평소보다 못했다. 맨날 익숙한 체육관, 익숙한 사람들 사이에서만 측정하다가 완전히 새로운 공간, 낯선 사람들 앞에서 측정하려니 어질어질했다. 원래 잘하던 농구조차 거의 삐그덕대는 수준으로 못했다. 결과적으로 실기를 못 봐서 지망 대학 세 군데에 모두 떨어졌다. 조금씩 상향 지원이긴 했지만 하던 대로만 했다면 당시 지원 상황상 붙을 수 있었던 곳들이었다.

마지막으로 동덕여대에 최종 불합격한 사실을 확인하니 엄청나게 막막했다. 가출해야 되나 싶었다. 물론 엄마 아빠는 처음부터 끝까지 일관적으로 나의 공부나 입시 과정에 무관심하셨기에 내 대학 삼진 아웃에도 전혀 가타부타 말을 얹지 않으셨다. 그래서 혼나거나 싫은 소리를 들은 것도 아니었는데, 그래도 집을 나가고 싶었다. 남들 다 하는 걸 나만 실패했다는 창피함과 좌절감에 살기가 싫었다. 결과적으로 나는 입시라는 경쟁에서 0점을 받은 셈이니까. 집순이인 내가 가출을 생각할 정도로 우울했던 것 같다. 소파에서 막 울었는데 엄마가 의외로 그럴 수도 있지 뭘 그러냐고 말해줬다. 위로가 아니라 정말로 나의 진로 따위에 관심이 없기 때문에 가능한 평온함이었지만 꽤 진정이 되기는 했다.

대학에 진학하려면 다른 선택지가 없기 때문에 재수 학원에 등록했다. 좌절감에 휩싸여 다른 곳과 비교도 안 하고 집에서 제일 가깝고 저렴한 곳으로 갔다. 저렴한 만큼 애써 학생 관리도 하지 않는 곳이었다. 학교도 안 다니고 누가 뭐 해라 강요도 안 하고 시간은 많고 하니까 마냥 놀았다. 진짜 겁나 놀았다. 공부는 하나도 안 했다. 어느 순간 떨어진 괴로움 따위는 싹 잊어먹고 한가로운 상황에 적응해버린 것이다. 연애도 하고 술 마시고 클럽 다니고 그렇게 열심히 논 적도, 열심히 퍼질러진 적도 없었다.

그렇게 한량짓을 하는 도중에도 시간은 착실하게 흘러서 또 수능이 임박해왔다. 다시 체대 입시 학원에 가야겠다는 생각이 들었다. 문제는 그동안 내가 98킬로그램이 되었다는 점이었다! 뭐가 어떻게 된 건지 정신을 차려보니 98킬로그램이었다. 사실 어쩌다 이렇게 된 건지 알고는 있었다. 맨날 야식 먹고 술 먹고 누워만 있으니까 그렇지. 그래도 1년 만에 82킬로그램에서 98킬로그램으로 올라버리다니. 내 점수가 이렇게 올랐어야 했는데. 그럼에도 정신을 못 차리고 논다고 미루고 미루다 보니 한참을 늦은

가을쯤에야 체대 입시 학원에 등록했다.

두 번째 수능은 고3 때보다도 더 못 봤다. 게으른 자에게 행운은 없었다. 재수한 입장에서 두 배는 더 불안했기 때문에 이번에는 모두 하향 지원했다. 그래도 혹시 다 떨어질까 봐 무서워서 2년제 대학도 하나 넣어뒀다. 삼수는 도저히 못 할 것 같았다. 수능이 끝나고는 진짜 실기 준비를 해야 하니까 비로소 살을 빼기 시작했다. 말 그대로 울면서 뺐다. 즐겨 가던 카페가 있었는데 거기서는 특이하게도 김치볶음밥을 팔았다. 그게 내가 그 카페를 좋아하는 이유였다. 가면 항상 김치볶음밥을 두 그릇씩 먹었는데 다이어트를 결심하고 한 그릇으로 줄였다. 그러고 친구 앞에서 울었다. 나는 고작 한 그릇만 먹고는 배가 안 차는데 이제 더 못 먹는다고. 친구가 엄청 웃었다.

눈물의 식이 조절에 더해 실기 준비로 운동량도 많아지니 87킬로그램까지 체중이 줄었다. 하지만 그 과정에서 무릎을 다쳤다. 90킬로그램이 넘는 초 과체중인 몸으로 10미터 전속력 왕복달리기를 하다가 무릎이 돌아간 것이다. 그때 안 좋아진 무릎은 조금씩 더 악화되어서 시간이 지나 크로스핏 선수 시절에는 결국 수술을 받을 수밖에 없었다. 그 이유로 선수 생활에서 은퇴하게 되었으니 결국 무절제한 과거가 내 발목을 잡은 셈이다.

무릎 때문만은 아니지만 큰 반전이나 드라마 없이 두 번째 실기 시험도 망했다. 첫 번째 대학에서는 네 종목을 봤는데 첫 두 종목은 꽤 잘했다. 그런데 중간에 화장실을 가보니 생리가 터져 있었다. 그 사태를 확인한 내 멘탈도 같이 터졌다. 그 여파로 뒤의 두 종목은 제일 자신 있던 종목들이었는데도 엄청나게 망쳤다. 시험장을 나오자마자 대성통곡을 했다. 결과는 기다리나 마나 떨어졌다는 확신이 들었다. 제일 간절히 가고 싶었던 학교였다.

두 번째 학교는 사실 시험장으로 향하면서도 별로 가고 싶지 않았다. 집이랑 너무 멀어서였다. 특별히 잘하고 싶은 마음조차 들지 않아서 대충 봤는데 안 떨어서 그런지 그냥저냥 무난하게 봤던 것 같다. 핸드볼 종목이 기억에 남는다. 남자 공과 여자 공이 사이즈가 다른데 시험 진행자가 나에게 남자 공을 줬다. 바꿔주면서 미안하다고 사과했다.

세 번째 학교가 바로 덕성여대다. 첫 번째 학교가 너무 간절했고, 간절했던 만큼 시험을 망친 후에 맥이 탁 풀려버려서 덕성여대 시험장에서는 별로 긴장하지 않았다. 심지어 조금 즐겼던 것 같기도 하다. 결과도 괜찮았다. 실수하거나 삐끗한 종목 없이 평소처럼 했다. 그렇게 운명처럼 덕성여대가 나에게 다가왔다(아, 참고로 2년제 학교는 수석이었다). 솔직히 덕성이 제1 지망은 아니었기 때문에 합격 결과를 보고도 특별히 환호하거나 신나하진 않았다. '휴 안심이다' 싶었다. 이번에는 갈 데가 있네, 그래도.

　결과적으로 그렇게 돼서 하는 말이 아니라, 지금에 와서는 그 1지망 학교가 아닌 덕성여대에 가게 되어서 진심으로 다행이라고 생각한다. 공학이었으면 여러모로 불편한 일을 많이 겪고 우울해졌을 것 같다. 사실은 덕성여대에서도 수면실에서 자다가 남자가 들어와 잔다는 신고를 몇 번 당했다. 그때부터 누가 흔들어 깨우면 바로 보여줄 수 있게 학생증을 품고 자는 버릇을 들였다. 화장실에 갈 때는 그나마 안심이었는데 여대다 보니 나 같은 외모의 사람이 들어가도 당연히 여자겠거니 하는 전제가 있기 때문이었다(사실 사회에서도 당연히 이런 전제가 있어야 하지만. 여자 화장실엔 여자만 들어가는 걸로).

　두 번의 도전 끝에 체대에 입성했지만 나의 운동 역사는 그때까지도 제대로 시작되지 않았다. 반면 비만과 과체중의 역사는 체대생이 된 후에도 융성하게 현재진행 중이었다. 대학생이라는 신분이 고난 끝 행복 시작의 분기점이 되어주진 않았다. 오히려 제일 암울했던 순간은 대학 시절 즈음에 찾아왔다. 재수 때의 암흑기는 진짜 암흑이 아니었다. 더 어둡고 고통스러운 순간이 아직 나를 기다리고 있었다.

볼륨 volume 운동의 양과 강도를 총칭하는 표현.

핸드스프링 handspring 도움닫기를 해서 양손을 땅에 짚고 몸으로 원을 그리며 넘겨서는 동작.

서킷트레이닝 circuit training 여러 운동을 순차적으로 수행하는 종합 운동 방법.

어떻게 살아 있었지?

　약간 미치지 않고서는 살아가기 힘든 레벨의 사회여서인지, 한국은 러시아처럼 추운 북방 국가도 아니면서 음주에 굉장히 관대한 나라 중 하나다. 폭음이 병증이 아닌 유쾌한 메이저 여가로 여겨지고 소소한 실책부터 심각한 범죄에 이르기까지 술이 어떤 면죄부처럼 적용되는 그릇된 인식과 문화의 시발점을 나는 대학이라고 본다. 모든 욕구를 공부라는 대의로 몇 년간 압착해 놓았다가 갑자기 한순간에 '축하합니다! 당신은 성인입니다!' 하면서 뻥 터트려버리는 시기가 이때인 것이다.

술은 이 욕구 해방의 들머리에 있다. 저렴하게, 오래, 여럿이 나눌 수 있는 비교적 진입장벽이 낮은 '성인템'이기 때문이다. 신입생들은 마시고 죽어보는 것을 통과의례로 여기며 주변의 선배들 때로는 교수들까지도 이 모습을 흐뭇하게 지켜보거나 심지어 귀엽게 여긴다. 몇 명은 발이 꼬여 길바닥에 넘어져야 잘 놀았다고 보는 분위기가 만연하니 위협적으로 강요하지 않아도 분위기를 맞추기 위해, '인싸'가 되기 위해 조금씩 무리해서 마시게 된다. 그리고 그 무리한 수준이 다시 평균이 된다.

돌이켜보면 나는 술 자체보다는 술자리를 좋아하는 타입이었다. 다 같이 모여 왁자지껄한 분위기가 좋고 다들 얼이 약간 빠져서 경계심이 허물어지는 나이브한 무드가 좋았다. (물론 다음 날부터 단과대 전원에게 공유가 시작되지만)그 자리에서만 은밀히 교환되는 비밀 얘기들, 눈빛들, 조금 더 친밀해진 것 같은 착각들에 푹 빠져 살았다. '그래도 되는' 권리가 부러워 성인을 갈망하던 나에게 '그래도 되는', '그럴 수도 있는' 술의 폭넓고 너그러운 실드는 마치 만능 조커와도 같은 강렬한 매력을 뿜었다.

고려대 문과대는 원래 학과로 응시하는데 내가 입학하는 연도에만 제도를 바꿔 정시생들을 과가 아닌 학부 단위로 받았다. 1학년까지는 비전공 학부생으로 (내 경우에는 인문학부) 수업을 듣다가 2학년 때 사회학과든 심리학과든 전공을 정해 지원하는 시스템이었다. 근데 수시생들은 또 학과로 받아서 같은 신입생 중에서도 누군 전공이 정해져 있고 누군 없는 작은 혼돈이 있었다(이런 문제 때문인지 내 다음 학번부터는 다시 수시, 정시 할 것 없이 과별로 신입생을 받도록 수정된 것으로 안다).

과가 정해진 수시생들은 해당 과 반으로 소속되고 정시생들은 랜덤하게 배정이 됐는데 나는 철학과 반으로 배정이 되었다. 그래서 지금도 제1 전공인 국어국문이나 제2 전공인 언론보다 철학과 동기나 선후배가 더 많다. 철학과는 체대, 법대와 더불어 고려대에서 가장 술을 많이 먹는 3대 학과 중의 하나다. 옛날 옛적 선배들이 겨울에 교내 잔디밭에서 술 먹다가 춥다고 나무 벤치를 뜯어서 캠프파이어를 하며 마셨다는 전설적인 이야기가 전해 내려오는 그 과가 바로 철학과였다.

나는 엄밀히 말하면 철학과도 아니면서 가장 철학과적인 정신을 이어받아 술자리란 술자리는 모조리 다 찾아다니며 있는 대로 술을 마셨다. 만약 자리가 없으면 내가 만들어냈다. 나이 많은 n수생 동기, 고학번 꼰대 선배들을 가리지 않고 공평하게 막말을 잘하던 나는 술자리의 재간둥이였다. 나의 화려한 언변은 술을 거치면 훨씬 더 필터링이 느슨해졌고 사람들은 나의 개념 없음에 경악하면서도 열광했다. 철학과에서는 대대로 '로꼬Loco'라는 별명이 한 학번에 한 명에게 부여된다. 로꼬는 스페인어로 '미친'이라는 뜻의 형용사다. 남자들에게만 이어지던 이 별명을 내가 여성 최초로 물려받고 '로까Loca'가 되었다(스페인어에서는 형용사를 수식하는 단어의 성별에 맞추는데 대체로 남성형은 끝모음을 'o'로 쓰고 여성형은 끝모음을 'a'로 쓴다).

　나는 술이 한국에서, 대학생에게 허용하는 그 넉넉한 테두리조차도 넘어갈락 말락 하는 난봉꾼이었다. 연세대와 친분을 다지는 자리에서 '에리카, 니가 확실하게 좀 보여줘'라는 선배의 귓속말에 기선을 제압하고자 소주를 나발로 불고 "안녕하십니까~ 민족 고대~ 녹두 문대~ 꺾이지 않는 붓으로 국문학과~ 100주년 기념 또라이 에!리!카! 여러분 앞에 당차게 인사드립니다~!" 하며 술상을 뒤엎었다(FM이라 불리는 자기소개 인사로, 학교, 단과, 전공 소개는 형식이 정해져 있고 이름 앞에 붙는 수식어는 고정이 아닌 자유다. 할 때마다 상황에 따라 변형 가능). 그 모습을 보고 내게 귓속말을 했던 그 선배조차 입을 다물지 못했다. 축제 때는 요구르트 소주를 페트병으로 두 병을 연달아 마시다가…… 더 이상의 자세한 설명은 생략한다. 아무튼 나는 이날 이후로 지금까지 요구르트 소주를 마시지 못한다.

　오로지 술을 마시다가 집에 사흘 정도 안 들어가기도 했다. 무단 외박을 한 지 하루 이틀 만에 들어가면 아빠가 극대노를 하지만 사흘 만에 들어가면 반가워하신다는 뜻밖의 알고리즘을 이때 발견했다. 집에 들어가려고 현관문 손잡이를 잡았다가 그대로 쪼그려 앉아 잠들어버려서 아침에 아빠가 출근하러 나오는 기척에 일어난 적도 있었다(자연스럽게 그때 집에 도착해 들어가는 척했다). 취해서 정신 줄을 놓고 지하철을 탔다가 앉아 있는 사람 무릎 위에 태연히 앉아버린 적도 있다. 순간 앉았다 일어난 게 아니고 편안하게 내내 앉아 있어서 그 칸 안에 있던 모든 사람들이 박장대소를 했었다. 인터넷이 지금처럼 활성화되기 전이라 천만다행이다. 지금이었다면 밈으로 만들어져 SNS를 영원히 떠돌 만한 일들의 연속이었다.

나는 그때 이런 일들을 즐거운 것으로 여겼다. 그러나 당연히 이런 것들은 모두 다 위험천만한 일이었다. 사회적으로나 일신상으로도 그렇지만 특히 내 몸에 정말 독이었다. 한번 필름이 끊기자 그 이후부터는 습관적으로 필름이 끊기기 시작했다. 마셨다 하면 술의 섭취량과는 상관없이 전체 술자리의 3분의 1에서 반 가까이가 기억에서 완전히 날아가버렸다. 정신이 나간 나는 그조차도 웃긴 일로 생각했다. 아마 뇌세포가 너무 많이 죽어버려서 올바른 판단력조차 잃었던 것이리라. 요즘에도 연상력이 떨어질 때나 어휘가 잘 생각이 안 날 때 뇌의 시냅스가 많이 끊어졌다는 느낌을 받는데 대학생 시절 폭음의 결과가 거의 확실하다. 농담이 아니라 진지하게 알코올성 조기 인지저하증의 가능성을 의심하고 있다.

뇌뿐 아니라 내장 기능에도 문제가 생겼다. 마시고 토하는 게 습관이 되다 보니 역류성 식도염을 달고 살았다. 섭식장애가 있던 것도 아닌데 술 없이 평범한 식사를 해도 먹은 직후에 거의 형태 그대로 다시 토해내는 일이 잦았다. 위와 식도가 토하는 것을 디폴트 값으로 잡아버렸기 때문이었다. 정말 무서운 일이었는데 내 옆에 나만큼이나 정신 나갔던 친구가 다이어트 안 해도 되겠다고 부러워했다. 심지어 "나도 해볼래"라며 화장실 옆 칸에서 따라 하기까지 했다……! 옆에서 그러니 나는 또 '아 그런가? 좋은 건가?' 하고 잠깐 으쓱하고 지나갔다. 이렇게 멍청하고 답 없이 살았는데 어떻게 큰 변 안 당하고 여태 살아남았는지 신기할 따름이다. 조상님의 은덕이라고밖에는 생각할 수 없다.

과장이 아니라 확실히 알코올 사용 장애였다. 언젠가부터는 술을 안 마시면 하루가 마무리되지 않는 듯한 기분이 들었다. 해야 할 일을 끝마치지 못한 것처럼 찝찝했다. 진짜로 해야 하는 과제나 출석은 밥 먹듯이 빼먹으면서도 말이다. 하루에 물보다 술을 더 많이 마신 것 같은 날도 적지 않았다. 언제 어느 때 음주 측정을 해도 면허정지 정도는 나올 법한 나날이었다. 유럽 국가였으면 진작에 재활시설에 강제입원되었을 것이다. 마치 아주 천천히 진행되는 자살과도 같은 라이프 스타일이었다. 나는 과연 원하던 것, '나를 파괴할 권리'를 손에 넣은 셈이었다. 내 몸에 대한 최소한의 의무는 하나도 하지 않은 채로.

SHARK

100킬로그램의 **체대생**

　2년에 걸친 입시 체육 끝에 마침내 체대에 입학했다. 그럼 이제 나는 완연한 운동인이 된 것일까? 대답은 '아니요'였다. 놀랍게도 나는 그때까지도 꾸준히 운동한 적이 없었다. 입시 체육은 말 그대로 시험을 위한 준비 그 이상도 이하도 아니었다. 같은 동작을 지속적으로 반복 시행해 결괏값을 억지로 끌어올린 것뿐.

　취미로 농구를 꾸준히 하긴 했지만 그건 스포츠의 영역으로 운동과는 또 미묘하게 다른 영역에 있었다. 운동은 신체 내외적 건강을 위해 몸을 단련하는 행위이며 스포츠는 일정한 규칙에 따라 개인 또는 팀이 서로 겨루는 일이다. 스포츠를 운동의 수단으로 삼거나, 운동의 긍정적 효과 중 하나로 스포츠 기량 향상이 있을 수는 있으나 이 둘이 서로 동의어는 아니다. 내가 했던 농구는 어찌 보면 운동보다는 스포츠, 오히려 입시 체육에 더 가까웠을지도 모른다. 게임을 더 잘하기 위한 스킬 연습만을 반복했지 내 몸과 힘을 단련하거나 개선한다는 개념은 아니었다.

체대에 들어가고 나서 여러 운동 동아리를 전전했다. 제일 먼저 들어간 곳은 에어로빅 동아리였다. 많고 많은 동아리 중에 에어로빅 동아리를 선택한 이유는 오로지 대회 때문이었다. 동아리 활동 중에 나간다는 전국대회. 그 대회 참가라는 한 줄이 장차 내 미래의 이력서에 도움이 될까 싶어서였다. 재수 때야 3지망 대학 모두 낙방이라는 좌절감에 자포자기한 채로 보냈지만 원래의 나는 무척 미래지향적인 사람이었다. 과연 띄엄띄엄 동아리 모임에 얼굴을 들이밀다 보니 2학년 때 대학생 에어로빅 대회에 출전할 수 있게 되었다.

에어로빅 동아리가 전국대회에 나가면 온 학교 사람들이 대규모로 응원을 오는 게 관례이자 연례행사였다. 하지만 내가 나가던 해에는 다른 무슨 동계 학교 행사와 대회 날짜가 딱 겹쳐서 대회 참가자를 제외하고는 아무도 오지 못했다. 내가 그 사실에 얼마나 안도했는지 모른다. 지금도 안도하고 있다. 절묘하게 겹쳐준 행사 덕에 동기들 중 그 누구도 노란색 끈 나시 쫄쫄이를 입고 무대에서 안무를 하는 내 사진을 갖고 있지 않다. 여전히 살찐 몸에 노란 쫄쫄이를 입은 내 모습은 천하장사 소시지 같았고 절대 아무에게도 보이고 싶지 않았는데 그럼에도 무대에 오를 만큼 나는 야망이 넘쳤다.

목표로 하던 대회 참가와 수상까지 달성하자마자 간사하게도 '이제 됐다' 싶었다. 원래도 주 1회 정도만 모이던 연습이었지만 대회 이후 갖은 핑계를 대고 그마저도 이리저리 빠졌다. 그러다 어느 순간 완전히 그만두게 되었다. 에어로빅 다음으로 내가 지원한 곳은 축구 동아리였다. 축구를 지원한 이유는 초등학교 때의 즐거웠던 기억 때문······이 아니고 역시 이 동아리가 꾸준히 전국대회에 나간다고 해서였다. 이 또한 스펙에 도움이 되리라.

축구는 드리블이 기본이지만 나는 드리블에 자신이 없었고 그럼 당연히 연습을 열심히 해야 했지만 동기가 불순했기 때문에 그냥 수비수를 맡기로 했다. 발재간보다는 몸빵으로 상대방의 공격을 커트하는 역할이었다. 가끔은 골키퍼가 되어 이따금 가까이 온 공을 상대방 쪽으로 뻥뻥 멀리 차주었다. 축구 동아리는 전국대회 3위에 입상했다. 그다음 전개는 마찬가지였다. 애초에 스펙이 목적이었으니 어릴 때만큼 순수하게 축구의 재미에 집중

하지 못했다. 이 정도면 충분하다 싶을 때부터 연습을 빠질 틈만 노리다가 어영부영 동아리에 완전히 발길을 끊었다.

4학년 때는 학교에서 체육관을 새로 지었는데 그때 처음으로 교내에 농구 골대가 생겼다. 이때는 정말로 농구가 하고 싶어서 내가 농구 동아리를 모집했다. 유일하게 순수한 마음으로 동아리 활동을 했던 때다. 확실히 농구는 나의 인생 스포츠였고, 축구가 되돌리지 못했던 나의 스포츠에 대한 열정을 농구는 되살릴 수 있었다. 하지만 안타깝게도 내 모집 공고에는 기대한 만큼의 반응이 오지 않았다. 나만큼 농구를 좋아하거나 관심이 있던 사람은 별로 없었는지 여섯 명 정도 모였다가 연습 3, 4회 만에 공중분해되었다. 내가 그 전까지 다른 동아리들을 사리사욕에 이용했던 것에 대한 운명적 인과응보였을지도 모르겠다.

어쨌거나 남들이 보기엔 그간 나의 활동들이 다 운동으로 보였을지 모른다. 하지만 엄밀히 말해서는 다 농구와 같은 스포츠였다. 에어로빅도 마찬가지였다. 운동과 스포츠 둘 사이에 우열이 있다거나 선후 관계가 있다는 말은 절대 아니다. 두 가지가 완벽하게 구분되는 것도 아니다. 하지만 완벽히 서로가 서로를 대체할 수 있는 똑같은 개념 또한 분명 아니었다. 나는 운동이 부족했고, 운동에 대한 필요성은 알고 또 느끼고 있었지만 실행하진 못했다. 내 몸에 대한 어떤 의무감으로 운동을 시작하기엔 아직 눈앞의 재미있는 일에 더 정신이 팔리고 눈이 돌아갈 어설픈 나이기도 했고 무엇보다 여전히, 먹는 게 너무 좋았다.

'먹는 걸 너무나 좋아하는 사람'으로 살다 보니 어느새 또 92킬로그램이 되어 있었다. 재수를 하며 한 번 90킬로그램를 넘어봤더니 두 번째로 넘는 건 더 순식간이었고 더 일도 아니었다. 그게 3학년 때쯤이었다.

나는 그때까지 계속 성적 우수 장학금을 받아왔는데, 나를 성적 우수자로 유지시킨 유일한 원동력은 엄마였다. 엄마는 내 성적에는 관심이 없었지만 돈에는 관심이 많아서 나보고 대학에 갔으면 장학금이라는 것을 좀 타와 보라고 타박을 했다. 그 잔소리가 듣기 싫어서 공부를 했다(방법은 내신 때랑 똑같았다. 시험 보기 2주쯤 전부터만 밤을 새워가며 시험에 나올 만한 내용을 달달 외웠다).

그렇게 장학금을 받아가며 휴학 없이 4년 스트레이트로 학교를 다녔다. 그런데 다음 학기가 없는, 졸업을 앞둔 4학년 2학기에는 성적이 좋아도 장학금 대상자가 아니었다. 공부할 이유가 사라졌으니 당연스럽게 공부를 때려치웠다. 4학년 1학기 기말시험이 끝나자마자 기다렸다는 듯이 게임을 파기 시작했다. 그 전에도 게임을 하긴 했지만 하루에 한 시간 내외로 굉장히 자제하는 편이었는데 그 자제력이 순식간에 먼지같이 사라지고 하루의 대부분을 게임에 올인하게 됐다. 스물네 시간 중 평균 열여섯 시간은 게임을 했던 것 같다. 말 그대로 잠자는 시간 빼고는 눈떠 있는 내내 게임만 한 것이다.

그때 한 게임이 리니지다. 가상의 세계에서 내 캐릭터를 키우고 과제를 수행하는 RPG 게임이다. 내 캐릭터는 마법사였다. 마법력을 강하게 만들어주는 이런저런 아이템으로 잘 꾸미고 멋지게 차려입히려다 보니 게임에 추가로 현금 결제를 하는 '현질'을 했다. 어쩌다 한 번이 아니고 한 달에 최소 30만 원씩 꾸준히. 그나마 돈이 없어서 그 정도였다. 여유가 있었으면 있는 만큼 더 썼을 것이다. 누적 금액 300만 원 정도를 이실로테 서버로 송금해 아데나로 환전했을 무렵, 나는 재수 때의 98킬로그램을 지나 100킬로그램이 되어 있었다. 키도 비례해서 같이 커졌다면 모를까, 당연히 내 키는 170에 머물러 있는 채였다. 인생 최악의 암흑기였다.

92킬로그램일 때도 이미 걱정이 많았다. 이렇게 뚱뚱한 나를 체육인이라고 할 수 있을까, 이 몸으로 앞으로 체육 쪽에서 무슨 일을 할 수 있을까, 내가 누굴 지도할 수 있을까, 누가 나를 믿고 따라와줄까 등등. 근데 거기서 8킬로그램이나 더 쪄버리니 이제 그런 진로 고민은 차라리 사치였다. 체육이고 나발이고 나는 나의 현실을 인지하는 걸 포기하고 거울 속 내 모습을 외면했다. 삶 자체를 제대로 마주하기 싫었다. 그리고 더욱더 현실도피에 몰두하게 되었다.

게임하느라 하도 밖에 안 나가니 점점 더 사람을 대하기가 힘들어졌다. 밖에 나가 누굴 만난다는 생각만으로도 심장이 두근거렸다. 아무리 소심하고 내성적이어도 그 정도는 아니었는데 사람을 상대할 엄두가 나질 않았다. 담배도 하루에 한두 갑씩 줄줄 피웠다. 히키코모리처럼 지냈음에도 운 좋게 당시 단짝으로 지내던 친구가 한 명 남아 있었는데 하루는 그 친구도 참다못해 나에게 게임 좀 그만하라고 강하게 이야기했다. 울면서 그 친구에게 나는 게임을 할 수밖에 없다고 대답했다. "나는 현실에서 뭘 해야 할지 하나도 모르겠어. 근데 얘(내 캐릭터)는 내가 시간을 투자하는 만큼 확실하게 세지잖아."

이런 쓰레기 같은 답 없는 생활을 마지막 학기가 끝나고 12월까지 계속했다. 12월에 드디어 마지막으로 남았던, 나에게 게임 좀 그만하라고 다그쳐주던 그 친구마저 나를 포기하고 연을 끊었다. 이제 2개월 후에는 아무것도 없이, 곁에 아무도 없이 졸업을 해야 했다. 정신을 차려야겠다는 생각이 퍼뜩 들었다. 부끄럽지만 그 친구를 잃고 충격요법 효과를 본 건 아니었다.

나를 정신 차리게 한 건 의외로 또 엄마였다. 이제 졸업을 하면 소속도 없고 신분도 불분명해지는데, 사회에 나가지 않아도 되는 명분이 다 사라지는데, 왜 '돈'을 벌지 않냐는 엄마의 잔소리가 시작될 거란 무시무시한 예감이 들었기 때문이다. 엄마가 나에게 돈을 요구하진 않지만 돈을 벌어야 하는 때에 돈을 벌지 않는 나는 절대로 참아줄 리가 없었다. 나는 취업을 위해 한순간에 게임을 그만뒀고 면접 직전에는 살도 87킬로그램까지 뺐다. 엄마의 잔소리가 그렇게 무서웠다(그리고 지금도 무섭다).

운동 왜 해?

 엄마 몸 밖으로 나오자마자 천상천하 유아독존을 외친 고타마 싯다르타처럼 처음부터 우주 만물의 진리를 다 알고 태어났으면 무척 좋았을 것이다. 하지만 나는 가엾은 중생 축에도 간신히 낄 만한 수준이라 탯줄이 끊어지면 이제 폐로 호흡해야 한다는 것조차 늦게 깨달아서 태어나자마자 무호흡으로 죽을 뻔했다. 첫 단추를 꿸 때부터 아둔했으니 살면서 무지로 인한 시행착오를 얼마나 많이 겪어왔겠는가. 세상의 이치로는 이미 치트키로 핵을 깔고 태어난 석가도 해탈하기까지 혹독한 수련의 과정과 고

난을 거쳤는데.

나는 프리챌과 싸이월드가 서비스를 중단했다는 소식에 크나큰 안도의 한숨을 내쉰 사람이다(그리고 서비스를 복구한다는 싸이월드의 소식에 다시 간담이 서늘해진 사람이다). 인터넷이 이렇게까지 발달하기 이전에는 그나마 은밀하게 혼자 찌질할 수 있었다. 기록이 남지 않으니까. 그러나 SNS라는 괴물은 사람들의 내면 깊숙이 자리 잡은 자기 전시 욕망을 자극해 무려 스스로의 손으로 흑역사를 유포하도록 유도했다. 현대인들의 자기 전시 욕망은 매슬로Maslow의 욕구● 중 최종 단계인 자아실현의 욕구보다 몇 배로 강력한 것이어서 이 디지털화된 악마의 유혹에 무릎을 꿇지 않는 자가 드물었다. 나로 말하자면, 최소한의 저항도 없이 사돈의 팔촌의 인감까지 다 훔쳐와 제 발로 바치며 악마에게 투항한 앞잡이에 가까웠다.

그때 끼적인 개똥 같은 글귀들을 지금의 시선으로 보면 정말이지 '빻았다'라는 말로밖에 표현할 길이 없다. 하이틴 영화의 한 장면을 캡처하고선 밑에 그럴싸한 폰트로 "여자의 적은 여자" 따위를 쓰며 누구보다 열심히 조인 코르셋을 전시하는 꼴이란. 그나마 다행인 점은 남자들에게 (더) 싸가지 차리기를 거부하며 적어도 된장녀라는 프레임으로부터는 자유로웠다는 것이다. 나는 나를 된장녀나 무개념녀라고 부르는 사람들을 '거지 새끼'나 '루저'라고 부르며 멸시했다. 360도 돌아 제자리인 여성 인권의 회전문 그 자체였던 셈이다.

아무튼 그때 내가 가졌던 촌스러운 사상 중의 하나가 '마른 여자는 운동을 할 필요가 없다'는 것이었다. 수능 끝나고 운동에 심취했던 이유는 그 필라테스 센터 선생님들이 연예인처럼 예쁘고 몸매가 좋았기 때문이었다. 그리고 나도 그렇게 엄청난 몸매와 미모로 대학에 '데뷔'하고 싶다는 열망이 운동의 주 동력원 중 하나였다. 신입생으로서 대학 오리엔테이션에 임하는 나의 각오는 이라크 전쟁 때 미국의 침략 전략과도 같았다. 충격과 공포. 나는 내 동기와 선배들에게 충격과 공포에 가까운 인상을 주는 주인공이고 싶었다. 지성이나 철학이 아닌 오로지 외모로.

소기의 목적은 어떤 면에서 달성을 했고 나는 아무런 의미도 가치도 없는 약간의 인기에 취했다. 얄팍하게 사니까 술독에 빠지는 것도 금방이었다. 운동? 그런 건 이제 할 필요가 없었다. 나는 운 좋게도 실제 몸무게보다 5~8킬로그램 정도 덜 나가 보이는 몸매였고 매일 새벽까지 술과 안주를 퍼먹는 거에 비해서는 군살이 붙지 않는 편이었다. 오히려 폭음한 다음 날 구토로 창백해진 피부와 핼쑥해진 뺨이 더 사연 있어 보이고 청순해 보인다는 칭찬을 들었고 그 칭찬에 몹시 만족했다. 이렇게 태어나서 다행이라고 생각했다. 운동을 안 해도 되는 행운의 몸이라고.

　순조롭게 몸을 망쳐가던 마지막 학기 즈음에 한 학번 위의 여자 선배가 교내 헬스장에 등록하고 운동을 한다는 얘기를 들었다. 나는 몹시 의아해했다. 그 선배가? 왜? 왜냐면 내 생각에 그 선배는 귀염상으로 충분히 여성스럽게 매력적이었고 살짝 마른 보통 체형이라 옷 입는 데도 지장이 없을 터였기 때문이다. 미니스커트나 스키니진을 입을 때 허벅지가 붙는 것도 아니고 팔뚝 살 때문에 민소매를 '못' 입는 것도 아닌데 도대체 왜 운동을 하지? 이해할 수 없는 일이었다. 나는 (빠른)두뇌를 풀가동한 끝에 그 언니가 '김민희처럼 마르고 싶은가 보다', '이제 귀여운 거 말고 다른 스타일을 내고 싶은가 보다'라고 결론을 내렸다.

　하필 나는 빠른 주제에 조용하거나 침착하지도 않은, 굉장히 나대는 타입이어서 과 방에서 그 언니와 마주쳤을 때 기어코 직접 언니에게 물어보고 말았다. "언니 요즘 왜 운동해요? 언니 말랐는데." 그 언니는 이제 대학원에 진학할 준비를 하는데 공부할 체력이 부족해서 운동을 한다고 대답해줬다. 그 대답은 나의 의문을 전혀 해소해주지 못했다. 우문에 현답을 줬는데 너무나 우매해서 그 현명한 대답을 받아먹지도 못한 것이다. 나의 새로운 의문은 이거였다. '공부랑 운동이랑 무슨 상관이지?'

오래 앉아 집중하는 데도 체력이 필요하다는 걸 꿈에도 모를 정도로 그렇게 무식했다. 대입 전까지는 조상의 은덕으로 꽤 괜찮은 하드웨어를 타고나서 체력이 달려 공부에 지장이 온 적이 없었고 대입 후에는 앉아서 제대로 공부를 한 적이 없었기 때문이기도 했다. 나는 겨우 '언니가 몸이 좀 아픈 사람이었나? 그래서 그렇게 피부가 하얬던 걸까? 나는 왜 이렇게 건강해서 피부가 안 하얗지'라는 처참한 결론을 내리고 말았다.

만약 누군가가 그 당시의 나를 현시점으로 끌어와서 내게 과거를 목도하게 한다면 나는 예수를 세 번 부정한 베드로 이상으로 한 7만 3615번쯤 저건 내가 아니라고, 나는 저 사람을 모른다고 부인할 것이다. 그 정도로 부끄럽고 창피한 과거다. 지금 여기 적어 내리는데도 손가락이 문득문득 머뭇거릴 만큼. 여성 전용 체육관에서 운동을 가르치는 나를, 유튜브까지 개설해 여자 운동의 필요성을 역설하는 나를 저 때의 나와 비교하면 그 사이에는 마치 빅뱅(아이돌 X, 우주의 생성 O)급의 어떤 데우스엑스마키나가 있었던 건 아닐까 의심이 될 정도다.

그러나 내가 그렇게 무지몽매했었기 때문에, 지금 이렇게 놀랍도록 개선되었기 때문에 나는 그만큼 더 다른 여자들에게 믿음이 있다. 아직도 '여자가 무슨 운동을……?'이라거나 '굳이 근력운동을 여자가 왜⋯⋯?'라고 생각하는 사람들을 무식하다고 무시하거나 매도하지 않을 수 있는 것이다. 인내심을 가지고 설득하고 또 생각에 변화가 오기까지 기다려줄 수 있다. 왜냐면 심지어 나도 변했으니까. 똑같은 실수 반복하기 세계 1등, 흑현대사 제조기 대장인 나조차 깨달았다. 나보다 훨씬 현명하고 훌륭한 다른 사람들은 내가 걸렸던 시간보다 더 빨리 알게 될 것이다. 언젠가는 모두가 알게 된다. 결국은 시간문제다. 진리가, 운동이 우리를 자유케 하리라.

매슬로Maslow의 5단계 욕구 이론 인간의 동기에는 위계가 있어서 각 욕구는 하위 단계의 욕구들이 어느 정도 충족되었을 때 상위 욕구로 나아간다고 보는 이론. 하위부터 생리적 욕구·안전 욕구·소속 및 애정 욕구·존경 욕구를 거쳐 가장 고차원인 자아실현의 욕구로 도달한다.

SHARK

저 이거 못 할 것 같아요

4학년 말에 온갖 다이어트를 시도했다가 실패하고, 결국 95킬로그램으로 대학을 졸업했다. 체대생이라고는 믿기 어려운 신체 스펙이었지만 운 좋게도 바로 보건소에 취직할 수 있었다(앞서 말했듯 엄마가 무서워서 면접 직전에 급히 87킬로그램까지 빼기는 했다). 내가 일한 곳은 대사증후군 센터였다. 사람들이 찾아오기도 했고 여러 단체나 회사를 찾아다니기도 하면서 주로 중장년층 이상을 대상으로 혈압, 혈당, 중성지방, 콜레스테롤, 허리둘레 등을 검사했다. 나름 안정적이고 보람이 없는 것도 아니었지만 지겨웠다. 인바디도 기계인데 내가 사람들에게 앵무새처럼 인바디를 읽어주는 또 다른 기계가 된 것 같았다.

특별한 대책도 없이 7개월 만에 보건소를 그만뒀다. 좀 더 젊은 사람들을 대상으로 에너지 넘치게 건강을 전도하는 일을 하고 싶었다. 더 솔직히 말하자면 내내 트레이너가 되고 싶었지만 체대를 다닐 때도, 졸업한 이후에도 엄두를 못 냈다. 내 몸이 일반적으로 떠올리는 트레이너의 몸과는 거리가 멀었기 때문이다. 그간 헬스장도 다녀보고 복싱장도 다녀봤지만 외적으로 뚜렷한 성과는 없었다. 입금한 수강료 대비 출석률로 보았을 때 나는 그저 대한민국 체육계의 발전을 기원하는 기부 천사에 가까웠다. 크로스핏은 그런 상황에서 마지막에 찾아간 최후의 선택지였다.

마침 집에서 가까운 곳에 크로스핏 박스가 있었다(크로스핏 체육관을 박스라고 부른다. 초창기 크로스핏 체육관들이 대부분 창고형이었던 데서 비롯된 말이다). 그 정도로 가깝지 않았으면 아마 끝까지 크로스핏을 해볼 생각도 하지 않았을 것이다. 그때까지 크로스핏은 최단 시간에 최대로 지방을 빼준다는 다이어트 운동 정도로만 알고 있었다. 정확히 어떤 운동인지 몰랐기 때문에 일단은 구석에서 수업하는 것을 지켜봐도 되냐고 인포 데스크에 물었다. 흔쾌히 얼마든지 있다 가라는 대답이 돌아왔다. 된다고 해도 보통 사람들은 길어야 15분 정도 보고 갔을 텐데 나는 그날 거기서 한 시간 수업을 처음부터 끝까지 통째로 참관했다.

　한 시간 후 내가 내린 결론은 '못 하겠다'였다. 크로스핏 수업을 받는 사람들은 정말 잠시도 쉬지 않고 끊임없이 움직였고 허리를 제대로 못 펼 정도로 헉헉거렸다. 내가 이런 걸 할 수 있을 것 같지 않았다. 나는 체대에서도 체력으로 하는 것은 다 꼴찌였다. 등산을 가도, 구보를 해도, 하다못해 기합을 받을 때도 제일 뒤처지는 사람이 나였다. 농구같이 운동신경으로 하는 스포츠에는 자신이 있었지만 크로스핏은 기본적으로 체력 거지인 내가 감당 못 할 운동으로 보였다. 다시 인포 데스크로 가서 말했다. "저 그만 가보겠습니다. 저는 못 할 것 같네요." 그때 오너도 코치도 아닌 어떤 일반 회원이 나에게 말을 걸었다. "왜 그냥 가세요? 등록하고 가세요. 이거 진짜 재밌어요!"

　나는 거대한 덩치와 사나운 인상과는 다르게 마음이 여리고 특히 남의 말을 잘 거절하지 못하는 성격이다. 그래서 등록했다. 심지어 3개월짜리 회원권을 끊었다. 할인율이 한 달짜리보다 비교도 안 되게 높았기 때문이다. 생전 처음 본 사람의 지나가는 말 때문에 결국 카드를 긁을 정도로 소심하지만 그 와중에 이윤은 잘 따졌다. 처음 한 달은 그 힘으로 다녔던 것 같다. 나에게 용기를 준 그 회원을 떠올리며 힘을 냈으면 좋았겠지만 나의 성실함의 원천은 카드 값이었다. 크로스핏은 여타 헬스장보다 가격 면에서 진입장벽이 다소 높은 편이다. 티셔츠나 운동화 같은 것도 대여를 안 해주면서 말이다. 당시 보건소를 그만두고 파트타임으로 방과 후 체육활동 강사를 하던 나에게는 특히나 큰돈이었다. 한 달에 100만 원 정도 벌 때니까. 나름의 헝그리 정신이었다고 할 수 있다.

내가 다니던 박스에서는 수업이 크로스핏과 워리어캠프 두 종류로 나뉘어 있었다. 워리어캠프는 크로스핏 기본 동작을 배우고 기초 체력을 끌어올리는, 일종의 크로스핏 입학 과정에 해당하는 클래스인데 박스에 따라 비슷한 클래스를 온램프 또는 부트캠프라고 부르기도 한다. 나는 등록할 때 둘 중에 뭐가 더 초보자들에게 적합한지, 뭐가 더 쉬운지를 물어봤고 당연히 더 수월한 편이라는 워리어캠프를 선택했다. 코치가 여자였는데 턱걸이도 막 하고 로프도 막 타고 올라가고 몸도 막 탄탄하고 그랬다. 되게 멋있어 보였다. 나도 그렇게 되고 싶다는 생각을 했다.

하루는 로잉 5킬로미터를 타는 날이 있었다. 로잉은 조정을 실내에서 훈련할 수 있도록 만들어진 로잉머신을 타는 것으로, 유산소성 운동에 속한다. 로잉머신들을 동그랗게 가운데로 모아놨었는데 내 맞은편에서 나와 비슷한 시기에 운동을 시작한 남자 회원이 얼굴을 무지막지하게 일그러뜨리며 고통스럽게 로잉을 탔다. 그렇게 힘들어하면서도 결국 끝까지 했다. 그게 바로 내 눈앞에 보이니까 나도 그만둘 수 없었다. 정말 죽을 것 같지만 나만 죽을 것 같은 게 아니구나 싶으니 다 하게 됐다. 매일매일의 죽을 것 같음을 그렇게 버텼다.

3개월 후에는 워리어캠프를 졸업하고 크로스핏 수업을 들을 수 있었다. 그곳에는 나보다 먼저 크로스핏을 시작한 시시 언니라는 사람이 있었다. 그 언니의 존재는 내게 충격이었다. 체육을 전공한 사람도 아니고, 그저 취미로만 하는 사람인데 비슷하게 따라갈 수조차 없었다. 코치야 코치니까 잘한다 쳐도 저 사람은 어떻게 저러지? 나는 그래도 체대 출신이고 워리어캠프에서도 금방 잘한다는 소리를 들으며 월반한 건데. 여자 코치를 볼 때와는 또 다른 자극이었다. 잘해야겠다는 의지가 다시 불타올랐다.

내가 다니던 박스에서는 보드에 그 날의 기록을 전원 다 쓰고 나면 제일 잘한 사람 이름 옆에 왕관 그림을 그려줬다. 그게 뭐라고, 그게 그렇게 갖고 싶었다. 1등을 놓치고 싶지 않아서 조금 일찍 기록을 적은 날엔 다음 수업에 더 잘하는 사람이 나올까 봐 모든 수업이 끝나는 저녁때까지 박스를 떠나지 못하고 지박령처럼 남아 있었다. 다른 운동을 하면서 남아 있을 때도 있었지만 정말 오로지 보드만 노려보고 있던 적도 있었다.

그렇다고 오기로만 크로스핏을 한 건 아니었다. 확실히 재미가 있었다. 특히 바벨을 만지기 시작하니까 타고난 힘이 좋은 덕을 많이 보게 되어서 더 할 맛이 났다. 내가 잘하는 것을 이제야 찾았구나 싶었다. 더 잘할수록 더 재밌어졌다. 항상 박스 전체 상위권을 차지하게 되자, 누군가 이제 대회에 나가도 되겠다고 했다. 그에 대한 나의 첫 대답은 대답이 아닌 질문이었다. "우리나라에서 크로스핏 누가 제일 잘해요?" 내가 바로 그 사람이 되어야겠다고 생각했다.

정확히 어떤 대회인지도 모르면서 포디움에 올라간 나의 모습부터 떠올렸다. 지금 생각해보니 확실히 평범한 사고의 흐름은 아닌 것 같지만 경기장에서 1등으로 마무리한 나의 모습을 상상하고 담배를 끊어야겠다고 결심했다. 수많은 관중들이 나를 둘러싸고 있는데 그 앞에서 숨차다고 헉헉거릴 순 없으니까. 그건 멋이 없으니까!

'내가 대회에 나가도 되는 수준일까? 나가서 잘할 수 있을까?' 같은 생각은 조금도 하지 않았다. 그런 생각을 할 수도 있다는 것을 나중에 에리카 언니와 대화하면서 알았다. 그날로 하루에 세 갑씩 피우던 담배를 단숨에 끊었다. 그리고 8년이 지난 지금까지 단 한 번도 다시 담배를 입에 물어본 적이 없다. 전자담배조차도.

나는 크로스핏을 잘하고 싶었고 크로스핏을 잘하기 위해서 무엇이든 할 수 있었다.

　무엇이 나를 이렇게 크로스핏에 빠지게 만들었을까, 내가 빠진 것이 왜 복싱도, 헬스도, 춤도 아닌 크로스핏이었을까 생각하다 보면 거울의 이미지가 떠오른다. 나는 어디에서건 내 몸이 거울에 비치는 게 싫었다. 거울에 비치는 나의 몸은 내가 원하는 몸과 너무나 거리가 멀었다. 그게 마음에 안 들었고, 창피했다. 그래서 계속 포기해왔던 것 같다. 헬스든, 복싱이든, 춤이든. 그땐 정확히 그런 이유라는 걸 몰랐지만 돌이켜 곰곰이 생각해보니 그랬다.

　지금에야 인테리어 트렌드가 조금 달라지긴 했지만, 당시 크로스핏 박스들은 의도적으로 거울을 비치하지 않았다. 거울을 두더라도 여타 헬스장처럼 운동 공간 전면에 비치하는 일은 드물었다. 크로스핏은 몸의 형태와 볼륨이 목적인 보디빌딩류와는 달랐다. 몸의 기능과 다양한 능력치를 골고루 극대화하는 게 목표였다. 거울의 부재는 다른 사람의 시선보다 나의 움직임에 더 집중하라는 뜻이었다. 다른 운동을 쉽게 포기하고 빠르게 그만두는 이유를 정확히 몰랐듯, 내가 유독 크로스핏에 몰두하게 된 이유도 정확히 몰랐었는데 그 사실을 알게 되니 이거였구나 싶었다. 내가 어떻게 보이는지 신경 쓰지 않아도 되는 편안함 그리고 자유로움.

나는 줄곧 멋있는 사람이 되고 싶었다. 운동도 멋있어 보이고 싶어서 시작했다. 하지만 매 순간 남들이 나를 지금 멋있게 보고 있을까, 내가 우스워 보이는 건 아닐까 일분일초 계속 신경 쓰고 있었다면 끝까지 그저 그런 사람으로만 남았으리라고 생각한다. 내가 힘겨움에 찌그러진 다른 사람의 얼굴을 보고 끝까지 해낼 용기를 얻은 것처럼, 당장 완벽하지 않은 나의 모습이라도 누군가에겐 동기부여가 될 수도 있다는 걸 이제는 안다. 멀리 보고 저 끝에서 더 멋진 사람이 될 수 있도록 지금 나 자신에게 집중하는 법, 나는 그것을 크로스핏을 통해 배웠다.

찾았다 내 운명, 아니 운동!

S는 약간 '놀던' 아이였다. 지금은 과거를 청산하고 훌륭하게 살고 있는 S가 혹시라도 나중에 이 글을 보게 되어 "아 언니, 그런 얘기 하면 어떡해요~"라고 할까 봐 '약간'이라는 부사를 붙였지만 사실 겁나 놀았다. S의 집안은 경기 남부에서 손에 꼽을 정도로 유복했고(당시 집 정원에 수영장이 있었다. 정원이 있다는 것만으로도 오! 싶은데 거기에 수영장까지 있었다. 쑥 정도 캐는 작은 마당이 아니란 얘기다. 그것도 캘리포니아도 아닌 수도권에서) 가족들과 상당히 건조한 관계를 유지하는 내 시선으로는 약간 연극성이 아

닐까 싶을 정도로 식구들이 화목해 보였는데 하여간 그럼에도 불구하고 S는 놀았다. 성장 환경이 불우했다고 모두가 범죄로 빠지는 게 아니듯이 별 트라우마나 마음의 상처가 없어도 매섭게 노는 애들이 있다. 쓰면서 떠올려보니 한둘이 아닌 것이, 유난히 내 주변에 그런 이들이 많은가…… 싶은데 하여간 S도 그중 하나였다.

나는 다행히 S를 사회에서 만났고 그녀는 특별한 이유도 없이 나를 굉장히 좋아했다. 그래서 나는 처음부터 눈을 깔지 않고 그녀와 마주 볼 수 있었다. 그녀는 내가 아는 모든 사람 중에 가장 생활 에너지가 넘치는 사람이었는데 돌이켜보면 성장기 때 그 넘치는 에너지를 소진할 곳을 찾지 못해 그렇게 거칠게 살았나 싶기도 하다. 그런 그녀가 어느 날 나에게 전단지를 흔들며 외쳤다 (S는 보통 평범하게 말할 수 있는 대부분의 대사를 외치면서 말한다. 때론 속삭여야 하는 상황에서도……). "언니! 우리 이거 해봐요!"

전단지에는 사족보행부터 이족보행까지 이어지는 인류의 진화 과정이 그림으로 요약되어 있었다. 그리고 진화의 정점에서 사무직(거북목)을 거쳐 다시 사족보행으로 퇴화하는, 결국 완연한 돼지의 모습을 갖추어버리는 미래 인류의 예상도까지 훌륭하게 도식화되어 있었다. 그 밑에 '이대로 내버려 두시겠습니까?'라는 위협적인 캐치프레이즈가 쓰여 있던 걸로 기억한다. 크로스 핏은 그렇게 날카로운 바람처럼 내 인생에 날아와 꽂혔다.

조금 더 사회화가 되었을 뿐, 사실 나도 S 못지않게 괄괄한 성품을 갖추고 있었기에 S와 나는 모두 이 전단지의 도발에 극도로 흥분했다. 그때 이미 묘하게 신이 났던 것 같다. 꼭 한번 싸워보고 싶었던 녀석이 마침내 수줍게 도전장을 건넨 느낌. 설레는 마음으로 결투 장소인 운동장 한편 플라타너스 나무 아래로 달려가는 느낌……. 영화 〈300〉(에 나오는 배우들의 몸)을 상당히 감명 깊게 봤던 나는 크로스핏이 어떤 운동인지 대충은 알고 있었다. 지구를 지키는 저 대한민국의 영원한 우방국가 미-국의 군인과 소방관 들이 하는 바로 그 운동! 우리는 점심시간에 당장 이 맹랑한 체육관에 찾아가 어떤 곳인지 살펴보기로 했다.

평일 밝은 낮 점심시간에 방문한 크로스핏 체육관은 고요했다. 순한 얼굴에 그렇지 못한 몸을 가진 남자 코치 둘이 폭력적인 무게로 쇠질을 하고 있을 뿐이었다. 얼굴과 몸 그림체의 괴리가 더 큰 쪽이 오너였다. 그는 세트를 마무리하기 위해 나의 상담을 다른 코치에게 맡겼다. 지시를 받은 코치는 그다지 밝지 않은 얼굴로 나를 인포 데스크로 안내했다. 잠재적 신규 회원보다는 빚쟁이를 맞이하는 듯한 표정이었다. 나중에 알고 보니 그는 그저 낯을 많이 가리는 극도의 내향인이었지만 그렇다는 사실을 등록하고도 한참 후에야 알았기 때문에 그 당시 나로서는 상담 내내 내 눈은 쳐다보지 않고 별 의미 없는 이면지만 내려다보고 있는 그를 상당히 싸가지가 없다고 생각할 수밖에 없었다. '지 운동 방해해서 열 받았나 보지?'라고 성급히 단정 지어버린 것이다. 안타깝게도 그는 낯을 가릴수록 말본새까지 퉁명스러워지는 타입이었다.

"그, 어떻게 오셨죠?"

(아니 체육관에 운동해볼까 하고 왔지 무슨?)"크로스핏 궁금하고 해보고 싶어서요!"

"근데 크로스핏이…… 그냥 막 할 수는 없어요."

"네? 입회비라도 내야 하나요?"

"아니, 되게 어렵고 힘들거든요……. 그래서 지금 당장은 못 하실 거예요……. 안 될 거예요."

8년 전인 그때 나는 사회적 코르셋에 심취해 있었다. 특히 오피스룩에 꽂혀 언제나 몸에 대고 그린 듯한 원피스나 펜슬 스커트를 입고 화려한 메이크업과 네일을 유지했다. 처음 크로스핏 박스에 입성할 때에도 10센티미터 이상의 하이힐로 '뚜각뚜각' 역도 대 위를 가로질러 워킹했던 것이다. 나는 그가 나의 외양을 보고 나를 이런 거친 운동은 할 수 없는 나약한 여자로 치부했다고 확신했다. 그리고 발끈해서 대꾸했다. "아니요, 저 이거 할 건데요. 오늘 저녁부터 나와도 되죠?"

사실 그때 그 코치가 진정으로 하고 싶었던 말은 '1. 크로스핏은 기초 동작을 숙지해야 안전하게 수행할 수 있다. 2. 그러니 바로 크로스핏 수업부터 듣지 말고 입문 과정 수업을 먼저 들어라'였다고 한다. 그의 부족한 사회성 덕분에 그 굉장히 타당하고 다정한 의도를 나는 기 싸움으로 받아들였고 덕분에 조금 섣불리 크로스핏을 시작할 수 있게 되었다(권장하지 않는 크로스핏 입문 방식입니다. 박스에 초보자를 위한 수업이 개설되어 있다면 크로스핏 전에 꼭 선행 수강하는 것을 추천합니다).

점심때야 욱하는 감정으로 질렀지만 퇴근 후 진짜로 운동하러 갈 때가 다가오니 초조하지 않은 척 애써 내 대뇌를 속이려고 해도 심장은 정직하게 쿵쾅거렸다(심장은 의지로 통제할 수 없는 불수의근이다). '내가 (또) 순간의 울컥을 못 참고 일을 쳤나?' 하지만 후회해도 이미 늦었다. 아니 솔직히 후회할 수도 있었다. 그냥 전화 한 통이면 깔끔하게 환불이 될 테니까. 하지만 성질머리 못지않게 쓸데없이 자존심이 강한(자존심과 자신감은 다르다. 성질머리와 자존심 둘 다 높지 않은 편이 경험상 인생 살기에 더 낫다) 나는

'아 씨발 몰라. 오늘 가서 죽어버리지 뭐'라는 마음으로 비장하게 요가복을 챙겨 입고 박스로 향했다.

해가 지고 난 후의 크로스핏 박스는 문을 열기 전부터 낮과는 전혀 다른 열기를 뿜었다. 실제로…… 열기를 뿜었다. 유리문에는 오로지 인간들의 땀에서 비롯된 습기로 물방울이 맺혀 있었고 마치 누군가의 다정한 겨드랑이 밑에 있는 것처럼 공기가 더웠다. 그 안에서 사람들이 뒹굴고 있었다. 벗어 던진 티셔츠와 '난닝구'들은 코 푼 휴지처럼 여기저기 구겨져 처박혀 있고 그들의 주인들은 본연의 살색을 뿜내며 마찬가지로 쓰레기처럼 여기저기 나동그라져 있었다. 호흡이라기보다는 그르렁거리거나 토하는 것에 가깝게 거친 숨을 내쉬며 몇몇은 입가의 침을 닦았고 몇몇은 검은자위보다 흰자위가 더 많이 보이는 그곳의 모습은 지옥도 그 자체였다. 그 충격적이고 압도적인 풍경에 나는 전율했다. 그리고 본능적으로 깨달았다. 이곳이 바로 내가 찾던 그곳이었다는 것을.

정확히 50분 후 나는 내가 보았던 이들과 동일한 자세로 바닥에 누워 동일한 짐승 소리를 내며 동일한 양의 아밀레이스를 구강 밖으로 내보내고 있었다. 그런 스스로의 모습이 부끄러웠냐고? 아니. 그럼 자랑스러웠냐고? 그것도 아니. 그냥 그런 생각 자체를 할 수가 없다! 지금 여기가 저세상인지 현 세상인지도 알 수가 없는 판에 그런 자질구레한 것들이 다 무슨 소용, 무슨 상관이란 말인가! 내가 방금 얼굴도 모르는 우리 고조할아버지와 잠시 하이파이브를 하고 온 것 같은데, 도대체 현생의 무엇이 더 중요할 수가 있겠느냔 말이다.

한동안 바닥에 누워 다시는 돌아올 것 같지 않은 숨을 고르며 내가 느낀 것은 자유였다. 성인이 되어 이렇게 무거운 것을 머리 위로 휘두르며, 내 몸을 바닥에 엎어치고 메치며, 꽥꽥 소리를 질렀던 적이 있었던가? 그러면서도 남 신경을 하나도 쓰지 않았던 적이 정말로 있었던가? 뭐가 뭔지 어떻게 돌아갔는지 잘 기억은 안 나지만 어쨌든 나는 그날의 운동을 끝냈고, 끝냈다는 사실을 보드판에 이름과 함께 적을 수 있었다. 그곳에서 내가 증명해야 하는 것은 그뿐이었다. 나의 하늘하늘한 블라우스, 피부 톤에 찰떡인 립스틱, 꾸민 듯 안 꾸민 듯 잘 세팅된 헤어가 아니라 내 몸이 수행해낸 나의 기록 단 하나.

모두를 똑같이 사랑하는 사람은 결국 아무도 사랑하지 않는 것이라는 말이 있다. 대학 시절 내내 술만 먹다 지친 나는 그 후로 뭐라도 건설적인 걸 해볼 요량으로 어느 누구 못지않게 많은 운동을 찾아다니고 섭렵했지만, 뭐든 길면 두어 달의 썩 나쁘지 않은 기억으로만 남을 뿐이었다. 운동을 즐기긴 하지만 제일 좋아하는 운동을 꼽으라면 입술만 벙긋댈 뿐인, 최애 없이 차애만 수십 명인 상태랄까. 나라는 사람의 성향이 원래 그렇게 두루두루주의인 줄 알았는데 그게 아니라는 걸 크로스핏을 만나고 하루 만에 아니 50분 만에 깨달았다. 진정한 사랑을 만나고서야 그 전의 고만고만했던 감정들이 사랑이 아니었다는 걸 알게 된 것처럼, 나는 처음 만나는 자유, 크로스핏과 사랑에 빠졌다. 그리고 우리는 8년째 연애 중이다.

SHARK

다이어트 연대기

한국에서 다이어트 강박 한번 겪지 않고 사는 여자가 있을까. 20~30대 여성 비만율은 OECD 국가 최저에 가까운 수준임에도 오늘도 많은 멀쩡하고 건강한 여자들이 스스로를 비난하며 죄지은 사람처럼 체중계에 올라가고 스스로에게 형벌을 주듯 식사량을 줄인다. 그에 비하면 나는…… 객관적으로 다이어트를 할 만한 상황이긴 했다. 이제 펼쳐질 나의 다이어트 연대기는 성공보다 실패가 더 많다. 당연하다. 성공했으면 한 번으로 끝나지 '연대기'까지 갈 필요가 없으니. 몇 번은 사회적 기준에 맞춰보려고, 몇 번은 꿈과 목표를 이루려고 다이어트를 했다. 나의 이야기에서 무엇 하나라도, 최소한 '저러면 안 되겠다' 하는 것이라도 얻는다면 무척 보람될 것이다.

초등학교 6학년 때 몸무게가 68킬로그램이었다. 6학년이니까 60킬로그램대일 수도 있지 싶었다. 키도 크니까. 중1 때는 72킬로그램이 되었다. 6학년보다 1년 더 업그레이드된 상태니까 몸무게 앞자리도 6에서 7로 업데이트할 만하지 하고 또 크게 신경 쓰지 않았다. 이 정도 몸무게도 엄청난 활동량으로 그나마 억제한 것이었다. 나는 잠시도 가만있지 않고 돌아다녔다. 어쩌다 보니 '논다'는 아이들이랑 어울리게 되었는데 특별히 누굴 괴롭히거나 한 건 아니고 그저 앉아서 공부를 하지 않는, 진짜 놀기만 하는 무리였다. 다들 돈도 없으니까 목적지도 없이 막연히 거리를 돌아다녔다. 공원 같은 데를 돌면서 수다 떨다가 걷고 또 걷다 보면 산도 하나 타 넘어가 있고 그랬다.

중2 때는 집에 좀 쓸 만한 컴퓨터가 생겼다. 그 전에도 컴퓨터가 있긴 했지만 사양이 너무 낮아서 뭘 할 수가 없었는데 이제는 집에서 게임을 돌릴 수가 있게 되었다. 방학이 시작되고 두 달 동안 집에 붙어서, 아니 컴퓨터에 붙어서 게임만 했다. 하루에 최소 대여섯 시간씩 앉아 있다가 출출하면 라면 끓여서 밥 말아 먹고 다시 게임을 했다. 그러다 보니 어느 순간 교복 이상으로 매일 입던 청바지에 몸이 들어가질 않았다. 깜짝 놀라 체중을 재보니 82킬로그램이었다. 활동량이 너무 확 줄어서 그렇게 몸이 부는 동안 살이 찌는 줄도 몰랐다.

다시 청바지를 입기 위해 다이어트를 결심했다. 그땐 '다이어트=굶는 것'이었다. 나는 밥 대신 허벌라이프 같은 셰이크로 세 끼를 때우기로 했다. 체중이 비슷한 친구랑 같이 살 뺀다고 매일 만나서 줄넘기도 엄청 했다. 얼마 후 나는 73킬로그램으로 나름 그전 체중을 회복했는데 그 친구는 나 몰래 뭘 더 먹었는지 변화가 없었다. 그 친구가 바로 돈 주고 비싸게 찌운 살 왜 빼냐고 했던 그 친구다. 그 친구는 그저 혼자 뚱뚱하기 싫었던 것 같기도 했지만 나는 그 말에 바로 설득당하고 다이어트를 그만두었다. 그만두자마자 친구와 사이좋게 같은 몸무게로 복귀했다.

방탕하게 살다 100킬로그램에 가까워져 버렸던 재수생 때엔 실기 시험 3개월 전부터 모든 식사량을 반으로 줄였다. 간식은 절대 안 먹고 무작정 허기를 참았다. 3개월이라는 제한 시간이 있기에 가능한 일이었다. 입시가 끝나고 대학이 결정되자마자 그야말로 순식간에 다시 90킬로그램에 임박했다. 90킬로그램을 좀 탈출하고 싶어서 다시 활동량을 늘려보려고 한 시간 정도 걸었다. 뛴 것도 아니고 걷기만 했는데도 평소에 도통 움직이지를 않으니 다음 날 다리가 퉁퉁 부어서 수업을 듣는 데 지장이 생길 정도로 힘들었다. 그래서 딱 하루 만에 바로 포기했다.

당시 싸이월드에 혼자만 볼 수 있게 비공개로 다이어트 일기 카테고리를 만들어놨는데 얼마 전에 다른 자료를 찾다가 그때 적어놓은 식단 기록들을 발견했다. 순대, 라면, 튀김 같은 게 매일매일 하루도 거르지 않고 일기에 쓰여 있었다. 이걸 다이어트 일기랍시고 적어놨나 싶어서 헛웃음이 나왔다. 그땐 내가 먹는 것의 종류에 대해서는 일절 고려하지 않고 무조건 양만 줄였다. 사실은 중요한 건 그게 아니라, 무엇을 어떻게 먹느냐였는데 말이다.

첫 박스에서 크로스핏 코치로 일할 때 저녁 9시 반에 마감하면 마지막 타임 수업을 들은 회원들을 끌고 무조건 삼겹살집 아니면 치킨집에 갔다. 그땐 그나마 술을 안 좋아해서 술은 안 먹고 그 대신 기름진 걸 중화한다고 항상 뚱뚱한 사이다 캔 하나를 곁들여 먹었다. 크로스핏 대회를 준비하면서는 심폐지구력을 생각해서 담배를 끊었는데 흡연 욕구에 대한 보상 심리로 계속해서 무언가를 입에 집어넣었다. 그러자 원래도 대단했던 식사량이 더 어마무시해져서 8킬로그램이 찌는 데 단 2주도 걸리지 않았다.

오전 수업을 맡았을 때 항상 오전 마지막 수업에 출석하는 회원이 있었다. 그 회원과 점심을 같이 먹는 게 루틴이 되었는데 둘이 식당에 가면 반드시 메뉴를 세 개 시키거나 3인분에 준하는 양을 주문했다. 그 당시에는 모 카페의 디저트 메뉴인 허니버터브레드에 꽂혀서 밥 먹고 나면 그것도 꼭 먹어야 했다. 가끔은 그분이 이것까진 못 먹겠다고 해서 나 혼자 크림이 올려진 큰 브레드 하나를 다 먹어치우기도 했다. 하루는 다른 디저트 카페에 갔는데 다른 사람들 둘이 와서 음료 두 잔에 조각 케이크 하나 시킬 때 나는 음료 두 잔에 케이크 세 개를 시켰다. 나 먹고 싶은 케이크 하나, 회원 먹고 싶은 거 하나 그리고 둘이 같이 먹을 거 하나. 그러고 또 내가 다 먹었다.

주 5일을 이런 식으로 한 주를 보내고 나니 그 회원이 이제 오전 수업을 오지 않겠다고 선언했다. 너무 많이 먹어서 운동한 보람이 하나도 없어져 버렸다는 게 이유였다. 다시는 그 회원을 오전 수업 때 볼 수 없었지만 나는 혼자서 꾸준히 밥 먹고 허니버터브레드를 해치우는 루틴을 지켰다. 박스 전체 회식 때도 통닭집 가서 신나게 먹고 그 카페에 가서 브레드를 종류별로 다 시켜서 와구와구 먹었다. 깨끗이 다 먹고 나서 내가 옆 사람 귀에 이제 삼겹살 먹으러 가자고 속삭였는데 그 사람이 너무 소름 끼친다고 소리를 빽 질렀다. '내가 이상한 건가?' 싶었다.

크로스핏 2년 차에 접어들 무렵 이제 힘으로만 크로스핏을 하는 덴 한계가 있다 싶어서 다시 다이어트를 결심했다. 주목표는 짐내스틱류를 수월하게 하는 것이었다. 나를 제외한 다른 톱 여성 선수들은 다 머슬 업Muscle up이 가능했는데 나는 잘 되지 않았다. 머슬 업은 풀 업 바나 링에 매달린 상태에서 팔꿈치를 구부려 신체를 명치 정도까지 끌어올린 다음 팔꿈치를 완전히 펴내면서 상체 전체를 바나 링 위로 걸치는 짐내스틱 동작인데, 지금도 그렇지만 한국 크로스핏이 막 성장하던 2014년 즈음에는 특히 상당히 고급 기술이었다. 선수들 중에도 능숙하게 하는 사람이 많지는 않았다. 힘은 충분했고 이제 내 몸을 끌어올릴 수 있을 만큼 체중을 줄여야 했다. 엄청 고민하다가 박스 안의 다이어트 모임에 들어갔다. 온라인으로 서로 그날그날의 식단을 공유하고 평가받는 형식이었다. 고민한 이유는 남들 앞에서 거짓말쟁이가 될까 봐서였다. 식단을 제한한다는 것 자체가 나에게는 도저히 지킬 수 없는 공약이라는 부담이 있었다.

일단 하기로 했으니 첫날 식사량을 엄청 줄여서 업로드했다. 두 봉지씩 먹던 과자도 딱 다섯 조각만 먹고 하루에 세 캔은 마시던 탄산음료도 엄청난 인내심으로 한 캔만 마셨다. 그런데도 나는 식단 평가에서 마이너스 점수를 받았다. 적게 먹었는데 도대체 왜? 이해를 할 수가 없었다. 며칠 후에야 이유를 알게 되었다.

밀가루와 액상과당은 섭취시 무조건 마이너스가 부과되는 것이었다. 그때부터 탄산음료를 탄산수로 대체했다. 밀가루는 도저히 한 번에 못 끊겠어서 하루에 한 번만 먹기로 했다. 밀가루 섭취를 줄이는 건 몸의 염증반응을 줄이는 일이기도 했기 때문에 크로스핏 선수라는 입장으로서 썩 잘 참아낼 수 있었다.

조금씩 줄이고 대체해가다 보니 자연스럽게 깨끗한 식단을 유지할 수 있게 되었다. 5킬로그램을 줄였을 뿐만 아니라 부수적으로 몸의 회복력도 좋아졌다. 조금 더 박차를 가하기 위해 주 3회 정도 저녁 식사를 과일을 넣은 프로틴 셰이크와 샐러드로 대체했다. 일반식을 하는 날에도 내가 미리 정해놓은 식사만 했다. 예를 들어 하루 전에 친구들과 치킨집에서 만나기로 약속했으면 그날은 치킨을 먹어도 된다. 하지만 오늘 집에 가서 집밥 먹으려고 했는데 갑자기 친구들이 즉흥적으로 치킨 먹으러 가자고 하면 응하지 않았다. 그건 계획에 없는 식사니까.

스스로 기준을 세우니까 돌발적으로 칼로리를 추가 섭취하는 일이 줄었다. 예전에는 사람들이 같이 나눠 먹자고 박스에 떡볶이나 만두, 빵, 아이스크림 같은 걸 자주 사 왔다. 눈앞에 먹을 게 펼쳐져 있으면 틈날 때마다 야금야금 주워 먹었었는데 기준을 세운 후에는 일절 손을 대지 않게 되었다. 너무 먹고 싶으면 다음 날 먹었다. 미리 계획을 세운 식사였기 때문에 그 외의 끼니에서 자연스럽게 더 조절하게 되었다. 그렇게 식단 관리를 한 지 6개월 만에 87킬로그램에서 72킬로그램으로 내려왔다. 크게 힘들지 않았다. 컨트롤 능력을 기르니 습관을 들이기도 수월해졌기 때문이었다.

사실 반드시 빼야만 하는 이유가 있다면 나에게 체중을 줄이는 건 그렇게 어려운 일이 아니었다. 대회에 나가야 했기 때문에 6개월 동안 15킬로그램을 뺐고, 속옷 모델을 해야 했기 때문에 일주일 만에 6킬로그램을 뺐으며, 동영상 강의를 촬영해야 했으니까 일주일 만에 5킬로그램을 뺐다. 우스갯소리로 계약서를 썼다면, 입금만 됐다면 다이어트는 어떻게든 되는 일이었다. 문제는 다시 찌는 게 더 쉬웠다는 것. 명확한 목표 의식이 없으면, 당장 급한 일이 사라졌을 때 무절제라는 달콤한 유혹에 넘어가기 쉬울 수밖에 없다. 나처럼 단기간에 체중을 크게 감량해본 사람은 맘만 먹으면 할 수 있다는 생각에 더 안일해져 버린다.

30대인 지금은 한창이던 20대 때보다 대사 속도도 떨어지고 예전만큼 노력해도 체중이 잘 줄지 않는다. 그런데 선수 시절과 똑같이 운동을 어마어마하게 할 수 없는 상황임에도 불구하고 자꾸 스스로를 예전의 그 몸이라고 여기게 된다. 다른 고루한 어른들처럼 하면 할 수 있을 것만 같은 '왕년' 생각에 나도 사로잡힌 것이다. 다이어트든 뭐든 자기 관리의 시작은 현실, 지금의 나에 대한 객관화다. 내 상태를 누구보다 스스로 잘 파악해야 한다. 과거의 영광에 파묻히면 안 된다.

지금껏 나름 여러 체중을 겪어보니 모든 사람이 굳이 날씬할 필요는 없다는 걸 알게 되었다. 그러나 각자의 삶에 가장 쾌적한 몸무게가 있기는 하다. 내가 몸을 평소에 어느 정도로 쓰느냐, 써야 하느냐에 따라 그 무게는 저마다 다르다. 분명한 건, 유연성과 가동성이 떨어지면 삶의 질도 반드시 어느 정도 떨어진다는 것이다. 숙이고 싶을 때 못 숙이고 젖히고 싶을 때 못 젖히는 삶은 불편하다. 내 자유를 제한하는 요소가 불필요한 살이라면 확실히 뺄 만하다.

모두가 선수급으로 뛰어난 퍼포먼스를 갖출 필요는 없다. 그러나 쾌적한 삶을 영위하기 위해 필요하다면 살과 체중을 좀 덜어낼 수 있다. 나도 최근 다시 요가를 시작했다. 평소에 잘 움직이지 않던 범위와 각도로 몸을 써보니 내가 얼마나 뻣뻣해졌는지, 내 관절의 허용량이 얼마나 줄었는지 새삼 느꼈다. 움직임의 범위가 줄어들면 다시 그 작은 범주에 익숙해지고 나의 삶도 작아진다. 중요한 건 내 삶의 가동범위를 확대하는 것이다.

그거 그렇게 하는 거 아닌데

나는 무엇을 하든 대체로 평균치보다 살짝 더 주목을 받는 편
이다. 전성기의 GD처럼 걸치는 것마다 유행이 되거나 '너구나,
8반 이쁜이가?'라고 회자될 정도의 미모를 소유했던 건 당연히
아니다. 내가 남들보다 아주 약간 더 화젯거리가 되는 이유는 단
순히 내가 그만큼 내 얘기 하는 걸 좋아하기 때문이다.

나는 어느 단톡창에서건 제일 길고 두꺼운 말풍선을 만들어내
거나 가장 잦은 빈도로 알람을 울리는 사람이 되곤 한다. 오늘 무
엇을 먹었고 무엇을 입었고 무엇이 좋았고 무엇이 족(足)같았는

지 소소한 공유를 즐기는 트위터형 인간인 것이다(하지만 트위터는 하지 않는다, 아직은). 한때 네이버 검색에서 최우선 순위로 뜰 정도의 블로그를 운영한 것도, 현재진행형으로 n만 명의 구독자를 보유한 적절한 영향력의 유튜브를 운영하는 것도 다 이런 내 얘기 하기 좋아하는 성격의 일환이라 볼 수 있다.

이런 성향은 회사를 다닐 때도 마찬가지였다. 누군가는 경악하겠지만 나는 심지어 회사 사람들에게조차 내 얘기 하는 걸 즐겼다. 오로지 내 얘기를 꺼낼 도입부 삼을 의도로 남들에게 먼저 질문을 던지기도 했다. 요즘 신입 사원들이 지극히 혐오한다는 '지난 주말에는 뭐 했나?'와 같은 사적인 질문을 나는 신입일 때 나의 상사에게 했다. 프라이버시를 중시하던 서구 유학파 상사는 이런 나를 다소 불편해했던 것 같기도 하다. 그러거나 말거나 나는 "저는 토요일에 친구랑 한강 가서~"라며 나의 즐거운 주말 내역에 대해 그 어떤 것보다 상세히 보고했다.

그래서 내가 요가를 시작했을 때도, 필라테스를 등록했을 때도 회사 사람들은 다 알고 있을 수밖에 없었다. 대개 사람들은 나의 일련의 운동 편력에 대해 특별한 반응을 하지 않았다. 대부분이 '음 그렇군' 정도의 추임새를 넣으며 나의 여타 TMI들과 함께 자연스럽게 흘려 넘겼다. 하지만 내가 이종격투기를 시작했다고 했을 때는 달랐다. 그들은 마시던 커피를 끊고 눈을 크게 뜨며 "에리카 씨가요???"라고 그럴 리가 없다는 투로 되물었다. 공교롭게도 그런 리액션을 보인 사람들은 전부 남자였다.

그리고 그들은 그 어느 때보다도 열정적으로 내가 하는 운동에 피드백을 주었다. 이제 막 전역한 사람에게 '〈진짜 사나이〉 봤어?'라고 얘기를 꺼낸 것처럼 무언가 엄청난 버튼이 눌린 사람들 같았다. 이종격투기란 무엇인가 기원부터 설명하는 사람, 어떤 위험성이 있고 어떤 부분이 여성들에게 부적합한지 경고하는 사람, 자기 아는 사람의 페이스북 친구의 사촌의 동생이 이종격투기를 하는데(그래서 내가 잘 아는데) 하며 어떻게든 연결 고리를 만들어내는 사람……. 나는 10분이 채 안 되는 시간 동안 평생 접한 양보다 많은 이종격투기 정보로 거의 두들겨 맞았다. 우박을 동반한 스콜성 폭우를 우산도 없이 맞닥뜨린 기분이었다.

의아했던 점은 그들 중 그 누구도 이종격투기와 관련이 있어 보이지 않았다는 점이다. 아니, 솔직히 그들은 운동 그 자체와 그다지 큰 인연이 없는 듯했다. 전반적으로 그리고 종합적으로 좋은 사람들이었고 그래서 비하하고 싶은 마음은 조금도 없지만 객관적으로 그들은…… 상당히 안타까운 상황의 신체를 보유하고 있었다. 대부분이 분류하자면 거미 체형에 속할 팔다리는 가늘고 배는 산더미 같은 타입이거나 혹은 그냥 심플하게 전신 비만이었다. 딱히 인바디 검사를 돌려보지 않아도, 정밀한 건강검진을 받아보지 않아도 운동 부족으로 확신의 진단을 내릴 수 있을 정도라고 할까.

단순히 눈에 보이는 외양을 제외하고도 내가 알고 있는 그들의 라이프 스타일은 운동과 거리가 멀었다. 혹시 내가 감지하지 못한 은밀한 사생활이 있을 수 있다고 아무리 양보해보아도 최소한 나보다는 더 멀었다. 그들은 공공연하게 퇴근하면 집에서 누워만 있는다고 하던 사람들이었고 지난 주말에도 내내 잠만 잤다고 자랑 아닌 자랑을 하던 사람들이었으며 무엇보다 대놓고 운동 너무 안 해서 큰일 날 거 같다고 걱정을 공유하던 사람들이었다. 그러나 내가 이종격투기를 시작했다고 얘기한 순간 갑자기 그들은 평생을 태릉에서 보낸 사람들마냥 운동 전문가로 돌변했다.

퇴근하고 바로 체육관에 갈 요량으로 복싱 글러브를 들고 출근하자 남자들의 리액션은 더욱 열광적이 되었다. 그리고 그때는 비로소 좀 더 명확하게 느낄 수 있었다. 그 묘한 반발감을.

"글러브 그걸로 샀어요? 그거는 좀……."
"이거 왜요?"

"아니 약간······ 스파링용은 아니라서······."

(나 : ?)

"엥? 관장님이 추천하신 거 샀는데?!"

"아······ 여자라서 그랬나 봐요."

(나 : ???)

지금도 기억하는 게 그분은 그때 《좀비 서바이벌 가이드》라는 책을 옆구리에 끼고 계셨다. 책을 들고 있는 형광등처럼 창백하게 하얗고 바싹 마른 그의 팔을 보면서 나는 좀비 사태에서 살아남으려면 일단 기초 체력부터 길러야 하지 않을까 하고 생각했다. 물론 나중에도 확인차 물어봤지만 평생 살면서 글러브를 손에 끼어본 적이 없는 분이었다(그렇다고 권투나 이종격투기의 열렬한 팬이냐 하면, 그것도 아님).

"에리카 씨, 잽잽 원투 할 줄 알아요? 해봐요."

('내가 여기서 왜?'라고 생각하지만 일단 잽잽 원투.)

"아~ 그거 그렇게 하는 거 아닌데! 어깨가 다 빠졌잖아요! 무게중심도 흔들리고."

"주임님 복싱 같은 거 배우셨어요?"

"아니요~. 근데 남자들은 기본적으로 다 알아요."

'남자들은'이라는 말은 일부 기독교도들의 '성경'과 비슷하게 활용되는 경우가 많은 것 같다. '왜냐하면 성경에 그렇게 쓰여 있어', '성경에서 그렇게 약속하셨어'처럼 그 어떤 근거와 반박도 무력화시키는 마법의 단어. 모든 논리를 튕겨내는, 무지개 반사보다 강력한 절대 반사. 기독교도들은 그래도 대부분 주님이라는 같은 전제를 공유하는 성도끼리만 이런 화법을 구사한다. 그러나 남자들은 반대 성별에게 설파할 때만 이런 식으로 말한다. '남자들은'이라는 말은 여성 전용이다.

불행히도 나의 운동에 대한 그들의 열정은 쉽게 사그라들지 않았다. 글러브를 들고 출근하는 날이 주 3회면 주 3회, 주 5회면 주 5회, 하루도 빠짐없이 나는 그들의 조언과 교정에 시달렸다. 하루에 한 명만, 한 명이 한 번만 말을 하는 것도 당연히 아니었다. 글러브를 들고 다니는 여자를 그냥 조용히 스쳐 지나가는 것은 남자의 도리가 아닌 것일까? 영국에서 제정한 젠틀맨의 10대 원칙에 그렇게 적혀 있는 것일까? 라는 생각이 들 때쯤 나는 다른 이유로 이종격투기를 그만두고 조깅을 시작했다. 그리고 그 모든 피드백 지옥에서 한순간에 벗어날 수 있었다. 그들은 다시 '음 그렇군……'의 스탠스로 돌아와 내 취미에 특별한 관심을 가지지 않았다. 거짓말처럼 나는 다시 아무런 조언도 설명도 없는 평화를 되찾았다.

남자 직원들이 유독 '이종격투기'에만 민감하게 반응했던 이유는 그게 그들이 생각할 때 '남성들의 영역'에 속하기 때문일 것이다. 비록 그들 자신이 이종격투기라는 영역에 속하지 않았어도 그들은 어쨌든 남자에 해당하고 이종격투기라는 거친 운동은 넓게 보았을 때 남자의 영역에 속한다고 믿기에 '남자로서' 그렇게 당당하게 발언권을 휘둘렀던 것이다. 그리고 그 영역에 발을 들여보는 나는 그들 기준에서 길을 잘못 든 이방인이었다. 그래서 그토록 끊임없이 나에게 '너 지금 어디에 있는지 알아? 니가 가는 길의 방향을 알고 있어? 니가 여기 있고 싶은 게 확실해?'라고 의심을 품은 질문을 던진 것이다. 다시 '올바른' 길로 안내하고 싶어서.

길 잃은 이방인으로 간주하는 건 차라리 친절한 편이었다. 거친 운동에 관심을 가지는 나를 일종의 침입자로 여기는 남자들도 있었다. 그렇게 운동하면 3대 몇 치냐는 질문은 (3대 운동은 파워리프팅에 속하며 이종격투기와 큰 관련이 없다) 확실히 비아냥에 가까웠다. '니가 그래봤자'라는 뉘앙스가 짙게 깔린 시비였다.

나는 꽤 운동을 잘하는 편이었고 이따금 운동으로 남자를 이길 때도 있었음에도 이런 유쾌하지 않은 경험을 피할 수 없었다. 남자들은 조금 과격한 운동을 취미로 가질 때 굳이 그것에 탁월하지 않아도 된다. 그럴 의무는 없다. 이미 자기 것으로 보장된 영역에서 특별히 뭘 증명할 필요가 없기 때문이다. 하지만 여자가 같은 분야를 건드릴 땐 다르다. 똑같이 재미로 시작하더라도 끊임없이 내가 이걸 해도 되는지, 할 수 있는지 주변 남자들의 검열을 받고 그네들이 원하는 (절대 만족시킬 수 없는) 인증을 해내야 한다. 설사 그 종목에서 프로나 전문가가 된다고 해도 맨스플레인에서 완전히 벗어날 수는 없다. 남자들은 '여자치고'라는 말로 제한된 찬사를 건네며 또다시 여자 위에서 여자를 평가한다. 운동은 맨스플레인이 가장 극명하게, 노골적으로 드러나는 필드다.

SHARK

운동계 취뽀일기

대학을 졸업하고 취직했던 보건소를 7개월 만에 그만두긴 했지만 그곳에서의 일이 처음부터 지루했던 건 아니었다. 초반엔 분명 보람을 느꼈다. 노년층, 그러니까 진짜 당장 필요한 사람들에게 건강을 전도하는 기분이었다. 문제는 업무의 단순성과 반복성이었다. 거의가 비슷비슷한 인바디를 해석하고 처방하는 일을 하루에 50번씩 반복하다 보니 보람은 금세 희미해지고 지겨움만 남았다. 그 와중에 실적을 내야 한다는 압박감마저 있었다. 어디 어디의 보건소가 인바디 검체수로 1등 했다! 하면 우리 보건소도 그 숫자를 의식해서 사냥이나 채집을 하듯 더 많은 사람들의 인바디를 수집해야 했다. 2차, 3차 검사 횟수도 모두 카운트되어 실적에 포함되었다. 그 보여주기 위한 숫자 때문에 대상자에게 심각한 대사증후군이 없더라도 최대 횟수인 세 번까지 재검의 재검을 권유해야 하는 일이 내키지 않았다.

업무 외적인 불편함도 있었다. 상사가 나의 '여성스럽지 못한' 외모와 복장을 불편해하는 것이 나를 불편하게 했다. 여성스러운 옷 좀 입고 다녀라, 왜 여자가 치마를 안 입냐, 화장 좀 해라, 최소한 립스틱이라도 발라라 등의 말을 매일같이 들었다. 인바디 검사지를 해석하는 일만큼이나 지겨운 일이었다. 나는 매일 똑같은 말을 반복하면 입이 다 아프던데 그 사람은 그렇지도 않은 모양이었다.

희한한 건 보건소에서 후드티를 입고 다니는 사람이 나만이 아니라는 점이었다. 복장 규정이 없었기 때문에 같이 일하는 사람들은 다 청바지에 맨투맨 아니면 기껏해야 면바지에 집업 정도의 차림이었다. 심지어 나의 외양을 나무라는 그 사람도 마찬가지였다. 특히 바로 옆에 있는 또 다른 여직원은 거의 나와 색 조합만 다른 똑같은 차림새였는데도 남상사는 오직 나에게만 싫은 소리를 했다. 그 여직원은 머리가 길고 살짝 색 있는 립밤을 바른, 그러니까 사회적으로 용인되는 '여성스러움'의 마지노선을 지키고 있어서였다. 하지만 내가 사라지면 내게 향하던 질타는 그분에게 가겠지 싶었다.

보건소에서 일하면서 드물게 생기를 느꼈던 것은 체육 행사 때였다. 인근 지역의 65세 이상 어르신들을 모시고 한 시간가량 진행하는 체조 프로그램이 있었는데 그걸 내가 담당하게 됐다. 보건소 예산으로는 외부 강사를 고용할 여력이 안 되었던 덕이었다. 동네 체육관 강당에 20~30명 정도가 모였는데 엄청 긴장이 됐다. 열심히 준비한 순서대로 지도했고 다행히 썩 괜찮은 반응과 함께 마무리되었다.

노년층은 경제적으로 여유롭지 못한 경우가 많다. 여유가 있는 경우에도 관련 정보에 접근하기가 상대적으로 어렵기도 하고, 여러 가지 이유로 다른 연령층보다 운동 기회를 접하기 힘들다. 노년층들이 건강을 위해 찾는 곳은 대개 병원이다. 물론 병원은 즉각적인 치료를 제공하지만 장기적으로 더 나은 삶, 더 좋은 컨디션을 유지하려면 오히려 노년층일수록 운동이 필수다. 이제 내가 사회의 일원이 되어 이렇게 정말 운동이 필요한 사람들에게 알맞은 서비스를 제공할 수 있다니 너무나 뿌듯했다.

사실 그전부터도 내심 트레이너가 되고 싶었다. 어렸을 때야 단순히 내가 운동을 잘하는 사람이니까 운동을 가르치는 게 쉬운 길이라고 생각했던 것도 크다. 그런데 어설프게나마 겪어보니 운동을 가르치는 건 생각보다 더 즐거운 일이었다. 타인을 통해 체험하는 낯설지만 기분 좋은 행복감. 이제는 진심으로 이런 일을 계속하고 싶다고 생각했다. 그러나 나의 롤모델스럽지 못한 몸이나 부족한 티칭 스킬이 아직은 자격 미달이라고 느꼈다. 그래서 마침 다이어트를 하고 싶어 하던 아는 언니를 동네 헬스장에서 만나 엄청난 염가인 회당 2만 원에 PT를 해줬다. 그 언니로선 가성비가 넘치는 거래였고 내 입장에선 부담 없이 트레이너 지도 연습을 해볼 기회였다. 주 3회 정도 진행했는데 사실 소속이 아닌 헬스장에서 PT를 하려면 대관료를 내야 한다. 하지만 나는 아무 제재도 받지 않았다. 85킬로그램에 달하는 내가 돈을 받는 트레이너일 것이라고 누구도 상상하지 못했던 것이다. 그 언니는 20회 정도 만에 소기의 목적을 달성했고 나는 그 과정에서 스스로 이것저것 공부해 기초 지식을 쌓았다.

그러다 결국 보건소를 7개월 만에 그만뒀다. 점점 그곳에서 일하는 시간이 아까워졌고 공간 자체가 답답하게 느껴졌다. 당분간 백수 생활을 하려나 싶었는데 운 좋게 그만두자마자 방과 후 체육 교사 자리를 제안받았다. 한 군데도 아니고 무려 세 군데에서였다. 제일 먼저 연락해온 곳은 모교인 한성여중이었다. 동문이자 같은 농구 동아리 출신인 언니가 체육 교사로 재직 중이었는데 고맙게도 그 언니가 나를 떠올려준 것이었다.

2013년쯤의 교육 과정에는 내신에 반영하지 않는 클럽 활동 시간이 주 1회 배정되어 있었다. 채점을 하거나 시험을 보는 일 없이 아이들이 체험 활동 그 자체를 즐길 수 있는 시간을 마련하자는 취지였다. 아마 나의 정확한 직책은 스포츠클럽 강사였을 것이다. 담당 종목은 피구였다. 나는 멋있는 체육 선생님 느낌을 내고 싶어서 나이키로 달려가 새 후드와 추리닝을 세트로 사고 호루라기도 근사한 걸로 장만했다. 클럽 활동 지도를 가는 날이 일주일 중에 가장 신경 써서 외출하는 날이었다.

피구에 대해서도 열심히 연구했다. 사실 처음엔 피구로 어떻게 수업을 하지 싶어서 막막했다. 짝피구, 여왕피구, 칸이 네 개인 피구 등등 여러 가지 피구 스타일을 조사하고 공 주고받기 연습도 다양하게 준비해서 나름 짜임새 있는 수업을 하려고 노력했다. 내가 담당한 피구 클럽에는 서른 명 정도가 속해 있었는데 대부분 3학년들이었다. 원래 선생이라는 위치가 학생에게 인기를 끌기 마련이고 중3이면 조금씩 능글맞아질 시점이라 그런지 나를 좋아한다는 표현도 꽤나 적극적인 편이었다. 복도를 지나가면 애들이 나한테 "선생님 멋있어요~"를 연발했다. 나도 그걸 즐겼다.

그런데 한두 달 지나고 교생들이 실습을 오자 나한테 멋있다고 하던 아이들이 특정 남자 교생을 언급하면서 누구누구 잘생기지 않았냐고 수군거리기 시작했다. 나는 나의 인기를 앗아간 그 사람의 외모가 어느 정도인지 궁금해졌다. 곧 학교 안에서 마주치게 됐는데 그때 여중생들의 잘생겼다는 말은 그냥 머리가 짧은 사람들에게 하는 의미 없는 감탄사였음을 알 수 있었다. 나는 다시 약간의 겸손을 갖추게 되었다.

한성여중과 계약하고 얼마 지나지 않아 졸업한 대학의 취업센터를 통해 초등학교 스포츠클럽 강사 자리도 연결받게 되었다. 주 1회씩이라 스케줄이 겹치지 않으니 한 번에 두 학교와 추가로 계약할 수 있었다. 각각 저학년과 고학년 대상이었는데 저학년을 맡게 된 곳은 연지초등학교의 인라인스케이트 클럽이었다. 내가 인라인스케이트 선수 출신도 아니고 나 또한 초등학생 때 타본 경험이 다인데 가능할까 싶었다. 취업센터에서는 탈 줄만 알면 다 되니까 그냥 하라고 했다.

마침 집에 성인용 인라인스케이트가 있긴 했다. 몇 년 전에 갑자기 타보고 싶어져서 동묘 벼룩시장에서 1만 5천 원을 주고 산 세트였다. 운명을 예감했던 걸까? 그 인라인스케이트를 꺼내서 집 앞에서 맹연습을 했다. 애들 앞에서 자빠지면 면이 안 서니까.

그런데 막상 수업에 들어가보니 중요한 건 내 스케이팅 실력이 아니었다. 초등학교 1, 2, 3학년들의 집중력은 정말 환상적인 수준이었다. 인원은 열댓 명 정도로 세 학교 중에 가장 적었지만 단연코 제일 힘든 수업이었다.

일단 줄을 세우는 것부터가 엄청난 일이었다. 저학년 아이들은 절대로 그냥 호락호락하게 줄을 서주지 않는다. 줄 세우는 과정에서 얼마나 많은 일들이 일어나는지…… 아이들을 중재하다 보면 시간이 훌쩍 지나가 있었다. 간신히 줄을 세운 다음엔 기차놀이로 몇 바퀴를 돌린다. 여기까지 하면 그날 수업은 성공적이라 평가할 수 있다.

몇 번 지도하다 보니 이 아기에 가까운 아이들에게는 정교한 티칭 스킬이 필요가 없다는 걸 깨닫게 되었다. 이 아이들은 자기가 원해서가 아니라 그냥 엄마가 보내서 온 거고 그 엄마들도 특별히 대단한 성과를 기대하며 아이들을 보낸 것이 아니었다. 모두가 원하는 건 즐겁게 놀고 충분히 힘 빠질 만큼 활동량을 채우는 것이었다. 그래서 나도 거기에 포커스를 맞췄다. 약간 반려동물 운동장 같은 데서 강아지들과 놀아주는 기분이 들기도 했다. 애들이 내 어깨에 매달려서 끌려다니는 걸 제일 좋아했는데 이게 또 절대 쉬운 일이 아니었다. 한 명씩 돌아가며 태워주다 보면 순식간에 체력이 고갈됐다. 어린아이들이라 인라인스케이트 꺼내주고 신겨주고 벗겨주고 정리해주고 배웅하고 하는 것까지 전부 수업의 일부이자 일이었다.

아이들이 내게 제일 궁금해하고 알고자 했던 것도 인라인스케이트 스킬이 아니었다. 가장 자주 받은 질문은 "선생님 남자예요, 여자예요?"였다. 나는 "그건 지금 너에게 중요한 일이 아니란다. 정 궁금하면 수업 마지막 날 알려줄게"라고 대답했다. 물론 씨알도 먹히지 않았고 자기들끼리 "난 남자에 한 표!", "난 여자! 컵볶이 건다!" 하면서 각자 확신을 가지고 나의 성별을 정했다. 아마 내가 어느 쪽이라고 말한들 믿지 않았을 것이다. 그래서 마지막 날에도 정답을 얘기해주지 않고 나의 성별을 열린 결말로 남겨두었다.

또 다른 초등학교는 이름이 기억이 안 나는데 4학년 이상의 고학년을 대상으로 한 농구 클럽이었다. 정원은 20~30명 정도였다. 농구는 잘 알고 자신 있는 종목이었기 때문에 수업 전부터 의욕이 넘쳤다. 아이들을 정말 잘하게 만들고 싶어서 종류별 패스, 드리블 등 기본기부터 탄탄하게 다졌다. 애들도 좋아했다. 확실히 고학년이라 집중도 더 잘하고 혼나더라도 본인이 왜 혼나는지 잘 이해하고 납득했다. 중간중간 내 화려한 농구 스킬을 보여주면 신뢰도가 팍팍 오르는 게 눈으로 보였다.

물론 여기에도 삐딱선을 타는 빌런이 있긴 했다. 사사건건 수업에 훼방을 놓던 남자애를 조용히 따로 불러서 일단 나라는 사람에 대해 충분히 설명해줬다. "너 그거 알아? 나 여기 계약직이야. 언제든지 그만둬도 상관없다는 뜻이고 나 굳이 이거 안 해도 되는 사람이란 뜻이야. 너 집 어디야? 나도 이 근처 사는데 우리 학교 밖에서도 자주 만나게 될걸?" 나의 자기소개는 잘 먹혔던 것 같다. 그 아이는 그 이후로 놀랍게 얌전해졌다. 역시 상대가 초등학생일지라도 전력, 아니 진심으로 상대하면 다 통한다.

이러니저러니 해도 아이들은 다 귀엽고 가르치는 일은 충분히 보람 있긴 했다. 페이도 괜찮았다. 시간당 3만 원에 세 군데 합쳐서 주당 아홉 시간 정도만 근무하면 100만 원 정도 벌었다. 여유 자금으로 쓰기 충분한 양이었다. 넘치는 시간에 이제 막 시작한 취미인 크로스핏을 마음껏 할 수 있다는 점도 마음에 들었다. 진지하게 학교 쪽 진로를 고민하기도 했다. 그러나 6개월 정도 지나자 이 또한 보건소처럼 내게 딱 맞는 옷은 아니라는 생각이 들었다. 보건소에서는 노년층만 상대했고 학교에서는 아이들만 상대했는데 나는 어떤 한 연령대에만 국한되고 싶지 않았다. 내 또래를 포함한 더 다양한 사람들과 에너지를 주고받고 싶었다.

그 무렵 인천에 있는 헬스장에서 크로스핏 코치를 구했다. 당시에는 청라가 막 개발된 신도시였는데 그 헬스장은 거기서도 외진 곳이었다. 3개월째 사람을 구하지 못하자 고작 5개월 차인 나한테까지 어떻게 알고 연락이 왔다. 주 5회, 하루 세 시간 수업에 200만 원 이상을 받는, 무경력자에게는 꽤 파격적인 대우였다. 광역버스로 편도 두 시간 이상 걸리고 크로스핏 정식 지부도 아니었지만(크로스핏 본사는 미국에 있는데, 정식 지부로 인정받으려면 일정 자격을 획득하고 지원서를 내야 한다. 등록된 지부가 아닌 곳은 어떻게 보면 편법으로 크로스핏 스타일을 추구하는 곳이라 할 수 있다) 경험 삼아 해보기로 했다. 일단 돈도 많이 주니까.

그동안 크로스핏 수업을 듣기만 했지 구성하는 건 처음이니까 와드WOD, Workout Of the Day ●를 어떻게 짜야 할지 아득했다. 포 타임for time 500 시트 업Sit up, 그러니까 윗몸일으키기 500개 빨리 끝내기 같은, 지금 생각해보면 스스로도 어이가 없는 와드를 준비해 가기도 했다. 다행히도 회원들은 초보 코치인 나의 수업을 무척 즐거워해줬다. 헬스나 마라톤만 하던 분들이라 처음 접해보는 크로스핏 스타일의 고강도 서킷트레이닝이 일단 너무나 신선하고 재밌었던 것이다. 그때 나로 인해 처음 크로스핏을 접한 회원 중 두 분은 아직도 크로스핏을 계속하고 계신다. 벌써 8년 이상의 고참이 되어 몇 번 대회장에서 마주친 적도 있다. 말로 다 못 할 뿌듯함이다.

안타깝게도 수업의 열기와는 별개로 헬스장의 운영은 점점 더 어려워졌다. 내가 진행하는 크로스핏 수업을 들으려면 헬스장 회원비 외에도 추가 금액을 지불해야 했는데 그런 번거로운 이중 지출을 부담하는 회원은 세 타임 다 합쳐도 스무 명이 채 안 됐다. 전반적으로 잘되는 헬스장이 아니었다. 대충 계산을 해봐도 내 월급을 주면 마이너스겠다 싶었다. 이래 가지고 되려나 싶을 무렵 결국 재정상의 이유로 잘리게 되었다. 아쉬우면서도 아쉽지 않았다. 4개월 정도에 그쳤지만 역시 통근이 너무나 힘들었기 때문이었다. 내가 다시 무직 상태가 되자 다니던 박스에서 그럼 이제 여기서 일하라고 나를 고용했다. 그렇게 크로스핏 코치 일을 계속하게 되었다.

돌고 돌아 코치가 되기까지 내가 지나온 운동 관련 직업들은 다 내 적성에 맞는 곳이 아니었다. 하지만 그 모든 시간들이 다 내가 겪어야 했던 필요한, 그리고 소중한 과정들이었다. 더 좋아하는 일, 더 잘 맞는 일을 찾아가려면 내게 안 맞는 스타일이 뭔지 직접 겪어서 걸러야 한다. 다양한 경험이 필요한 이유는 그래야 더 정교하게 가지치기를 할 수 있게 되기 때문이다. 그뿐만 아니라 모든 경험은 자산이 된다. 지금 내가 운영하는 체육관에는 초등학생부터 어머니뻘인 60대까지 다양한 사람들이 찾아온다. 내가 보건소와 초등학교를 거치며 미리 겪어보지 않았다면 이들을 각각에 맞게 적절히 지도하는 데 또 얼마간의 시간을 소요해야 했을 것이다.

나는 대학 때 발표에 젬병인 학생이었다. 종이를 내려다보고 그대로 읽기만 하는데도 덜덜덜 떨어서 염소 목소리를 냈다. 떠듬떠듬 세 번씩은 되돌아가야 한 줄을 겨우 읽었다. 아무리 많이 해도 매번 심장이 터질 것 같아 시선을 정면으로 못 들었다. 발표 수업은 내가 필사적으로 피해 다니는 수업이었다. 그런데 4학년 전공 필수였던 웨이트트레이닝 과목에서 수업 시연을 했을 때는 하나도 떨지 않았다. 누가 시켜서가 아니라 내가 알고 싶어서 공부를 많이 했는데 그래서인지 말하는 내내 자신감이 넘쳤고 다른 사람들도 정말 잘한다고 칭찬했다. 이게 내 길이구나 그때 처음 느꼈다.

내 운명의 길을 어느 순간 뜻하지 않은 곳에서 마주치기도 한다. 그러나 그 뜻하지 않은 곳, 뜻하지 않은 순간을 맞이하기 위해 우리는 운명적이지 않아 보이는 많은 경험을 지나쳐야 할지도 모른다. 지루한 표현이지만 나는 기회는 준비된 자에게 온다는 말을 믿는다. 어느 것이 나의 기회일지 미리 알 수 없기 때문에 최대한 많이, 모든 것에 최선을 다해 잘 준비해야 한다. 나는 부족한 점이 많은 사람이었지만 내 길을 찾는 여정에서 크고 작은 여러 행운을 잡을 수 있었다. 나보다 나은 당신은 더 잘될 수 있을 것이다.

와드 WOD, Workout Of the Day   크로스핏에서 매일매일 제시되는 운동 조합의 내용을 말한다.

너 어떡하려고 그러니!

  내가 근육이 잘 붙는 체질이라는 건 일찍부터 알고 있었다. 그건 내 눈이 두 개임을 발견하는 것만큼 알아차리기 쉬운 사실이었다. 이차성징기 등 잠시 흔들린 적도 있었지만 인생의 대부분을 다소의 근육이 보이고 느껴지는 몸으로 살았다. 별 특별한 것을 안 해도 어릴 때부터 배에는 희미한 11자 복근이 있었다. 수영을 하면 금방 눈에 보이게 어깨가 넓어졌고 등산을 갔다 오면 바로 허벅지가 갈라졌다. 그래서 크로스핏을 시작하면서도 근육이 꽤 붙게 될 것임을 어느 정도 예상하고 있었지만…… 크로스핏으로 인한 근성장 속도는 그 예상을 우스울 정도로 말도 안 되게 뛰어넘는 엄청난 것이었다.

몸의 외형이 그렇게 빨리 달라진 적은 20대 초중반에 잠시 캐나다에서 지낼 때 이후로 처음이었다. 엇나가는 북미 유학생들이 대마초에 손을 댈 때 나는 누텔라라는 초코 잼에, 나만의 식품성 마약에 중독되었다. 농담이 아니라 혼자 하루에 한 통을 다 퍼먹었다. 발라 먹을 최소한의 빵도 생략한 채 숟가락으로 누텔라 통의 벽을 긁는 나를 보고 홈스테이 아저씨는 그럴 바에는 차라리 물을 타서 헹궈 먹지 그러니 하며 따스한 조언을 건네기도 했다. 사놓는 족족 내가 다 해치운 덕에 같은 집에서 지내던 다른 한국 유학생들은 운 좋게 누텔라로 인한 비만화를 피할 수 있었다. 그들은 대신 캐나다의 명물인 팀홀튼 도넛을 먹다 살이 쪘다.

캐나다로 간 지 두 달 만에 12킬로그램 가까이 체중이 늘었는데, 너무 빨리 쪄서 그런지 아니면 살이 그렇게까지 쪄본 적이 없어서 그런지 처음엔 내 몸이 커졌다는 것을 전혀 자각하지 못했다. 입던 옷이 자꾸 작아지자 나는 파렴치하게도 죄 없는 건조기부터 의심하고 빨래들을 빨랫줄에 널어 말리기 시작하는 인지적 오류를 범했던 것이다. 몸이 불어난 탓에 원래 문제없이 쌩하니 지나다니던 통로에서 자꾸 식탁 모서리에 옆구리를 찧는다든가 벽에 팔뚝을 부딪친다든가 하는데도 나는 그저 요즘 내가 왜 이렇게 부주의해졌을까 고민하며 애꿎은 술만 줄였다.

크로스핏은 그 시절과 비슷한 경험을 근육으로 겪게 해주었다. 쑥 들어가던 바지가 허벅지에서 턱! 걸렸다. 원래 입던 바지라고는 믿을 수 없을 정도로 일말의 가능성조차 없어 보였다. 평범하게 살이 찐 것이었다면 어떻게든 구겨 넣어보았을 텐데 나무통처럼 단단해진 나의 대퇴사두는 어느 정도 융통성 있던 지방보다 훨씬 단호하게 감히 바지 따위가 기어오르는 것을 허락하지 않았다. 단정했던 모든 셔츠들은 어딘가 모르게 불건전한 핏이 되었다. 사무실 메신저로 "에리카 씨, 앞섶이 너무 벌어져서 그러는데 옷핀 빌려드릴까요?"라는 다정한 메시지가 종종 수신되었다. 원피스의 등 지퍼는 고지의 절반을 채 등정하지 못하고 다시 주르륵 나의 광배근을 토해내기 일쑤였다.

나는 국내 여성 브라의 맥시멈 사이즈가 대부분 고작 90, 95에 그친다는 사실을, 그 사실에 문제가 있다는 사실을 처음으로 인지했다. 기성복 L 사이즈의 케파capacity가 한없이 초라한 현실에도 분개했다. 그들은 라지Large가 아니었다. 해외에서는 차라리 리틀Little에 가까울 사이즈의 옷들이 '여성'이라면 다 자란 성인이어도, 덩치가 아무리 커져도 이 선에서 알아서 정리하라는 암묵적인 사회적 사인을 보내고 있었다. 나는 할 수 없이 브라 후크 연장,

허벅지 통 큰 슬랙스, 오버사이즈 재킷(오버사이즈로 입을 목적이 아님) 따위를 네이버 검색 기록에 켜켜이 쌓기 시작했다.

그다지 살갑지 않은, 차라리 '매정한'에 가까운 딸이었던 덕분에 따로 살고 있던 엄마 아빠에게는 비교적 뒤늦게 신체 변화를 들키게 되었다(하지만 숨긴 기간이 길었던 만큼 변화는 더 드라마틱했다). 문을 열고 들어오는 나를 보고 엄마는 경악했다. 아마 진짜 강도가 문을 따고 들어왔다고 해도 그렇게까지 놀라기는 쉽지 않을 것이다. "어머 너 몸이 왜 이래!"

어쩌다 이런 몸이 되어버린 것이냐고 엄마는 진심으로 한탄하며 슬퍼했다. 아빠는 "우리 딸 다 베렸다, 망했다"라며 계속 웃었다. 당혹스럽거나 어처구니없는 일을 일단 웃음으로 승화하는 그는 진정 해학의 민족 한국인이었다. 부모님은 나를 붙잡아 끌어앉히고 내 몸에 일어난 사건의 경위를 취조하기 시작했다.

크로스핏이라는 범인의 이름과 특성(고중량, 고반복 등)을 대충 전해 듣고 엄마 아빠는 크게 한숨을 쉬었다. "우리 집안 사람들은 그런 운동 하면 안 돼." 엄마는 절절하게, 또 간곡하게 말했다. 그리고 그제야 그동안 나에게 알리지 않았던 집안의 비밀을 털어놓기 시작했다. 나의 외가와 친가는 사실 모두…… 타고난 근육몬이라는 사실을 말이다. 근육 자체를 강하게 타고난 근자강이라고 해야 하나.

외가와 친가 모두 운동계와는 거리가 멀었다. 다들 책을 좋아하는 학자 타입으로 전교 상위 n퍼센트의 성적을 유지하다가 교사, 간호사, 의사, 변호사 등이 되는 것이 일반적이었다. 다른 집과 조금 다르다고 생각한 점은 외가, 친가 사람들 모두 달리기를 좀 잘한다는 것 정도? 학교나 회사 같은 데서 체육대회가 열리면 1등을 하는 것이 당연하고 혹시라도 1등을 놓치면 상당히 의아한 일이 된다는 것 정도뿐이었다.

그런데 새롭게 알게 된 사실은 그 이상이었다. 부모님을 비롯한 나의 위 세대들은 최소 학교 대표나 시 대표 달리기 선수였다. 지금은 은퇴한 교사인 이모는 심지어 도 대표 육상 선수였다고 했다. 한국 육상계에서 진지하게 탐냈는데 외할머니가 공부시킬 거라며 허락하지 않으셨다고……. 그들은 모두 단거리 선수였다. 속근을 타고났다는 뜻이다. 엄마는 좋아하던 수영을 최근에 그만둔 이유가 뭔지 아냐고 내게 물었다. 무서울 정도의 근성장 때문이었다. 환갑에 가까운 나이였는데도 삼각근과 승모근이 너무나 굉장하게 성장해서 '두려움'에 그만둘 수밖에 없었다는 것이다.

그러니 너도 큰일(?) 나기 전에 당장 그만두라는 것이 부모님

198

의 결론이었다. "우리는 다른 사람들과 다르다"라고 아빠는 힘주어 마무리했다. 마치 우리는 사실 저 머나먼 외계 행성 B-3918에서 불시착한 깐따뻬아인들이라고 밝히는 듯한 무게감의 발언이었다. 이렇듯 강경한 그들 앞에서 당장 반기를 드는 건 역효과를 부를 게 뻔했다. 나는 최대한 현명하게 전략적으로 대응하기로 했다. "아 알겠다고 쫌~!"

　당연히 나는 알아먹지 않았고 당연히 크로스핏도 그만두지 않았다. 집안의 반대에 부딪친 로미오와 줄리엣처럼 나와 크로스핏과의 관계는 점점 더 불타오르기만 했다. 사실 반대는 집 안뿐 아니라 집 밖에도 있었다. 몇몇 친구들은 조심스럽게 "근데 너…… 사실 운동하기 전 몸이 더 예쁜 것 같아……"라거나 "헐~ 이건 좀 심각한 거 같은데?" 등의 의견을 제시했다. 내 몸은 내 것이었고 남들 의견은 남들 것이었으므로 나는 기꺼이 묵살했다. 예전이었으면 그런 말들에 꽤나 영향을 받았을 테지만 나는 이미 운동을 통한 온전한 자유로움을 알아버린 터였다. 한번 맛본 '자유'를 포기할 생각은 전혀 없었다.
　게다가 자유의 결과로 얻은 몸은 유용했다. 내 몸은 단단하고 커진 만큼 더 강해졌다. 예를 들면, 아파트 엘리베이터 교체로 한 달간 13층을 오르내려야 하게 되었을 때도 크게 동요하지 않았다. 들르고 싶은 곳은 많고 시간은 촉박한 여행을 할 때도 체력 문제로 포기할 일은 없었다. 최소한 물리계에서 문제 상황이 발생했을 때 이걸 어떡하지? 하고 고민하는 경우가 대폭 줄어들었다. 무거우면 어떡하지? → 들면 된다. 멀면 어떡하지? → 가면 된다. 힘들면 어떡하지? → 하면 된다.

신체 능력 선에서 정리되는 것들이 늘자 자연스럽게 정신의 복잡함도 줄어들었다. 신체의 강화가 심적 강화로도 이어진 것이다. 옛말이 틀린 것이 없었다. 건전한 신체에 건전한 정신이 깃드……는 것은 아직 모르겠으나 일단 강한 신체에 강한 멘탈이 깃드는 것은 확실하다. 곳간에서 인심 나듯, 배려와 여유도 결국 강한 몸에서 나온다. 부정적인 심리 상황에서도 강한 몸과 힘은 도움이 된다. 나는 특히 불합리한 상황을 견뎌야 할 때 덕을 많이 봤다. 내가 저 새끼를 당장 패 죽일 수도 있지만 특별히 한 번 참아준다고 생각하면 아무리 상대가 지랄 맞아도 입가에 옅은 미소를 지을 수 있었다. 팰 힘이 없어서 억지로 참는 것과 문화 시민으로서 (그리고 법치국가의 국민으로서) 자제하는 것은 심리적 스탠스에 크나큰 차이가 있다. 내가 타고난 게 소인배여도 후천적으로 대인배가 될 수 있다. 넓은 마음은 넓은 어깨가 만든다.

속근 근육에는 속근과 지근이 있는데 속근은 강한 수축력으로 순간적인 출력을 발생시키는 근육이며 지근보다 근섬유가 굵어 부피가 크다. 지근은 수축 속도는 느리나 피로 저항력이 높은 근육이다. 근섬유가 가늘어서 쉽게 커지지 않는다.

SHARK

오, 여자 다 됐네

크로스핏은 체급이 없는 스포츠다. 여자와 남자, 개인전과 팀전 정도만 구분한다고 보면 된다. 16세 이하의 틴스 부문과 40세 이상을 위한 마스터스 부문이 있긴 하지만 이 역시 나이로만 구분될 뿐 역도나 태권도처럼 체중에 기반해 체급이 나뉘지 않는다. 대부분의 현역 선수가 포함되는 20~30대라면 키가 150센티미터든, 190센티미터든, 체중이 50킬로그램이든 100킬로그램이든 같은 무게와 같은 사이즈의 장비로 동일하게 겨뤄야 한다. 평등보다 공평이 지배하는 무자비한 운동이라고도 볼 수 있다.

물론 이건 프로 세계의 이야기고 취미로 하는 일반인들에게는 당연히 수준별로 운동 레벨과 다루는 무게를 조절한다. 하지만 애슬릿들의 상황은 다르다. 크로스핏 타이틀을 달고 있는 공식 경기에서는 체급이 없기 때문에 특히 세계적인 대회에서 동양인 선수가 서양인 선수를 압도하기란 쉽지 않다. 동일하게 훈련을 했어도 타고난 근육량, 호르몬 등 단순 피지컬로 비교할 때 아무래도 한계점이 다르기 때문이다.

크로스핏 본부는 1년에 한 번씩 전 세계 크로스피터들을 대상으로 하는 '게임즈'라는 대회를 연다. 크로스핏계의 월드컵으로 보면 된다. 출전 방식은 자주 바뀌어왔는데 내가 출전할 때는 '오픈'과 '리저널'을 거쳐야 본선인 게임즈에 나갈 수 있었다. 예선전인 오픈은 온라인 영상 제출 형식으로 누구나 참여할 수 있고 세계 지역 대회인 리저널에서 톱 티어를 확보하면 비로소 본선인 게임즈다(2022년 현재는 오픈, 쿼터 파이널, 세미 파이널을 거쳐야 게임즈에 출전할 수 있다. 오픈과 쿼터 파이널은 온라인으로 진행된다).

앞서 말한 신체적 한계로 동양인 선수 특히 아랍계가 아닌 순수 동북아시아계 선수가 게임즈에 진출하기란 하늘의 별 따기였다. 크로스핏 유입이 본토보다 몇 년 늦었기 때문에 인프라나 경험 부족에서 오는 문제도 무시할 수 없었다. 그래서 자연히 한국 선수들에게 가장 현실적인 목표는 리저널 출전이었다. 내게도

마찬가지였다. 크로스핏을 시작하자마자 나의 타깃은 리저널이
되었다.

말했지만, 나는 리저널이라는 것의 존재를 알자마자 리저널
대회에서 시합 중인 나의 모습, 포디움에 오르는 나의 모습까지
상상했다. 그리고 다가올 그날 멋진 그림을 연출하기 위해 단칼
에 담배를 끊었다. 그전까지 금연한답시고 '이게 진짜 내 마지막
담배다!'라고 선언한 개비만 200개가 넘었었다. 그렇게 의지박
약이었는데 리저널을 목표로 잡고 본격적인 선수 생활을 하면서
정말 성실하게 살았다. 매일매일 그 누구에게도 뒤지지 않을 만
한 운동량을 소화했다.

아침에 박스에 도착하면 먼저 30분 정도 폼롤러로 몸을 풀었
다. 등과 어깨, 광배에서 시작해 허벅지 뒤에 엉덩이까지, 자고 일
어난 직후라 결리고 뻣뻣한 전신을 조졌다. 그다음엔 그 날 운동
에 필요한 부위에 대한 안정성 훈련을 했다. 상체의 경우에는 밴
드로 어깨 가동범위를 확보하고 하체는 런지 자세로 타이트한
고관절 앞부분을 최대한 늘렸다. 밴드 힙 브리지 업Band hip bridge
up●, 밴드 숄더 프레스Band shoulder press●, 할로 록 등 세 종류의 안정
성 훈련을 10회에서 20회 정도씩 세 세트를 하면 다시 15분 정도
가 소요됐다.

그러고 나서 본격적인 메인 훈련에 들어갔다. 아침엔 주로 역

도 아니면 짐내스틱이었다. 역도로 클린Clean이나 클린 앤드 저크Clean and jerk를 하기로 한 날엔 먼저 프론트 스쾃Front squat 등으로 대개 5회씩 다섯 세트를 반복하는 스트렝스strength 훈련을 했다. 1RM의 80퍼센트 정도 무게로 수행하면 100킬로그램이 조금 넘었다. 그 이후엔 풀 업이나 푸시 업 같은 맨몸운동 차례였다. 5회씩 다섯 세트로 풀 업을 할 땐 16킬로그램에서 24킬로그램까지 몸에 매단 무게를 점차 올려가며 수행했다. 나중에는 링 딥Ring dips도 24킬로그램씩 매달고 했으니 엄밀히 말하면 완전한 맨몸은 아니었다.

그러고 나면 드디어 와드로 마무리한다. 가볍게 20분 AMRAP으로 클린 앤드 저크 5회, 토 투 바Toes to bar 1회, 월 볼 샷Wall ball shot 15회 정도. 점심 먹고 나서는 스쾃 타임이다. 몸 푸는 시간부터 차근차근 무게를 올려 100킬로그램까지 도달하고 7회씩 일곱 세트를 해치우면 보통 45분에서 한 시간 정도 걸렸다. 저녁에는 수업 사이사이에 짬짬이 운동을 했다. 주로 아침에 부족했다고 느껴지는 것들, 또는 몸을 안 풀고 바로 들어갈 수 있는 운동들이었다. 10킬로그램짜리 덤벨로 컬Curl이나 프론트 레이즈Front raise, 래터럴 레이즈Lateral raise를 네 세트씩 반복하는 보디빌딩식 운동을 하며 약점 보완에 집중했다.

그러다 보니 87킬로그램이던 체중이 80킬로그램까지 내려갔다. 하지만 아직 머슬 업이 되지 않았다. 될락 말락 했는데 안 됐다. 확실히 87킬로그램 때보다는 몸이 가벼워졌지만 여전히 머슬 업을 하기에는 내 몸이 무겁게 느껴졌다. 이 시기가 앞에서 언급했던, 운동만으로는 감량에 한계가 있다고 판단했던 그때다.

멋있는 옷을 입고 싶거나 취업에 유리한 '용모단정'을 갖추기 위해서가 아니라, 오로지 운동을 잘하기 위해 식단을 시작했다. 다이어트 자체로는 n회 차였지만 그 목표와 이유는 완전히 새로웠다. 일단 밀가루와 액상과당을 최대한 끊었다. 정해진 시간에 정해진 식사만 했다. 아침은 요거트로 해결하고 점심에만 일반식을 적당히 먹었다. 저녁은 프로틴 셰이크와 샐러드였다. 이때 모 가게의 샐러드를 줄기차게 먹어서 아직도 그 체인점의 샐러드를 먹지 않는다. 제일 맛있어서 그 샐러드만 먹은 거였는데 그래서 지금은 도저히 못 먹겠는 아이러니한 상태인 셈이다.

훈련량은 똑같이 유지하면서 이런 식단을 6개월쯤 하니 72킬로그램이 되어 있었다. 크로스핏 시작 시점에서 무려 15킬로그램이나 빠진 것이다. 마침내 머슬 업도 성공했다. 당연히 옷 사이즈도 다 바뀌었다. 브라 톱 같은 건 해외 엑스라지 사이즈를 따로 구매해야 했는데 라지 사이즈가 맞게 되었다. 바지는 34인치에서 32인치 정도? 새로운 몸에 맞게 새 옷을 사는 지출이 늘었지만 나는 그 어느 때보다 행복했다. 부주의해서 나가는 돈이 소위 멍청비용이라면 내게는 이게 기쁨비용이었다. 그 몸이 그냥 마른 몸이 아니라 머슬 업이 잘되는 몸이라서, 더 날렵하게 운동할 수 있는 몸이어서 그 어느 다이어트 때보다 잘 버텼고 결과에 뿌듯했다.

그러던 어느 날 체육관에서 오랜만에 온 남자 회원과 마주치게 되었다. 그는 100킬로그램이 넘는 근육질이었다. 직업은 아마도 경찰이었던 걸로 기억하는데, 아무튼 굉장히 전형적인 마초형의 사람이었다. 오래 운동을 쉬느라 내 변화 과정을 보지 못한 그 회원은 몇 달 만에 다른 사람이 된 나를 보고 깜짝 놀랐다. "오 코치님 살 진짜 많이 뺐네요!"라는 감탄 뒤에 그는 바로 이렇게 덧붙였다. "이제 여자 다 됐네."

그 말을 들었을 때의 충격이 지금도 생생하다. 나는 어색하게 하하 웃고 넘어갔다. 아무런 대꾸도 하지 못했다. 돌이켜 생각해봐도 할 말이 없다. 거기에 대고 도대체 무슨 대답을 해야 했을까. 감사합니다? 절대 아니다. 원래 여자였어요? 그걸 그 사람이 몰라서 한 말은 아니었을 것이다. 그의 발언에는 거대하고 뿌리 깊은 장벽이 내재되어 있었다. 몇 마디 말로 물리칠 수 없는 어마어마한 어떤 단단한 생각이.

태어나서 그런 말을 그때 처음 들어봤다. 나는 상당히 개인주의적인 성향의 사람이고 부끄럽지만 사회적인 문제보다 내 눈앞의 안위를 먼저 고민하는 사람이었다. 그런데 저 말을 듣고 처음으로 내가 아닌 다른 여자들의 삶에 대해서 생각해보게 되었다. 이렇게 덩치가 크고 근육질인 내가, 머리라곤 목덜미를 넘겨 길러본 적이 없고 입술 한 번 칠해보지 않은 내가, 코치이자 운동선수인 내가 이런 말을 듣는데, 다른 여자들은 이 기분을 평생 느껴왔겠구나!

화장 좀 하고 다니라든가, 여성스럽게 입어보라는 말은 가끔 들어봤다. 물론 이 발언들도 편파적이지만 최소한 (출발선은 잘못되었더라도) 나름의 조언이나 제안에 가까웠다. 하지만 '이제 여자 다 됐네'라는 말은 그런 여백이 없는 단호한 평가였다. 특정한 프레임, 그러니까 사회적인 '여자'라는 기준에 맞춰 명백하게 대상화가 된 적은 처음이었던 것이다. 운동을 향한 내 열정이, 목표를 향한 내 노력이, 그간의 땀과 눈물이 그리고 나의 정체성과 염색체가 통째로 무시당한 기분이었다.

우스운 건 운동할 때만큼은 내게 정반대의 기준이 들이밀어졌다는 점이다. 그 회원을 포함한 다른 남자들은 항상 왜 여자 바벨을 쓰느냐, 왜 남자 무게로 하지 않느냐며 그들보다 좋은 기록을 낸 내게 볼멘소리를 했다. 다들 반 농담이었다. 그 말인즉슨, 반은 진심이었단 얘기다. '니가 남자 바벨로, 남자 무게로 나와 똑같이 했으면 내가 이겼을 텐데'라는 것이 묵음 처리된 그들의 속마음이었다.

본인들에게 위협이 되면 남자 기준을 강요하고, 체급이 내려간다거나 하면 안심하고 이제야 여자답다고 칭찬을 했다. 투명하지만 무척 뚜렷한, 그들이 그린 어떤 제한선이 느껴졌다. 그러거나 말거나 나는 매일의 운동 기록을 체크할 때 여자들 것만 보는 게 아니라 남자들 기록도 다 봤다. 운동과 일상에서 서로 다르게 작용하는 남자들의 알쏭달쏭하고 가변적인 기준을 수용했기 때문은 아니었다. 그저 내 목표가 높았을 뿐이었다. 나는 어느 그룹 중의 일등이 아니라 그냥 최고가 되고 싶었으니까.

내가 단 한 마디 말로 느꼈던 당혹감과 충격을 다른 여자들은 살면서 일상적으로, 그것이 평가인지도 모르게, 무뎌질 정도로 겪어왔을 것이다. 한 계단 위에서 내리는 일방적인 정의가 사람을 얼마나 무력하게 하는지. 나의 의사와는 상관없이 전시장에 진열된 상품이 되어버린 느낌이었다. 내 의사로 올라가지 않은 그 전시의 무대가 나에게는 느닷없는 것이었지만 평가를 내리는 그들은 언제나 우리를 그 전시장 위에 올려놓고 보았을 것이다.

자동으로 배경이 합성되는 카메라 필터 효과처럼. 나는 그때의 감정을 다시는 느끼고 싶지 않아서 치열하게 지금의 커리어를 쟁취했다. 일면은 자랑스럽고 한편으로는 서글프다. 그것이 누구에게는 당연하게 주어지는 것이라서.

그래서 이 글을 읽고 있는 여성들에게 세상이 이러니 노력해서 증명하라고 굳이 말하고 싶지 않다. 사실 우리는 굳이 입증할 필요가 없다. 나의 성별은 남이 판단해줄 문제가 아니다. 당신이 어떤 사람이건 생물학적으로 여성으로 태어났다면 어떤 모습이든 어떤 행동을 하든 모두가 당연히 여자다. 여자의 범주는 여자가 정한다. 그리고 그것에 한계란 없다.

밴드 힙 브리지 업 Band hip bridge up 누워서 무릎을 세운 상태로 엉덩이를 들어 올리는 힙 브릿지 업 동작을 수행할 때 무릎 윗부분에 짧은 밴드를 걸어 저항을 추가한 동작.

밴드 숄더 프레스 Band shoulder press 긴 밴드 가운데를 양발로 밟고 다른 쪽을 양손에 걸어 양팔을 머리 위로 들면서 어깨로 밀어내는 동작.

클린 Clean 바벨을 바닥에서 들어 올려 프론트 랙에 거치하는 동작.

클린 앤드 저크 Clean and jerk 클린 상태에서 다시 바벨을 머리 위로 들어 올리는 동작.

프론트 스쾃 Front squat 무게를 몸의 앞쪽으로 지지하는 스쾃.

스트렝스 strength **훈련** 최대 근력 훈련.

1RM 1 Repetition Maximum. 단 한 번 수행할 수 있는 최대 무게.

링 딥 Ring dips 체조 링 위에서 팔꿈치를 접었다 펴는 딥스 동작을 하는 상체 운동.

AMRAP As Many Rounds As Possible. 주어진 시간 동안 최대한 많은 라운드를 반복하는 운동 방법.

토 투 바 Toes to bar 바에 매달린 채 코어를 수축해 몸을 접어 발끝이 바에 닿게 하는 체조 동작.

월 볼 샷 Wall ball shot 프론트 스쾃과 푸시 프레스의 결합 동작으로, 메디신 볼을 타깃에 맞추는 운동.

덤벨 컬 Dumbbell curl 덤벨을 들고 팔꿈치를 몸쪽으로 접었다 펴는 운동.

덤벨 프론트 레이즈 Dumbbell front raise 차렷 자세에서 덤벨을 든 팔을 앞으로 들어 올리는 운동.

덤벨 래터럴 레이즈 Dumbbell lateral raise 차렷 자세에서 덤벨을 든 팔을 옆으로 들어 올리는 운동.

운반인의 길

　가장 좋아하는 건 끝까지 취미로 남겨야 한다는 것이 나의 모토였다. 취미가 의무가 되면 더 이상 즐겁지 않을 것이라는 강한 믿음이 있었다. 밥벌이가 무난한 본업이 있기도 했지만, 그래서 더 운동을 업으로 삼을 생각은 전혀 없었다. 내가 가장 오래 정을 붙이고 있던 게 운동이었으니까.

　8년 가까이 크로스핏을 하면서 크고 작은 대회에 참가하다 보니 어느 순간 어느 대회든 본선은 쉽게 가고 가끔은 최종 순위권에 들기도 했다. 그러나 코치 해보라는 제안은 생각보다 많이 받아보지 않았다. 다들 이미 나를 코치로 오해하고 있었기 때문이다. 박스에 새로 등록한 회원들은 물론이고 어느 정도 다닌 사람들도 자연스럽게 나를 코치님이라고 불렀다.

　오해가 생기게 된 원인에는 여러 가지가 있을 것이다. 일단 나는 언젠가부터 수업을 듣지 않고 코치들과 함께 훈련을 했다. 다사적으로도 친한 친구들이었고, 종종 같은 대회에 참가하거나아예 한 팀으로 출전하기도 해서 자연스럽게 같이 운동하는 게루틴이 된 것이다. 연차가 쌓이다 보니 어느 순간 내가 코치보다더 박스를 오래 다닌 사람이 되어 있기도 했다. 조선시대 때 가장오래 산 내시가 숙종, 경종을 거쳐 영조까지 세 명의 임금을 모셨다는데 나도 다니던 박스에서 무려 세 명의 오너를 거쳤다.

　코치들이 바쁠 때는 대신 인포 데스크를 맡아주기도 했다. 주차 등록도 해주고 신규 회원이 오면 프로그램이나 가격 상담도해주고 샤워실이나 개인 사물함을 안내하는 박스 투어도 시켜줬다. 크로스핏 엄청 재밌다고 살살 꼬시면서. 그렇게 내가 등록시킨 회원만 열댓 명은 넘을 것이다. 외국인이 오면 수업 통역하고시간 나면 바쁜 코치들을 대신해 틈틈이 수건도 개고 있었으니오해할 만한 이유가 충분하긴 했다. 그러나 이런 행정적 모습을전혀 본 적이 없음에도 나를 코치로 생각하던 사람들도 많았다.운동 능력과 운동 능력보다 더 존재감을 뿜는 몸 때문이었다.

크로스핏은 타 종목과는 조금 다르게 코치의 운동 능력이 암묵적으로 가장 중요한 자격 요건 중 하나로 평가되는 경향이 있다. 사실 어떤 것을 가르치는 것과 본인이 그것을 실제로 잘하는 것은 조금 다른 일이긴 하다. 육상이나 양궁, 사격 같은 종목을 생각해보자. 만약 코치가 그가 맡은 그 어떤 선수보다 기록이 뛰어나다면 그는 코치가 아닌 선수의 자리에 있어야 한다. 실제로 도쿄 올림픽에 58세 최고령으로 출전했던 탁구 선수 니시아리안은 애초에 코치직을 수임했다 압도적인 기량으로 국가대표 선수로 노선을 튼 케이스다. 하지만 크로스핏은 티칭 능력 못지않게 코치 본인의 퍼포먼스가 중요시된다. 대부분은 코치가 그 박스에서 가장 잘하는 사람이다. 이는 크로스핏이 2000년에 시작된 역사가 짧은 스포츠라는 특징과 관련이 있을 수 있다. 타 종목은 대개 은퇴자나 부상 등으로 현역에서 내려온 인재가 코치의 길을 가지만 크로스핏은 아직 은퇴자의 풀이 좁기 때문에 대부분 현역 선수 겸 코치가 된다. 코치가 단순한 지도자를 넘어 워너비로서 회원들의 선망의 대상이 되기 쉬운 분위기도 한몫을 할 것이다. 선망의 대상이기 때문에 퍼포먼스가 중요시되는지, 퍼포먼스가 뛰어나서 선망의 대상이 되는지는 닭이 먼저냐 계란이 먼저냐와 같은 모호한 난제다.

'저 코치 아니에요~'라고 대답하면 나를 코치로 오해했던 대부분의 사람들이 '아 그랬군요'가 아닌 '왜요?!'로 답했다. 굉장한 놀라움과 의아함 그리고 약간의 의심('코치 맞으면서……' 같은?)이 섞인 반응이었다. 왜냐니, 답하기 어려운 질문이었다. 홍시 맛이 나서 홍시 맛이 난다고 말씀드렸는데 어찌 홍시라 생각했느냐 하시면 할 말이 없다고 한 장금이처럼 코치가 아니라서 코치가 아니라고 한 건데 왜 아니냐고 하니 딱히 뭐라고 해야 할지 알 수 없었다. 하는 수 없이 나도 되묻곤 했다. "그러게요……?"

가끔은 한 시간만 대타로 크로스핏 수업을 해달라는 부탁을 받기도 했지만 칼같이 거절했다. 나의 길이 아니라고 생각하기도 했고 남을 가르칠 자격이 없다고 스스로 판단했기 때문이다. 수업료를 받고 남에게 운동을 가르치려면 체대를 다녔거나 관련 분야를 전공했거나 아니면 해당 분야 자격증을 소지하는 것이 최소한의 성의라고 생각했다(매년 크로스핏 게임즈 오픈 심판 자격인 저지Judge를 따기는 했다. 저지는 당해 오픈에만 적용되는 심판 자격으로 오픈 참가자의 퍼포먼스가 유효한지 아닌지 판단하여 기록을 인증할 수 있다. 매해 새롭게 지원하고 테스트에 통과해야 한다). 그래서 비록 수업 시간이 아니어도 회원들이 나에게 운동 관련 질문을 하면 가능한 한 코치들에게 설명을 듣게끔 인계했다.

사실 운동 전공자, 체육업 종사자의 반대 개념 정도인 '일반인'

이라는 타이틀은 내심 나의 자랑이자 방패막이기도 했다. '일반인인데 이 정도 하는 사람'이라면 같은 결과에 더 후한 찬사를 받기 쉬웠고 잘 못했을 때 '일반인인데 이 정도면 괜찮지'라고 실드 치기도 좋았다. 최대한의 노력을 하지 않을 때, 중간에 포기해버릴 때에도 '일반인인데 뭐 어때'라고 먼저 밑밥을 깔거나 자기합리화를 하기에 유용했다.

그러다 샤크와 함께 운동하는 여자 유튜브 채널을 운영하면서 조금씩 나에게 배우고 싶다는 피드백도 받게 되었다. 채널이 성장함에 따라 샤크짐 회원 수도 크게 늘어 점점 샤크 혼자 모든 수업을 감당하기 힘든 상황이 오기도 했다. 결국 샤크의 권유로 초보자들을 대상으로 수업을 해보기로 했다. 결정과 동시에 이것저것 트레이너 자격증 코스와 세미나에 등록했다. 나를 믿고 배우러 찾아오는 사람들에게 예의를 갖추는 일이라고 생각했다. 아쉽지만, 오랫동안 밀어온 '일반인' 타이틀을 내려놓아야 할 시점이었다. 그렇게 일반인과 운동인의 과도기인 운반인의 길이 열렸다.

SHARK

참 대단한 시절이었지

2013년 5월에 크로스핏을 시작하고 3개월 만에 다니던 박스에서 1등을 했다. 이미 얘기했나? 했어도 또 얘기하고 싶다. 이번 편은 확실히 자랑이 넘치는 페이지가 될 테니까 조금만 참고 봐주시면 고맙겠다(아마 분량도 많을 것이다). 처음 1등 하고 난 이후에는 항상 1등이었다. 한 번도 1등이 아닌 적이 없었다. 2014년 2월에는 처음으로 크로스핏 게임즈 오픈에 참가했다. 또 내가 1등이었다. 박스 1등 아니고 한국에서 1등.

한국 1등이라는 결과가 엄청나게 감격스럽지는 않았다. 솔직히 어느 정도는 예상했다. 객관적인 지표가 있었던 건 아니지만 오픈 참가 전부터 막연히 한국 크로스핏에서 나보다 센 여자는 없을 거라고 느꼈다. 일종의 '체대생 부심'이기도 했다. 초중고를 거치며 나보다 운동 잘하는 여자를 만나본 적이 없었다. 힘도 내가 제일 셌다. 그런 애들만 모아놨다는 체대에 와서도 마찬가지였다. 어디서든, 나는 내가 속한 그룹에서 1등이 아닌 적이 없었다. 오픈 참가가 처음이어도, 내가 1등인 건 당연했다.

당시 오픈 순위가 아시아 40위 안이면 아시아 리저널이라는 지역 본선에 참가할 수 있었다. 이때는 조금 긴장했다. 힘이야 세긴 했지만 아직 몸을 컨트롤하는 짐내스틱 부분에서는 경험치나 운동 능력이 조금 부족했다. 하필 당시에는 어깨를 쓰는 와드가 많았다. 풀 업, 오버 헤드 스쾃Over head squat ▮, 핸드 스탠드 푸시 업 Hand stand push up ▮ 같은 것들이 처음으로 등장했는데 전부 다 나의 주력 종목이 아니었다. 특히 핸드 스탠드 푸시 업은 전혀 되지가 않았다.

하지만 리저널에 나가려면 어떻게든 단 하나라도 해내야 했다. 원래도 많은 운동량에 훈련을 무리하게 늘렸다. 원래 근육 발달보다 건이나 인대 발달이 느린데 그러다 보니 건과 인대가 과도한 훈련량을 못 따라오기 시작했다. 어깨에 항상 통증이 있었다. 내가 아직 약해서 그렇다는 무식한 생각으로 아픈 걸 당연하게 생각하고 계속 염증을 줄이는 스테로이드 주사만 맞았다. 그러던 어느 날 문제의 핸드 스탠드 푸시 업을 하는데, 어깨에서 '빠직' 하는 소리가 났다.

평소 같은 통증이었으면 또 주사 맞고 다시 운동을 했겠지만 그 소리가 나는 순간에는 바로 알 수 있었다. 이건 그런 식으로는 될 게 아니라는 걸. 의학적 지식은 없었지만 직감적으로 '이건 수술을 해야 한다. 수술감이다'라는 느낌이 왔다. 칼로 찌르는 듯한 통증이었다. 밥 먹을 때 식탁에 걸쳐놓는 정도로도 팔을 들어 올릴 수 없었다. 다음 날 눈뜨자마자 바로 MRI를 찍었다. 관절와순 파열이었다. 예상대로 수술은 피할 수 없었다.

리저널이 열리는 그날 어깨 수술을 했다. 원래대로라면 경기장에 서 있어야 하는데 수술대에 누워 있으려니 서글펐다. 하지만 한편으로는 조금 안도한 것도 사실이다. 햇병아리 크로스피터로서 리저널은 아직 심적으로나 현실적으로 조금은 버거운 이벤트이긴 했으니까. 수술 후 재활만 하루에 네다섯 시간씩 했다. 내 몸만 생각했다면 그렇게까지 열심히 재활에 몰두하지 않았을 것이다. 그전에도 농구 경기에서 블로킹을 할 때처럼 과격하게 움직이면 팔이 남들보다 좀 잘 빠지긴 했지만 일상생활에 별다른 제약이나 불편한 점은 없었기 때문이다. 크로스핏을 하지 않았다면 수술까지 갈 일도 없었을 것이다.

하지만 바로 그 크로스핏이 너무 좋았다. 그래서 하루라도 빨리 다시 크로스핏을 할 수 있도록 회복에 엄청나게 많은 신경을 썼다. 재활과는 별개로 하체 운동은 가능하니까 데드리프트와 백 스쾃도 무지막지하게 했다. 어깨 수술 전 데드리프트가 325파운드(약 147킬로그램), 백 스쾃이 275파운드(약 125킬로그램)였는데 수술 후에 데드리프트를 375파운드(약 170킬로그램)로, 백 스쾃을 325파운드로 만들었다. 단 6개월 만이었다. 남자들에 견줄 만한 무게였다. 아니, 코치급이 아니고서야 일반 남자들도 해내기 힘든 무게였다. 한국에서 나만큼 드는 여자는 아무도 없었다. 그 당시에는 그냥 말이 안 되는 무게였다.

2015년에 어깨 회복이 덜 된 상태로 다시 오픈에 참여하고 아시아 23위로 마무리했다. 2016년에는 대한민국 크로스핏 결전에 초청되었다. 당시 크로스핏 공식 스폰서였던 리복이 여자 크로스피터 상위 여섯 명을 초대해 주최한 경기였다. 오픈 4주 차까지 기록상으로 톱 6인 선수들이 5주 차 오픈 와드를 겨루는 대회였다. 사실 2015년에도 초대되었는데 그때는 어깨 수술 직후이기도 한지라 자신감이 부족해 사양했다. 그리고 대회 날 아침에 혼자서 대회 종목을 측정해봤는데 대회가 끝나고 확인하니 내 기록이 1등이었다. 얼마나 아쉬웠는지. 그때 결심했다. 후회를 하더라도 경기장에서 후회하자고.

리복에서 짠 대진표가 공개되었을 때만 해도 나는 '쟤가 누구?'라고 할 때 그 '누구'였다. 2년 연속으로 한국 1위를 하긴 했지만 이 모든 기록은 온라인 보드에만 있을 뿐 사람들에게 얼굴이 알려지진 않았던 것이다. 내 상대 선수도 내가 누군지 전혀 몰랐다. 대한민국 크로스핏 결전은 나의 첫 오프라인 대회였다. 처음으로 겪어보는 관중이 있는 대회. 다친 후여서 그런지 오프라인 대회여서 그런지, 첫 출전을 결심할 때도 해본 적 없던 온갖 생각들로 대회 날까지 엄청나게 떨었다.

유튜브 시절이 아니었지만 대회장엔 카메라도 설치되어 있고 대충 봐도 200명은 되어 보이는 사람들이 경기를 관람하러 와 있었다. 나는 두 번째 히트(경기 순서를 히트라고 부른다)였고 첫 번째 히트의 경기를 보며 내 경기의 전략을 짜는 데 집중하려고 노력했다. 대회 당일에 공개된 종목은 다행히 스러스터Thruster▮와 버피였다. 버피가 자신 있는 종목은 아니었지만 나쁘지 않았다. 짐내스틱이 나오지 않은 게 어디람. 내 상대는 나보다 대여섯 살어린 인라인스케이트 국가대표 출신 선수였다. 몸이 정말 다부졌다. 이길 수 있다는 확신은 못 했지만 반드시 이겨야겠다고 다

짐했다.

극도로 긴장해서 시합 전 짧은 인터뷰 때 무슨 말을 했는지 기억이 하나도 안 난다. 시합이 시작된 후에도 그 시끄러운 관중 소리마저 하나도 안 들렸다. 마주 보고 있는 전광판에 나와 상대의 기록이 실시간으로 표시되고 있었다. 그것만 바라보고 계속 앞서는 데만 집중했다. 경기가 중후반을 넘어가자 그제야 나를 응원하는 사람들의 목소리가 들렸다. 내가 한 동작 한 동작을 해낼 때마다 목이 터져라 같이 개수를 세주었다. 그걸 들으니 힘겨움에 다리가 풀려버린 와중에도 마지막까지 전력으로 질주할 수 있었다.

마지막 버피를 넘고 자빠지자마자 고개를 돌려 상대 선수부터 확인했다. 아직 개수가 많이 남아 있었다. 다행이다, 내가 이겼구나! 그래도 1등이라곤 확신할 수 없었다. 내 뒤에 한 경기가 더 있었으니까. 마지막 경기가 끝난 후에도 여전히 내가 1등이었는데, 이때까지도 크게 와닿지 않았다. 포디움에 올라서자 비로소 실감이 났다. 내가 제일 잘했구나. 최고의 기분이었다. 온라인에서가 아니라 경기장에서, 사람들 앞에서 뭔가를 증명해낸 것이다. 그 후 일주일을 잠을 못 잤다. 내 경기 영상을 계속 돌려보느라. 볼 때마다 경기를 할 때의 모든 순간, 그 순간에 느낀 모든 감각이 새롭게 재생되었다. 포디움에 오르던 그 기분까지.

같은 해 코리아 챔피언십에 참가했다. 대한민국 크로스핏 결전은 서울에서 열렸는데 이 대회는 부산에서 열려서인지 처음에는 관중들 사이에서 내 인지도가 썩 높지는 않았다. 경기 종목 중에 스내치Snatch와 클린 1RM 측정이 있었고 내가 이날 둘 다 PR을 하며 1등을 했다. 그때 나를 모르던 사람들도 나에게 엄청나게 집중하며 열광했다. 처음으로 같은 박스에서 운동하던 친구가 아닌, 낯선 사람에게 받는 응원이었다.

그즈음 크로스핏 판이 급속도로 커지고 있었다. 스포츠 관련 브랜드들이 크로스핏 시장의 가능성을 보고 투자를 시작하면서 선수들에게 의류나 제품 후원도 많이 했다. 그중에서도 후원 범위가 큰 브랜드가 하나 있었는데 다른 여남 선수들은 다 후원하면서 나에게는 연락이 없었다. 나는 2017년 코리아 쓰로다운에서 1등을 하면 나한테도 후원을 하지 않을까 내심 기대했다. 경제적으로 어려운 것도, 그 티셔츠 몇 벌 살 돈이 없는 것도 아니었지만 한 명의 선수로서 내 노력과 실력에 대해 후원이라는 이름으로 인정을 받고 싶었다.

반드시 1등을 해야겠다는 마음으로 코리아 쓰로다운 대회장에 갔다. 대회를 구경하러 모인 사람들은 유명한 선수들을 발견하면 달려가서 같이 사진을 찍고 싶어 했다. 나는 순위상으로 톱이었음에도 불구하고 상대적으로 사진 찍자는 사람이 많지 않았다. 어깨 수술로 공백기가 있기도 했지만 그 당시에는 머리가 짧고 꾸미지 않고 노출도 없는 내가 사람들에게 어필할 만한 여성 캐릭터가 아니었던 것 같았다.

경기는 당연히 1등을 했고 혼자 조용히 스포츠 브랜드의 연락을 기다렸다. 하지만 기다리던 연락 대신 그 브랜드가 포디움에 오르지도 못한 다른 여자 선수와 새로운 후원 계약을 체결했다는 내용의 홍보물을 보게 되었다. 그걸 보자마자 눈물이 흘렀다. 나는 이렇게 열심히 하는데, 이렇게 잘하는데 왜 아무도 인정해주지 않을까. 아마도 브랜드들은 내가 '여성' 선수로서 상품성이 없다고 생각했을 것이다. 소위 여자 운동복인 짧은 바지, 깊게 파이고 딱 달라붙는 민소매 같은 게 나에게 적당하지 않을 테니까. 그들이 원하는 여성상이 아니었을 테니까.

좌절하고 슬럼프를 겪는 대신 나는 이를 더 악물었다. 더 열심히 해서 나를 패스했던 브랜드들을 후회하게 만들어주고 싶었다. 그리고 더 많은 대회에 나가서 모조리 다 1등을 했다. 특히 2017년 바벨왕 대회 이후로는 현장에서 나를 알아보고 좋아해주는 사람들이 좀 늘었다. 그 대회에서 클린 앤드 저크 30회 기록을 측정했는데 내가 여자 남자 통합 1등이었다. 이때 사람들이 나를 강렬하게 인식했던 것 같다. 선수 커리어는 2018년까지 계속 정점이었다. 개인전에서는 나갔다 하면 무조건 1등이었다.

그러다 보니 잠깐 거만해져서 코리아 게임즈 대회에서는 한껏 여유를 부리고 설렁거리다가 4등을 했다. 내 자리가 없는 포디움을 보니 정신이 번쩍 들었다. 스스로에게 어이가 없었다. 물론 그 이후로는 두 번 다시는 그런 일이 없었고 나는 1등의 자리를 지켰다. 이제 어딜 가도 사람들이 나를 한국 1등이라고 불렀다. '저 사람 잘하더라'가 아니고 그냥 '우리나라에서 크로스핏 제일 잘하는 여자', 그게 바로 나였다.

그러나 나의 선수 생활은 2018년과 함께 끝났다. 약점인 더블언더(줄넘기 이단뛰기)를 강점으로 만들려고 연습량을 엄청나게 늘리던 때였다. 그날은 2분간 언브로큰Unbroken으로 네 세트를 했다. 2분 동안 한 번도 안 걸리면 대략 150회에서 170회 정도를 했다. 처음엔 괜찮았는데 후반 세트로 가면서 점점 숨이 차고 힘드니까 발끝으로 뛰어야 하는데 뒤꿈치로 턱턱 떨어졌다. 그게 무릎에 상당한 무리를 줬던 것 같다. 다음 날 무릎에서 뚝뚝 소리가 나면서 너무 아파 전혀 움직일 수가 없었다. 반월상 연골 파열이었다.

엄청 절망적이진 않았다. 운동이 한창 물오르던 중이라 짜증스럽긴 했지만 어깨 수술과 재활이 워낙 성공적이었어서 무릎도 잘되겠지 싶은 마음이었다. 빨리 회복하고 빨리 선수로 복귀할 생각으로 가장 빠르게 수술할 수 있는 곳을 찾았다. 그런데 수술대에서 열어보니 MRI상으로 보던 것보다 상태가 더 나빴다. 미세천공술까지 같이 받아야 했다. 그리고 최소 6주 동안 절대로 바닥에 발을 디디면 안 된다는 진단을 받았다.

그 6주가 근력에는 치명적이었다. 발을 공중에 올리고 6주를 살다 보니 우주정거장에서 막 귀환한 우주비행사처럼 모든 하체 근력이 다 빠져버렸다. 엉덩이 근육까지 사라져서 의자에 앉으면 배겨서 못 견딜 정도였다. 설상가상으로 6주 후에도 여전히 무릎에 날카로운 통증이 남아 있었다. 하지만 나는 마음이 너무 급했다. 바로 다시 훈련으로, 선수 생활로 뛰어들고 싶은 조급함에 재활에 차분히 집중하지 못했다. 무릎 재활을 해야 할 시간에 엉뚱하게 상체 운동을 하고, 아픈 걸 무시하고 역도 훈련을 강행했다.

무릎은 수술 후 6개월이 넘도록, 해가 바뀌도록 거의 차도가 없었다. 그때서야 아차 싶어서 재활에 몰두했지만 이미 골든타임을 놓친 후였다. 평범하게 길을 걷다가도 갑자기 절뚝이는 스스로를 보고 선수 복귀의 마음을 접을 수밖에 없었다. 속상했다. 운동을 하지 못해 갑자기 길어진 시간 속에서 생각이 더 많아졌다. 나는 이제 뭘 할 수 있을까. 이제는 뭘 해야 할까. 다행인 것은 내가 꽤 현실적인 사람이라 한탄은 얕게 하고 해결 방안을 아주 깊게 탐색했다는 점이다.

　인생은 새옹지마라더니 지금 돌이켜보면 선수로 은퇴한 게 내 인생에 더 좋은 터닝포인트였다. 지도자로서 더 많은 사람들에게 운동의 즐거움을 알렸고 그것이 다시 나의 기쁨과 행복이 되었다. (게다가 지금은 무릎도 아주 많이 좋아졌다!) 지금도 훈련을 꾸준히 하고 있지만 선수일 때는 어떻게 그 많은 운동량을 소화했는지, 어떻게 매일 똑같은 스케줄을 지키고 자기 관리에 철저했는지 스스로도 믿기지가 않는다. 나는 내가 생각해도 참 대단한 사람이었다. 그 시절의 나 덕분에 지금의 내가 있다. 그리고 지금의 내가 있기에 그 시절의 내가 더 의의가 있다. 먼 훗날 미래의 내가 다시 지금의 나를 대단하게 여길 수 있도록 오늘도 후회 없이 살아야지.

오버 헤드 스쿼트 Over head squat　바벨을 머리 위로 들어 올리고 하는 스쿼트.

핸드 스탠드 푸시 업 Hand stand push up　벽에 기댄 채 물구나무서서 팔을 굽혔다 펴며 몸을 밀어 올리는 동작.

스러스터 Thruster　앉았다 일어나며 무게를 머리 위로 밀어내는 운동.

스내치 Snatch　바벨을 바닥에서 머리 위로 한 번에 들어 올리는 역도 동작.

PR　Personal Record. 개인 최고 기록을 경신했을 때 보통 (New) PR로 표기한다.

언브로큰 Unbroken　쉬지 않고 동작을 수행하는 운동 방법.

떼인 근력,
샤크짐에서
찾아드립니다!

샤크 모르면 간첩

스포츠 교육학 측면에서 운동 참여는 크게 심동적 참여와 인지적 참여 그리고 정의적 참여로 구분할 수 있다. 심동적 참여란 내 몸을 실제로 움직여서 운동을 수행하는 일반적인 의미의 운동 참여이며 인지적 참여는 해당 운동에 대한 규칙, 원리, 정보 등을 습득하는 것을 말한다. 정의적 참여는 스포츠맨십, 페어플레이 정신 등을 수용하는 정서적 의미의 참여다.

보통은 이 세 영역에서 동시다발적으로 참여가 이루어진다. 축구를 좋아하게 되면 점심시간마다 운동장에 나가서 공을 차고

(심동적 참여) 쉬는 시간엔 위키 프리미어 리그 항목을 읽거나 온라인 커뮤니티에 이건 오프사이드네 아니네 하는 뻘글을 쓰기도 하다가(인지적 참여) 페어플레이 운운하며 매점빵 내기를 하는 것(정의적 참여)이 자연스럽게 일어나는 종합적 운동 참여 행태라 볼 수 있다.

그런데 나의 크로스핏은 거의 심동적 영역의 참여로 그 범위가 상당히 제한되어 있었다. 1~2년 차를 넘어가도록 크로스핏의 히스토리나 정체성, 요즘 세계적인 경기 진행 상황, 톱클래스 선수들의 근황 등에는 거의 관심이 없었다는 뜻이다. 애초에 S가 하자고 부추겨서 시작하기도 했지만 내가 크로스핏을 지속하는 가장 큰 동기는 그저 친구들이었다.

물론 크로스핏 자체를 사랑하기도 했으나 크로스핏을 통해 코드가 맞는 사람들과 교류하고 그들과 같은 장소에서 같은 (고통의) 시간을 보낼 수 있다는 점이 거의 유일무이한 그 사랑의 원동력이었다. 오로지 친구들 만날 목적으로 학원을 일곱 군데나 돌던 청소년 시절에서 조금도 성장하지 않았던 것이다. 오픈 기준 크로스핏 순위로 한국, 아시아, 전 세계에서 각 상위 10퍼센트대를 찍으면서도 이렇게나 아무것도, 아무도 모르는 사람은 나밖에 없을 거라고 주변에서 입을 모았다. 내가 다니던 박스 내 인물 외에 내가 알고 있던 크로스핏 관련 유명인은 외국인 남자 한 명

그리고 한국 여자 한 명, 단 두 명뿐이었다.

　내가 인지하던 외국인 남자는 리치 프로닝Rich Froning Jr.이었다. 그는 2011년부터 2014년까지 크로스핏계의 올림픽이라 할 수 있는 세계 대회, 게임즈에서 연속으로 1위를 한 크로스핏 선수다. 운동에 아무리 관심이 없어도 메시나 우사인 볼트 이름 정도는 들어본 것처럼 그 당시 크로스핏을 한다면 모르려야 모를 수가 없는 사람이었다. 크로스핏 공식 스폰서 브랜드 티셔츠에 이름이 대문짝만하게 찍혀 나왔기 때문이기도 하고 크로스피터 친구들이 이 사람 눈이 굉장히 예쁘다고 카톡으로 종종 사진을 보냈기 때문이기도 했다. 과연 그의 눈은 러시아 인형처럼 불가사의할 정도로 영롱했다. 하지만 그럼에도 나는 지금 이 글을 쓰는 순간에조차 '그 눈 이쁘던 사람 누구였지?'라고 다시 그 친구에게 물어볼 만큼 과거에나 현재나 그를 애매하게 기억한다.

　그리고 한국 크로스핏 선수 중에 접점이 없음에도 내가 유일하게 알고 있던 사람, 사람들의 얼굴과 이름을 오지게도 외우지 못하는 내가 리치 프로닝보다 더 정확하게 이름과 얼굴을 인지했던 사람이 바로 샤크 리, 이윤주다.

　내가 샤크를 처음 알게 된 2015년부터 이후 몇 년간은 샤크 코치보다 선수로서의 샤크가 더 유명했다. 샤크는 당시 크로스핏에서 역도의 장미란, 피겨스케이팅의 유나킴, 컬링의 영미영미영미! 같은 존재였다. 한마디로 샤크는 대단했다. 갑자기 튀어나와서 9개월 만에 한국에서 1위를 하고 바로 아시아 대회에 진출했다. 그게 몇 년 동안 이어졌다. 공동 1위 따위는 한 적이 없었다. 어디서든 압도적인 1등, 그게 바로 샤크였다. 리치 프로닝이 '리치 프로닝 짱이더라. 또 1등했어'라는 식으로 나름 잔잔하게 회자된다면 샤크는 '샤크 봤어? 진짜 대박. 말이 되냐'라는 식으로 한숨과 함께 언급되었다.

샤크라는 이름 자체도 굉장하긴 했다. 본명 외의 이름을 별도로 쓰는 일 자체가 흔하지 않던 시절에 샤크라는 닉네임은 굉장히 자기애 넘쳐 보이는 과감한 것이었다. 솔직히 처음에는 샤크라는 네이밍이 발음하는 내가 낯부끄러울 만큼 민망하게 느껴졌다. 마치 '퐁퐁나이트 입구에서 람보를 찾아주세요' 같은 느낌으로 자기 표시성이 지나쳐 보였다. 하지만 그녀가 보여주는 퍼포먼스는 이 모든 오글거림을 한 방에 날려버릴 만한 것이었다. 그녀가 다루는 무게, 그녀의 속도, 그녀의 운동 수행 능력은 (동작의 정확성, 완성도나 다른 동작으로의 전환이 빠르고 간결한 점까지 모두) 참으로 샤크다웠고, 한번 샤크를 보면 샤크가 아닌 그녀, 그녀가 아닌 샤크는 더 이상 상상할 수 없었다.

게다가 그 충격적인 비주얼이라니(샤크가 확실히 잘생기긴 했지만 지금 내가 말하는 비주얼 쇼크는 미녀라는 뜻이 아니다. 말 그대로 충격 그 자체를 말하는 거다)! 내가 샤크를 처음 본 것은 크로스핏 게임즈 닷컴에 올라와 있는 순위표 옆의 자그마한 프로필 사진에서였다. 1등이었기 때문에 페이지에 들어가자마자 눈에 들어올 수밖에 없었다. 가로세로 1센티미터도 안 되는 작은 원 안의 그 사람을 나는 눈을 비비고 보고 또 봤다. '이게 샤크라고?!' 클릭도 확대도 안 되는 그 동그라미를 얼마나 들여다봤는지 모르겠다. 저 단단한 팔, 엄청난 허벅지……. 아니 무엇보다, 이 사람이 여자?

꽤나 진보적인 마인드로 살아왔다고 믿는 내게도 샤크의 외양은 충격적이었다. 커트 머리인 여자를 처음 본 건 아니었다. 소위말하는 성중립적인 (그 당시엔 보이시라고 하던) 스타일이 낯선 것도 아니었다. 빡빡이로 밀고 다니던 여자, 남성복 브랜드만 입고 다니던 여자 들이 내 주변에 적지 않았다. 나는 여성의 외적 모습이 어떠하든 세련되고 여유 있게 받아넘길 수 있는 품격의 사람이라는 모종의 자신감까지 있던 때였다.

하지만 샤크는 정말 낯설 정도로 특별했다. 그 특별함은 그녀의 강함에서 비롯된 것이었다. 나는 그 전까지 그렇게 강한 여자를 본 적이 없었다. 여자가 그렇게까지 강해질 수 있을 것이라는 것도 감히 상상하지 못했다. 물론 올림픽 같은 것이 열리는 시즌이면 중계 프로그램에서 어마무시한 덩치의 여자들이 활약하는 모습을 간혹 보긴 했지만 그들은 말 그대로 TV 속에 있는 사람들이었다. 나와 같은 도시에, 같은 운동을 하는 사람들 중에 그러니까 닿을 수 있는 현실의 사람 중에 이 정도로 강한 여자는 태어나서 처음이었다.

샤크를 실제로 본 것은 그로부터도 몇 년 후, 노블이라는 크로스핏 운동화 브랜드의 론칭 파티에서였다. 나는 아는 코치의 초대를 받았고 샤크는 그곳에 가는 게 당연한 셀럽이었다. 샤크는 주요인물답게 파티가 어느 정도 진행된 시점에 느지막이 그러나 무례하지는 않은 적절한 타이밍에 나타났다. 여러 다른 여자 선수들과 어울려 우르르 뭉쳐서 들어왔지만 한눈에 샤크를 알아볼 수 있었다. 아마 샤크를 전혀 모르거나 아예 크로스핏에 전혀 무지한 사람을 불러다 '자 이 중에 샤크란 사람이 있는데 누구일까요?'라고 찍어보게 해도 누구나 단박에 샤크를 골라냈을 것이다. 그 정도의 존재감이었다.

실물로 본 샤크는 화면 너머로 볼 때보다 더 강해 보였다. 겨울이라 두꺼운 점퍼를 입고 있었지만 오리털 대 폴리에스터 혼용률 50 대 50을 뚫고 그 안의 단단한 몸이 느껴졌다. 내가 변태이기 때문에 투시가 된 것은 아니다(그렇다고 내가 변태가 아닌 것은 또 아니다). 전성기의 선수 샤크는 태가 났다. 샤크는 기존의 '여성스러움'과 관련한 모든 편견을 박살 내는 사람이었기 때문에 저 사람이 여자라는 사실을 충분히 잘 알고 있는 상태에서 봐도 머리에 한 번에 입력되지가 않았다. 내 뇌가 샤크의 성별 판단보다 먼저 '멋있다'는 감상을 도출했다. '저 여자 멋있다'가 아니고 '저 사람 멋있다'.

나는 그날 샤크에게 일부러 말을 걸지 않았다. 샤크는 자신만만해 보였고 자신에게 집중되는 관심을 익숙하게 즐기고 있었다. 이런 시끌벅적한 자리에서 샤크에게 수많은 팬들 중 하나로 스쳐 지나가고 싶지 않았다. 그건 나의 자존심이었는데 생각해 보면 왜 굳이 그런 자존심을 부렸는지 스스로도 퍽 이해가 되진 않는다. 어차피 샤크는 최고의 선수이고 나는 그냥 취미로 하는 정도였을 뿐인데. 어쨌든 나는 샤크와 어설프게 알고 싶지 않았다. 그럴 바엔 차라리 아예 모르는 사이인 게 나았다. 그건 비뚤어진 호감이었을까? 샤크와 개인적으로 교류하게 된 건 이로부터 다시 몇 년 후다. 그때는 샤크가 먼저 내게 말을 걸었다.

SHARK

웃으면서 무게 치는 **이상한** 사람

처음 크로스핏 코치로 일하던 박스에서 6년을 일하고 그만뒀을 때였다. 일은 안 하더라도 운동은 계속해야 했기에 집에서 가까우면서도 시설이 괜찮은 Y 박스를 찾아 새로 등록했다. 다닌 지두 달쯤 지나자 Y 박스 사장이 새로 오픈하는 2호점 코치 자리를 제안했다. 제시한 급여 조건이 나쁘지 않고 2호점 역시 집에서 멀지 않았기 때문에(매우 중요한 조건) 수락했다. 같이 일할 코치도 추천해달라기에 함께 리저널에 나갔던 경해 코치를 추천해서 경해도 함께 일하게 되었다.

당시 톱클래스 선수였던 나와 경해가 같은 박스에서 일한다는 게 크로스핏계에 나름 이슈가 되었다. Y 박스 2호점은 규모도 컸고 시설과 장비도 썩 괜찮았다. 월급도 계약한 대로 정확한 날짜에 입금되었다. 첫 달에는. 두 번째 달에는 월급일에서 열흘이 지난 후에 입금되었다. 다행히 금액은 정확했다. 두 번째 달까지는. 세 번째 달에는 한 푼도 받지 못했다.

두 번째 달에 월급이 밀렸을 때부터 나쁜 조짐을 느끼고 있었기 때문에 오래 기다리지 않고 바로 박스를 그만두었다. 경해를 포함해 같이 일하던 코치들도 설득해 한꺼번에 나왔다. 나는 의리보다 자본주의를 믿는 편이었고 사장의 감정적 호소보다는 1호점 코치들도 이미 두 달째 월급을 받지 못하고 있다더라는 나의 정보를 믿었다. 약간의 법정 투쟁을 하던 도중에 T 박스로부터 시간 나시는 김에 세미나를 한 번 열어달라는 제안을 받았다. 몸은 쉬지만 마음은 쉬지 못하고 있던 때였다. 나는 세미나보다 기부 이벤트를 열면 어떻겠냐고 역으로 제안했다.

깊게 아는 수준은 아니었지만 나도 당연히 여성 인권에 관심이 있었고 관련 분야에 기부를 하고자 하는 마음이 있었다. 스스로도 부족한 점이 많아 항상 신경 쓰고 배워야 하는 입장이기에 나서거나 거창한 주장을 할 역량은 못 된다고 생각했지만, 대신 그런 일에 힘써주는 단체들에 보탬이 되는 어떤 연결 고리가 되고 싶었다.

Y 박스에서 근무할 때도 사장에게 이런 취지로 장을 마련해보면 어떻겠냐고 이야기해 봤지만 깔끔하게 거절당했다. 거절 사유는 아주 심플했다. '굳이? 여자들을? 왜?'라는 게 대답이었다. 정말 궁금해서 하는 반문은 당연히 아니었다. 이쯤 되면 Y 박스 사장의 성별이 무엇이었는지 굳이 밝히지 않아도 알 것이라고 생각한다.

T 박스는 다행히 흔쾌히 나의 제안을 받아들여 주었다. 나는 여성 크로스피터들의 운동-기부 모임을 기획했다. 여자들끼리 모여 운동하고 소정의 참가비를 모아 여성단체에 기부하기로 했다. 그전까지 남자 크로스피터들의 운동 크루, 소모임은 많았지만 여자들 모임은 처음이었다. 아무도 하지 않은 일을 내가 최초로 하는 거였기 때문에 걱정이 좀 되기는 했다. 마음의 부담을 덜기 위해 같이 일을 쉬던 경해와 평소 친하게 지내던 하얀이를 끌어들여 셋이 함께 해보기로 했다.

모임의 이름은 '움직여'로 정했다. 뜻은 움직이는 여자. 내 몸을 직접 움직여 운동하는 여자라는 뜻이기도 하고 운동으로써 세상을 움직이는 여자가 되자는 뜻이기도 했다. 내 몸이든 세상이든 일단 여자들이여 움직여! 인스타그램 계정을 개설하고 홍보를 시작했다. 참가비를 만 원으로 결정하고 혹시 너무 비싸게 느껴지려나 고민을 했는데 생각보다 많은 사람들이 신청을 해서 정원 스무 명이 금방 채워졌다.

첫 회 때는 아무래도 원래 알던 사람들이 대부분이었다. 코치들이 많았고 그 코치들에게 배우는 회원들 몇이 따라온 정도? 익숙한 얼굴들 사이 몇 안 되는 처음 보는 사람들, 그중에 에리카가 있었다. 그녀의 첫인상을 잊을 수 없다. 엄청난 어깨를 가지고 있었기 때문이다. 내가 모르던 여자 크로스피터 중에 이렇게 어깨가 큰 사람이 있었다니? 바로 옆에 역시 어깨로 유명한 다른 코치가 있었는데도 오로지 그녀의 어깨만 보였다.

하얀이가 저분이 크로스핏 운동 일지를 쓰는 유명한 블로거라고 귀띔했다. 운동도 잘하고 포스팅이 엄청 웃겨서 자기도 종종 본다고. 그때는 그냥 그렇구나 하고 넘어갔다. 첫 이벤트를 개최하는 입장이라 다른 데 신경을 쓸 여력이 없기도 했다. 그런데 에리카는 정신없이 진행되는 이벤트 중에도 눈에 띄었다. 확실히 어깨 때문만은 아니었다. 그녀는 스무 명 중 유일하게 계속 웃고 있던 사람이었다. 그 웃는 얼굴 때문에 눈에 띄었다.

딱히 웃긴 상황이 아닌데도 에리카는 약간 바보처럼 실실 웃었다. 두꺼운 어깨 위에 해맑은 얼굴이 둥둥 떠 있었다. 심지어 스트렝스 훈련 중에도 그녀는 웃고 있었다. 빈 바벨이 아닌 고중량이 었다. 200파운드, 킬로그램 단위로 환산하면 90킬로그램 이상의 무게를 짊어지고 풀 스쾃으로 앉았다 일어났다를 반복하면서도 그녀는 미소를 잃지 않았다. 너무 궁금해서 "왜 그렇게 웃는 거예요?"라고 결국 묻고 말았다. "긴장해서 그래요"라고, 전혀 긴장한 것처럼은 보이지 않는 그녀가 또 웃으면서 대답했다.

본격적으로 와드를 하는데 에리카는 이미 힘이 세다는 것이 스트렝스 훈련에서 밝혀졌기 때문에 팀 와드 ▪ 때도 잘하는 사람들과 한 팀이 되었다. 나는 참가자들이 운동하는 동안 돌아다니면서 스냅 사진을 찍었다. 짧은 시간 동안 폭발적인 출력을 내야 하는 고강도의 메타볼릭 컨디셔닝 와드 Metabolic conditioning WOD ▪ 중에도 그녀는 웃고 있었다. 그날 찍은 그 어떤 사람보다도 제일 환하게. 나도 모르게 자꾸 에리카를 향해 셔터를 누르면서 정말 이상한 사람이라고 생각했다.

성공적으로 첫 움직여 모임을 마치고 근처 족발집으로 회식을 갔다. 일상복을 입은 에리카를 보니 이제야 어깨나 표정이 아닌 그녀의 얼굴이 제대로 보였다. 모임 도중에는 위아래 색이 똑같은 브라 톱과 레깅스를 입고 있어서 더 그녀의 특징적인 어깨에만 이목이 집중됐던 것이다. '저렇게 생겼었구나……'라는 생각을 했다.

회식 자리에서는 사람이 많아 소규모로 나눠 앉았는데 에리카는 내 옆 테이블에 앉게 되었다. 정말 맛있는 족발집이었는데, 서비스로 나온 막국수도 정말 맛있었는데 먹다가도 자꾸 에리카가 있는 쪽으로 눈이 갔다. 그녀가 앉은 테이블이 제일 재미있어 보였다. 모두 깔깔깔 웃으면서 신나게 얘기 중이었다. 가장 많이 웃는 것도, 가장 많이 사람들을 웃기는 것도 다 에리카였다. 그녀와 친해지고 싶었다.

다음 움직여는 분당에서 하기로 했다. 고민 따위는 하지 않았다. 그곳이 에리카가 다니는 박스였기 때문이다. 한 번 더 보고 싶다는 마음으로 단박에 결정하고서도 정작 당사자에게는 입도 벙긋하지 못했다. 대신 분당의 오너 코치에게 에리카의 지난 대회 기록을 슬쩍 물어보면서 (과연 대단했다) 내가 팬이라고 전해달라고 했다. 잘 전달이 되었는지 궁금해서 그녀의 블로그를 열심히 눈팅했다. 첫 회 움직여 이후로 이미 매일 보던 블로그였지만 더 자주 새로고침을 눌렀다. 마침내 몇 주 후에 나에 대한 언급이 있었다. 내가 팬이라고 한 사실에 퍽 기쁜 듯 보였다. 심장이 두근거렸다.

분당에서 움직여가 열리는 디데이, 에리카가 먼저 멀리서부터 나를 보고 뛰어와서는 반갑다고 대뜸 손을 잡았다! 뛰어오면서부터 깔깔거리면서 뭐라고 뭐라고 계속 말을 하는데 수줍어서 손을 슬쩍 빼고 괜히 다른 얘기를 했다. 그리고 수업하는 내내 에리카를 제대로 못 쳐다봤다. 나는 베테랑 코치인데. 이 정도면 누가 봐도 꼭 필요하다 싶은 순간에만 다가가서 슬쩍슬쩍 티칭하고 사라지는 걸 반복했다. 스스로 생각해도 자연스럽지 못하게 뚝딱거렸다.

회식 장소는 고기 무한리필집이었다. 이번에는 같은 테이블에 앉고 싶었는데 어떻게 하면 자연스러울지 고민하다가 사람들에 휩쓸려서 또 옆 테이블에 따로 앉게 되었다. 아쉬웠지만 관심 있는 게 티 안 나게 되어서 다행이라는 생각도 들었다. 고기를 몇 판을 먹으면서도 온 신경은 에리카가 앉은 테이블에 가 있었다. 하지만 이번에도 자리에서 일어나 계산할 때까지 결국 한마디도 말을 걸지 못했다.

그대로 헤어지는 게 아쉬워서 혹시 카페로 2차 가실 분 계시냐고 외쳐봤다. 나는 원래 먼저 2차를 가자고 하는 사람이 절대 아니다. 내성적이라 사람이 많은 자리를 부담스러워하기 때문이다. 원래 회식 자리에서 제일 먼저 사라지는 사람이 바로 나였다. 하지만 나의 용기가 무색하게 에리카는 선약이 있다며 2차에 참석하지 않았다. 나도 에리카랑 얘기해보고 싶었는데……. 할 수 없이 다음 기회를 노려보기로 했다.

팀 와드 두 명 이상이 팀을 이루어 함께 수행하는 와드.

메타볼릭 컨디셔닝 와드 Metabolic conditioning WOD   고출력으로 빠르게 유·무산소 신진대사 전반을 끌어올리는 와드.

움직여, 처음으로

노블 론칭 파티 때 스치듯 처음 샤크를 보고 4년이 지났다. 군대를 가도 두 번을 가는 시간이 흐르니 그 대단한 샤크라는 사람의 인상도 흐릿해졌다. 어쩌다 샤크 이야기가 나오면 '그래 내가 그 언젠가 샤크 실물을 한 번 가까이서 봤었지. 정말 남달랐더랬지……'라고 상기하는 정도? 추억이라기보다 '썰'에 가깝게 그녀를 되새기던 어느 날, 다니던 박스의 코치(이자 친한 동생인) 혜린이가 혹시 토요일에 시간 되냐며 내게 핸드폰을 들이밀었다.

핸드폰 속 인스타그램에는 크로스핏 어쩌고저쩌고를 연다는 피드가 올라와 있었다. 주의 깊게 보려고도 안 하고 대충 훑고 치웠다. 대회나 시합이면 어차피 이제껏 그래왔던 대로 이미 내 의사와 상관없이 신청이 되었을 테니까. "토요일에 운동하느라 시간 맨날 빼놓지 뭐. 이거 너도 나가?" 그런데 그런 게 아니라고 했다. 그냥 여자 크로스피터들만 모여서 같이 운동하는 모임이라고. 뭐든 상관없었다. 나는 그 날의 운동량만 채우면 그만이었고 크로스핏이라면 다 환영이었다. 별 고민 없이 그러자고 했다. 다른 박스에 단체로 드롭 인Drop in▮ 가는 셈이라고 생각했다. 혜린이의 다음 말을 듣기 전까지는. "아, 이거 샤크 코치님이 여는 거래요."

누가 두개골을 열고 뇌에 양동이째 찬물을 들이부은 듯 정신이 확 차려졌다. 샤크를 또 볼 수 있다고? 이번엔 심지어 샤크가 주최자니 맘 놓고 구경할 수 있는 명분마저 있는 셈이었다. 행사 진행자에게는 응당 집중해서 주목해줘야 하니까. 그게 예의니까. 뚫어지게 쳐다봐도 무뢰배가 되지 않을 수 있는 이 절호의 기회를 절대 놓칠 수 없었다. 같이 운동하다 보면 어쩌다 눈도 마주치겠지? 눈이 마주치면 말도 섞게 되겠지? 말을 섞으면 그다음엔……? 큰일이다. 나랑 말을 섞으면 샤크가 나한테 호감을 가질 수밖에 없을 텐데!

하지만 오랜 기간 축적되고 다듬어진 사회성 스킬로 나는 나의 망상을 입 밖으로 내뱉지는 않았다. 그때까지는. 혜린이가 같이 가자고 한 그 모임이 바로 '움직여'였다. 모임 이름이 움직여인 줄도 현장에 가서야 알았다. 그때까지만 해도 인스타그램을 하지 않을 때였고 이미 내 머릿속은 마치 '원숭이 엉덩이는 빨개' 노래 가사처럼 줄줄이 연상되는 수천 가지의 시나리오로 여백이 없었다.

가보니 움직여는 샤크 혼자 여는 게 아니고 나도 잘 아는 서하얀 코치와 신경해 코치 셋이 함께 진행하는 행사였다. 한국 1등도 몇 번 한 다른 유명 선수도 참석해서 모든 사람들이 꽤 들떠 있었다. 하지만 그 누구도 나 정도로 들떠 있진 않았으리라. 행사는 스트레칭부터 시작했는데 벌써 쉽지 않았다. 맨날 설렁설렁 몸 풀던 나에게는 본 운동 급의 난이도였다. 뻣뻣한 몸을 이리저리 늘려보려고 끙끙대고 있는데 샤크가 다가와서 갑자기! 내 허벅지를! 손으로 꽉 잡았다. 그러고는 말했다. "뭐야, 이거 왜 이래?"

필요한 상황이 아님에도 과도하게 자기주장 중인 나의 대퇴사두가 의아했었나 보다. 그러나 유연성과 모빌리티가 떨어지는 것이 나의 부족함이라면 샤크의 그런 돌발 행동은 엄중히 처벌받아야 하는 유죄였다. 나는 입술을 깨물며 생각했다. 이거 블로그에 꼭 포스팅해야지. 그다음에는 스트렝스 훈련으로 프론트스쾃을 했다. 1RM이 200파운드(약 91킬로그램) 이상인 사람이

나 포함 셋 정도밖에 없어서 같은 랙을 쓰게 되었다. 다른 둘 중 한 명은 코치였고 나머지 한 명은 이종격투기 선수였다(당시 나는 그냥 일반인). 그 덕분에 무서운 기세로 플레이트를 추가하며 무게를 올려가고 있는데 샤크가 다시 나에게 다가와 말을 걸었다. "지금 어때요?"

샤크가 물어본 것은 지금 바벨에 걸려 있는 무게가 적당한지였다. 그러나 샤크가 말을 걸어서 마지막 남은 평정심마저 잃은 나는 내 기분을 묻는 것으로 오해하고 "좋……다?"라고 대답해버렸다. 당신을 다시 봐서 기분이 째진다고 대답하지 않은 게 다행이었다. 조금 '띠용'스런 표정으로 다른 사람들 쪽으로 사라지는 듯하던 샤크가 곧 돌아와서 또다시 내게 말을 걸었다. "근데 왜 이렇게 웃고 있어요?"

사실 처음 보는, 하지만 얼핏 봐도 쟁쟁한 참가자들과 있으려니 꼭 샤크의 존재가 아니어도 긴장이 되기는 했다. 그리고 나는 긴장이 되면 웃는 버릇이 있다. 뇌는 중립 상태를 선호해서 너무 극단적인 감정이 들면 그걸 해소하기 위해 반대급부의 감정을 불러일으킨다는데, 너무 귀여운 것을 보면 물어뜯고 싶어지거나 꽉 끌어안아서 터트리고 싶어지는 것처럼 말이다. 같이 간 친구들은 나를 잘 알아서 '에리카 또 긴장했네'라고 바로 알아차렸지만 다른 사람들에게는 그냥 나사 빠진 괴이한 여자로 보였을 것이다. 그중 가장 나를 괴상하게 생각한 사람이 바로 샤크였다.

나는 내가 웃고 있는 줄도 몰랐다. 그런데 내내 웃고 있었다고 한다. 쇄골 위에 100킬로그램에 가까운 쇳덩이를 짊어지고 풀 스 쾃으로 앉았다 일어나면서도 치아를 활짝 드러내고 있었다. 나 는 17세기 중세 유럽에서 태어났어야 했다. 그래야 항시 손에 들 고 다니는 부채로 쳐웃는 얼굴을 가릴 수 있었을 텐데. 세상에는 도저히 숨겨지지 않는 것이 세 가지 있다고 한다. 재채기와 가난 그리고 샤크를 의식하는 나의 망할 얼굴.

어찌저찌 운동이 끝나고 근처 족발집에 회식을 하러 갔다. 걸 음이 빠른 나는 제일 먼저 들어가서 첫 번째 테이블에 앉았고 샤 크는 다른 사람들을 챙기다 그 옆 테이블에 앉았다. 옆이지만 내 테이블에 제일 가까운 자리였다. 나는 샤크가 일부러 신경 써서 거기 앉았을 거라고 생각했다. 이유는⋯⋯ 없다. 그냥 그런 확신 이 들었다. 한편 격한 운동으로 인해 이미 그 전부터 치솟을 대로 치솟아 있던 아드레날린이 폭발해버린 나는 끊임없이 떠들고 또 웃었다. 까불어대느라 입에 뭘 넣을 틈도 없었다. 다른 사람들에 게서 '에리카 너무 웃겨'라는 말이 나올 때마다 나의 광대짓은 더 격렬해졌다.

그걸 옆에서 샤크가 다 보고 있었다. 대놓고 보지는 못하고 음식에 집중하는 척하면서 흘끗흘끗 계속 나를 훔쳐보고 있었다. 안 보려고 노력하지만 자기도 모르게 자꾸만 시선이 이쪽을, 나를 향하게 되어버린다는 걸, 나를 보고 싶은 마음이 제어가 잘 안 되고 있다는 걸 확실하게 알아차릴 수 있었다. 어떻게 알았냐고? 내가 정확히 그 상태였으니까. 너도 사실은 내 옆에 앉고 싶었지?

회식이 끝나고 다른 참가자들은 다 샤크와 하얀, 경해와 함께 기념사진을 찍었다. 나만 빼고. 나는 아마 그들과 사진을 찍지 않은 유일한 사람이었을 것이다. 대신 일부러 나서서 다른 사람들의 '찍사'가 되어주었다. 그편이 더 안전한 거리에서 마음껏 볼 수 있었다. 그러나 그보다 더 큰 이유는 정말로 샤크를 처음 보았을 때 노블 론칭 파티가 열리던 그곳에서 내가 샤크에게 일부러 말을 걸지 않은 이유와 같았다. 나는 수많은 사람들 중 하나가 되고 싶지 않았다. 뻔하게 행동하고 싶지 않았다. 나를 특별하게 생각해줬으면.

첫 움직여 이후 얼마 지나지 않아 다음 움직여의 장소가 내가 다니는 박스로 결정됐다는 공지가 떴다. 전혀 놀라지 않았다. 예상했던 바였다. 하지만 다 알고 있어도 설레는 건 별개였다. 그즈음 코치인 친구로부터 샤크의 메시지를 전해 들었다. 나의 팬이라고 전해달라며. 내 주변을 서성이고 있구나, 너. 나랑 가까워지고 싶어서, 그치? 라고 나는 내 핸드폰 속의 샤크에게 말을 걸었다. 샤크의 천 개가 넘는 인스타그램 피드를 벌써 200번쯤 정주행하고 역주행한 후였다.

마침내 샤크를 다시 보게 된 그날, 나는 저 멀리서부터 샤크를 보자마자 뛰기 시작했다. 뛰어가서 덥석 손을 잡았다. 나도 모르게 그래버린 척했지만 사실 철저히 의도된 연출이었다. 너도 내 허벅지 막 만졌잖아. 나도 이 정도는 좀 만져보자! 샤크가 어쩔줄 몰라 하다가 슬그머니 손을 뺐다. 그마저도 마음에 들었다. 그래, 좋아. 능글맞은 건 언니가 할게. 너는 귀여운 거 해.

이렇게 몹시도 구린 마음을 품고서 겉으로는 꼬박꼬박 "코치님, 오늘은 팀 와드인가요?" 하며 극존칭을 했다. 또 계속, 계속 하하하 웃으면서. 다만 이번에는 긴장감의 방어기제로서의 웃음이 아니라 진짜 웃음이었다. 좋아서 나오는 웃음. 샤크와 내가 어떻게든 엮일 거라는 생각이 강하게 들었다. 확신에 가까운 예감이었다. 어떻게 될까, 너와 나. 그걸 궁금해하다 보니 여기까지 왔다. 서로 목차를 나눠 책을 내는 사이로까지. 정말 웃겨 우리.

드롭 인 Drop in 소속이 아닌 박스에 일회성으로 방문해 수업을 듣거나 함께 운동을 하는 것.

SHARK

뭔 운동 일지가 이렇게 웃겨?

2019년 10월이었다. 운동 프로그램을 짜다가 참고할 요량으로 2018년도 크로스핏 게임즈 오픈 대회의 와드를 찾아보게 되었다. 네이버에 '2018 open 18.4'라고 검색어를 입력하고 결과로 나온 리스트 중에 맨 위에 있는 게시물을 클릭했다. 어떤 여자 크로스피터의 블로그였다. 본인 운동 일지 삼아 포스팅을 한 모양이었다. 한눈에 와드가 보이길 바랐던 나는 솔직히 조금은 한숨을 쉬며 쭉쭉쭉 스크롤을 내렸다. 깊은 정보가 필요한 게 아니라 딱 그 와드의 내용만 있으면 그만이었다.

그런데 와드가 나오기 전부터 스크롤을 굴리던 나의 손가락 속도가 점점 느려졌다. 와드가 나온 후에도 뒤로 가기나 창 닫기를 누를 수 없었다. 더는 이 페이지에 있을 이유가 없는데 빠져나갈 수가 없었다. 랙에 걸린 것처럼 어느 순간 그 포스팅에 적힌 글자들에 사로잡히게 되었다. 와드가 발표되기 전 떨리는 심정, 발표 후의 걱정, 측정 전의 긴장감, 와드 중의 심리 상태, 끝내고 난 후의 소감 같은, 나의 필요와는 전혀 상관없는 정보에 정신없이 빠져들었다. 왜냐면, 너무 재밌었다! 운동 일지가 이렇게 웃길 수가 있나?

2018년 크로스핏 오픈은 5주 동안 다섯 개의 와드로 진행했었다. 나는 원래 목적이었던 네 번째 와드 포스팅을 다 보자마자 얼른 첫 번째 와드 포스팅으로 넘어가 정독하기 시작했다. 보다 보니 움직여 1회 때 하얀이가 얘기했던 그 블로그가 이 블로그라는 걸 알 수 있었다. 그전에도 다른 사람에게 '분당에서 운동하는 여자 중에 코치는 아니고 회원인데 운동을 정말 잘한다. 그 사람이 블로그를 하는데 운동 일지도 진짜 웃긴다. 한번 봐라'라는 얘길 들은 적이 있었다. 심지어 이 얘기를 한 명한테만 들은 것도 아니었다. 회식 때 눈에 띄던 그 사람, 친해지고 싶었던 그 사람이 바로 이 블로그의 주인이었다니.

나는 원체 활자를 읽는 걸 싫어한다. 부끄럽지만 태어나서 지금까지 전공 서적이나 교과서 같은 걸 제외하면 평생 끝까지 다 읽은 책이 채 열 권도 안 될 정도다(이런 내가 지금 에세이를 쓰고 있다는 점이 좀 묘하긴 하다). 읽는 훈련이 안 되어 있으니까 읽는 속도도 워낙 느리고 내 스스로 그 느림에 답답해서 읽다 포기하는 경우가 대부분이다. 운동 관련 정보에 대한 열망은 높은데 읽기가 너무 싫어서 돈을 더 내는 한이 있더라도 가능한 한 오프라인 현장 교육을 가거나 동영상 세미나 코스를 선택하는 게 나았다. 그런데 이 블로그는 술술 읽혔다. 다음 문장이 기대될 정도였다.

2018년 오픈 첫 번째, 두 번째, 세 번째 와드 포스팅을 단숨에 다 보고 심지어 네 번째 포스팅을 한 번 더 봤다. 그리고 마침내 마지막 다섯 번째 와드 포스팅을 아까워하며 아껴 읽다가 마지막 문장에서 너무 크게 놀라고 말았다. 이제 크로스핏을 그만두겠다는 선언이 적혀 있었기 때문이다! 일반인으로서 코치들과 함께 여러 대회를 진지하게 참여하다 중압감과 압박감이 쌓여 탈진과 번아웃이 한꺼번에 온 모양이었다. 나는 이제야 이 사람을 발견했는데 이렇게 끝이라니. 주변에서 블로그 찾아보라고 추천할 때 진작 볼걸. 후회가 몰려왔다.

그러나 그다음 포스팅, 그 다다음 포스팅에도 이 사람은 계속 크로스핏을 하고 있었다. 6개월간의 휴식기를 가지고 다시 복귀했다고 했다. 정말 다행이라고 생각했다. 이 사람이 크로스핏을 그만두지 않은 것도, 블로그를 계속하고 있는 것도 그리고 내가 2019년에 이 사람을 발견한 것도. 만약 2018년보다 더 일찍 알았다면 나는 이 사람이 기약 없이 크로스핏 은퇴(본업은 아니지만) 선언을 한 후 6개월 동안 얼마나 괴로웠을까, 상상만 해도 오싹했다.

자라 보고 놀란 가슴 솥뚜껑 보고도 놀란다고 혹시나 또 탈 크로스핏 선언 같은 걸 해서 포스팅이 사라지거나 막힐까 봐 그날부터 시간만 나면 블로그를 탐닉했다. 처음에는 운동 일지 카테고리만 골라 보다가 나중엔 이 사람의 운동 외 사생활과 다른 취향도 궁금해져서 다른 카테고리도 모조리 다 읽었다. 다 합치면 전체 포스팅 수가 몇천 개는 되었다. 굉장히 성실하고 꾸준하며 여러 가지 이야기를 하는데 그게 다 흥미롭고 재미있는 사람이었다.

하루 종일 몇 날 며칠을 게걸스럽게 블로그 글만 읽어댄 탓인지 12월쯤에는 심지어 꿈에 그 블로그의 주인이 나왔다. 내가 처음 포스팅을 읽기 시작한 게 10월이니까 두 달 가까이 열혈 구독자로 살았던 셈이다. 살면서 그 전까지 읽어온 글자보다 더 많은 양의 글자를 흡수했을 수도 있겠다 싶다. 꿈의 자세한 내용은…… 기억이 안 나지만 일어나서 묘하게 설레고 두근거렸던 기분은 아직도 뚜렷하다. 나는 침대에 누워서 눈만 뜬 채로 바로 핸드폰을 들고 처음으로 그 블로그에 댓글을 달았다. 물론 블로그 주인과 나만 볼 수 있는 비밀 댓글로. '에리카님, 저 운동하러 그쪽으로 한번 가도 될까요?'

내가 연락했다는 내용을 금방 에리카 언니가 블로그에 언급했다. 특유의 유머 코드인 과장된 주접이라고 생각은 했지만 알면서도 떨렸다. 뭔가 나 혼자 일방적인 게(?) 아니구나 싶은 이상한 생각이 들었다. 내가 크로스핏을 잘해서, 유명해서, 그 덕으로 단번에 환영을 받는 거겠지 싶으면서도 또 묘한 기대를 하게 되었다. 아무 근거도 없이 그냥 나라는 사람 자체로도 저 사람에게 호감을 줄 수 있었으면 좋겠다 싶은.

블로그를 독파한 지 두 달 만에야 처음으로 댓글을 달 정도로 나는 소심하고 낯을 엄청나게 가린다. 그래서 에리카 언니네 박스에 처음으로 방문할 때도 도저히 혼자 갈 용기가 나지 않았다. 민망함을 중화시키기 위해 하얀이를 데려갔다. 나에게 블로그를 먼저 알려준 사람이기도 하고 알고 보니 하얀이와 에리카 언니는 이미 서로 어느 정도 아는 사이였다. 하얀이가 크로스핏계에 데뷔한 대회에 에리카 언니도 참가해서 포디움에 선 적이 있었다고 했다. 서로의 박스가 같은 지역에 있기도 해서 코치들끼리 함께 팀을 꾸려 대회에 나간 적도 있는 모양이었다. 질투 나게.

내가 사는 곳에서 에리카 언니네 박스까지는 순수 이동 시간만 한 시간 반이 걸렸다. 교통수단도 오토바이에서 지하철로, 다시 환승까지 몇 번을 갈아타야 했다. 소심한 게 집순이 성향으로까지 이어지는지 나는 원체 어딜 멀리 가는 사람이 아니다. 특별한 용건이 없는 한은 아기 때부터 살아온, 이사 한번 안 간 내 동네에 머무는 걸 선호한다. 그런데 합동 훈련도 아니고 그냥 단순히 누군가를 한 번 보러 그렇게 멀리 가다니.

심지어 조금 일찍 도착했다. 떨리는 마음으로 먼저 앉아 있는데 저 멀리서 손을 막 흔들며 누군가가 뛰어왔다. 바로 그, 에리카였다. 사실 실제로 처음 본 게 이때가 처음은 아니었다. 움직여 첫 모임 회 때도 봤고, 한 번 더 보고 싶어서 2회 차 모임을 에리카 언니네 박스에서 했으니 두 번째조차 아니었다. 무려 세 번째 보는 사람인데 그래도 긴장이 되었다. 특별한 명분도 없이 그냥 온건 처음이라서였을까. 에리카 언니는 또 바보처럼 활짝 웃고 있었다. 내내 그렇게 웃었다. 움직여 때처럼. 해맑은 바보같이. 그게 너무 좋았다.

어떻게 같이 운동을 했는지 기억이 잘 안 난다. 꼭 내가 처음으로 꿨던 에리카 언니 꿈처럼. 나는 기억력도 좋고 운동에 있어서는 특히 조금 집요한 편이라 내 운동량, 운동 내용에 대해 빠삭하게 외우는데도 그렇다. 특별한 무언가는 없었는데 그냥 뭔가 다 필터가 낀 것처럼 기억이 아련하고 뿌옇다. 단둘이 운동한 건 아니어서 다 같이 저녁을 먹고 카페에 갔다. 블로그에 댓글 달 때의 몇백 배 정도 되는 용기를 내서 핸드폰 번호를 물어봤다.

마침 나와 에리카 언니 말고 다른 사람들은 이제 일이 있어서 가봐야 한다며 일어났다. 둘이 있기 너무 좋은 상황인데, 둘이 있어보고 싶은데 아직은 내 낯가림의 허용치를 넘어서는 상황이었다. 내가 말을 재밌게 잘하는 편이 아니니 할 말이 없어서 침묵만 지키다가 더 어색해질까 봐 겁이 나기도 했다. 그래서 그냥 그대로 솔직하게 말했다. 나는 둘이 좀 더 있고 싶은데 어색해질 것 같으니까 저도 그만 가보겠다고. 옆에 있던 사람들이 조금 놀라는 것 같았다. 역시 나는 말을 하면 안 돼.

에리카 언니가 차로 데려다준다 그랬는데 부끄러워서 혼자 갈 수 있다고 도망갔다. 카페에도 단둘이 못 있는데 차에는 도대체 어떻게 같이 있냔 말이다! 그래놓고는 그다음 날부터 거의 매일 에리카 언니네 박스에 출석 체크를 했다. 나의 동선은 이랬다. 일단 우리 집에서 오토바이를 타고 강남역까지 간다(쫄보라서 큰 도로를 가는 게 무섭기 때문에 매번 덜덜 떤다). 강남역에서부터는 지하철을 탄다. 신분당선을 타고 정자역까지 가면 거기서 다시 분

당선으로 갈아타서 몇 정거장을 더 간다. 내려서는 몇 블록을 더 걸어야 한다. 매일매일을 그렇게 했다. 에리카가 시간이 된다고 만 하면 언제든. 가끔은 하루에 두 번도.

너 유튜브 해야 돼

2014년 처음 블로그를 시작할 때, 오로지 블로그용으로 완전히 새로운 네이버 아이디를 개설했다. 원래 쓰던 아이디는 이미 많은 사람들에게 공개되어 있었고 (ENFP 특성으로) 너무나 다양한 커뮤니티에 가입되어 있었다. 특히 다니는 크로스핏 박스 카페에 가입되어 있다는 점이 제일 마음에 걸렸다. 카페 규칙상 실명으로 되어 있는 내 닉네임을 클릭만 하면 바로 내 블로그로 누구든지 이동할 수 있기 때문이었다.

딱히 카페에 싫은 사람이 있는 건 아니었지만 나는 블로그에서 남들에게는 못 하는 속 얘기도 하고, 숨겨온 부분도 드러내보고, 뭐든 정제되지 않은 것들을 다 쏟아내고 싶었다. 운동하는 활기 찬 내가 양지의 나라면 약간 염세적이고 사춘기적 감성이 넘치는 블로그의 나는 음지의 내가 될 터였다. 서로가 혼란스럽지 않게 둘의 경계를 뚜렷이 하고 싶었다.

사실 가장 쉬운 방법은 기존 계정에서 비공개로 글을 쓰는 것이다. 굳이 새로 아이디를 파서 또 굳이 공개로 글을 쓴 이유는 내가 은밀한 관종이어서다. 아무도 몰래, 아무도 안 물어본 내 얘기를 할까 하는데 혹시 듣고 싶은 사람 있어? 라고 좌중을 둘러보는 아이러니한 마음. 나는 내 생각을 완벽한 비공개로 영원히 음지에 가둬두기보다, 내 것이 아닌 척 슬쩍 매대에 올려놓고 싶었다. 그리고 그것과 관련 없는 사람인 척 멀찍이 떨어져서 딴청을 피우며 사람들의 반응을 흘끔흘끔 보고 싶었다.

쓸수록 트위터에 최적화된 인간이 아닌가 싶은데 나는 또 분량에 제약을 받는 건 싫더라. 유저간 여러 가지 암묵적 룰(초멘에 뭐 뭐 금지, 알계로 어쩌구저쩌구 금지 등등)도 내게는 너무 많고 까다롭게 느껴졌다. 아무튼 그래서 블로그를 했다. 그리고 몇 달도 지나지 않아서 주변 사람에게 다 들켰다. 내 블로그의 존재를 지인들에게 발설해버린 파렴치한 인간은 바로 나였다. 단톡방의 누군가가 블로그를 시작했다고 고백하자 "우와 나돈데!"라고 생각

없이 호응을 해버린 것이다. 나는 역시 나였다.

 그렇게 6년 정도 블로그를 운영하자 크로스핏 쪽에서는 꽤 유
명한 블로거가 되어 있었다. 차곡차곡 쌓인 운동 일지가 일종의
빅데이터가 되어버린 탓이었다. 크로스피터 중에 이렇게 오래
꾸준히 매일같이 운동 일지를 올리는 사람이 나뿐이었던 걸까.
어느 순간부터는 크로스핏 관련 용어로 검색을 하면 내 블로그
가 최상위에 랭크되었다. 같은 박스 사람들은 당연히 다 알고 있
었고 심지어 블로그로 유입되어 내가 다니는 박스로 찾아온 사
람도 몇 있었다. 그들은 댓글을 온라인이 아닌 오프라인 면대면
으로, 구두로 전달했다. '왜 이번 편에는 나 안 나와?!'라고.
 사람들의 반응을 취합해보니 확실히 줄글보다는 사진이 있는
운동 일지가 인기가 좋았다. 현장감이 느껴져서인 듯했다. 그럼
단순하게 생각해봤을 때 동영상을 넣으면 사진보다 더 좋아하겠
구나! 라고 결론을 내릴 수 있는데 그건 또 아니다. 동영상을 보
려면 스크롤을 멈추고 한 번 더 재생 버튼을 클릭해야 하는 엄청
난(!) 수고로움이 추가되기 때문이다. 사진은 글을 읽으면서 시
야에 함께 잡히지만 동영상은 글을 읽던 호흡을 한 번 끊어야 한
다. 일단 나부터가 인터넷을 할 때 이런 이유로 동영상은 잘 클릭
하지 않고 스킵하기 일쑤다.

그래서 나는 보여주고 싶은 영상을 GIF 파일로 만들어 본문에 글과 섞었다. 움짤은 자동 재생이자 반복 재생이라 사진과 비슷하게 보는 사람의 속도를 해치지 않았다. 과연 반응은 훨씬 더 괜찮았다. 대중은 나만큼이나 충분히 게으른 사람들이었던 것이다. 그러나 움짤은 만들 수 있는 길이에 한도가 있었고 화질 면에서 디지털 풍화가 심했다. 그렇다면 만약, 처음부터 끝까지 동영상이라면?

유튜브라는 새로운 플랫폼에 관심을 가지게 된 게 그쯤이었다. 심심풀이 삼아 짧은 일상 영상을 만들어 주변에 보여줘봤는데 꽤 웃겨했다. 블로그에서 통하던 내 개그감이 영상에서도 썩 잘 먹히는 것 같았다. 이제 문제는 콘텐츠였다. 나는 여전히 하고 싶은 말이 많은데 객관적으로 나 자신은 원하는 만큼의 반향을 얻어내기에는 큰 한 방이 부족했다. 물론 나는 나 자신을 사랑한다. 그것도 엄청. 유일무이한 존재인 나에게 스스로 꽤나 높은 점수를 주고 있지만 어쨌든 자존감과 자기객관화는 별개니까.

그러다 뜻밖에도 샤크와 가까워지게 되었다. 지척에서 본 샤크는 멀리서 볼 때보다 훨씬 더 신선하고 다채로웠다. 나도 나지만, 샤크 같은 애는 정말 샤크뿐이었다. 게다가 샤크의 존재는 여성주의 면에서도 대단히 이로웠다. 두껍고 강한 근육, 엄청난 운동 능력, 보수적인 '여성스러움'과는 아무런 연관이 없는 듯한 외양.

샤크는 기존 사회 관념상 여성의 프레임을 박살 내면서도 스스로 여성임을 조금도 부정하지 않았다. 오히려 자랑스러워했다. 남자를 선망하거나 남자처럼 되고자 하는 것이 아니라, '여자로서' 강하고 당당했다. 샤크는 그 자체로 사회적 여성상의 확장이었다. 샤크는, 바로 내가 하고 싶은 이야기였다.

이미 크로스핏 안에서 유명인이긴 했지만 나는 크로스핏 바깥 세상에서도 모두가 샤크를 알아야 한다고 생각했다. 나는 왜 샤크가 아직도 유튜브를 하고 있지 않은지 이해가 되지 않았다. 물어보니 관심이 없는 건 아닌데 뭐부터 해야 할지 모르겠단다. 뭘 해야 하냐니! 너는 아무것도 안 해도 되는데! 그냥 그대로 있으면 되는데! 부끄러워하는 샤크 얼굴 앞에 나는 일단 핸드폰 카메라부터 들이밀었다. "너 유튜브 해야 돼. 편집은 내가 어떻게든 해 볼게."

나는 내가 샤크를 보고 받은 충격을 더 많은 여자들에게 전달하고 싶었다. 세상에 저런 여자도 있구나. 여자가 저렇게 될 수도 있구나. 여자가 저래도 되는구나. 저런 여자도 멋지구나!

유튜브에 운동하는 여자들이 없던 것은 아니었다. 오히려 많았다. 그러나 여자 운동 유튜버들의 목적은 대부분 건강이 아닌

미용에 있었다. 몸의 기능보다는 외양이 중점이었다. 깎고 다듬고, 방망이 깎는 노인처럼 몸을 한 가지 형태로 조형하는 과정에 더 가까운 것이 이른바 여자 운동이었다.

'최단 시간 칼로리 소모하기', '기아 팔뚝 만들기', '젓가락 다리 만들기', '개미허리 만들기' 나는 이런 타이틀과 썸네일 들에 피로를 느꼈다. 다들 가늘고 얇게, 뭔가를 만들어내야 한다고 이구동성으로 외치고 있었다. 여자에게 운동은 그 자체가 목적이 아니라 어떤 것을 만들어내기 위한 수단에 불과했다. 게다가 만들어내야 하는 결과물들도 전부 시각적인 것들이었다. '11자 복근', '애플 힙', 전부 시각적으로 보기 좋은 것들이다. 누구에게 좋을까? 여자를 바라보는 다른 사람들에게 좋은 일이다. 여자는 소위 여자 운동을 통해 타인의 시선에서 보기 좋은 대상이 되고 있었다.

스스로 피, 땀, 눈물을 들이면서 타자화, 대상화된다니! 운동이란 대체 무엇일까. 운동은 원래 몸을 탈이 나지 않게 관리하고 개선하는 일이다. 우리 몸은 2차원이 아닌 3차원에 존재한다. 얇은 액자에 걸어놓고 감상하는 것이 아니라(뭐 특별히 그러지 말라는 법도 없지만), 기본적으로 움직여서 기능하는 것이다. 만약 몸이 여러 개면 자동차가 여러 대인 것처럼 한 대는 마트용으로 타고, 한 대는 드라이브용으로 타고 한 대는 전시용으로 둬도 된다. 이때 전시용이 되는 차는 딱히 내부 기관을 돌볼 필요 없이 페인트

도색이나 광택 정도만 신경 써주면 되겠지.

하지만 안타깝게도 우리의 몸은 하나뿐이다. 우리는 이것을 중간에 교체하지도 못하고 수명이 다할 때까지 알뜰살뜰 관리해야 한다. 사용 기간 동안 최대한 쾌적하게 이용할 수 있도록. 여자의 몸이라고 이런 상황에 다를 것은 없다. 여자도 인간이고, 여자의 몸도 인간의 몸이니까. 나는 그래서 여자들이 인간으로서 몸의 근본적인 존재 의의와 지향점에 맞게 운동했으면 했다. 더 많은 여자들이 더 건강해지고 더 강해지고 더 오래, 더 기능적으로 움직일 수 있는 방향으로 운동하기를 바랐다.

샤크는 유튜브에 전시되는 자체로 이 기나긴 메시지를 한 방에 전달할 수 있는 캐릭터였다. 그런 생각으로, 그렇게 살고, 그렇게 행동하니까. 샤크라는 스피커는 다른 누구보다 큰 울림을 불러올 수 있을 거라 믿었다. 그 믿음과 함께 2020년 5월 6일 첫 영상을 업로드했다. 한 달쯤 지나자 영상 조회수가 터지기 시작했다. 여러 커뮤니티와 SNS에 입소문이 퍼졌다. 내 생각대로, 여자들은 샤크 같은 롤모델을 기다리고 있었다. 그렇게 여기까지 왔다. 지금 이 문장을 읽고 있는 당신에게까지.

SHARK

80킬로그램의 여자 속옷 모델

　여성 크로스피터 모임 '움직여'를 만든 덕분에 에리카를 오프라인에서 볼 수 있었다. 그것도 두 번이나. 비록 같은 테이블은 아니었지만 식사도 함께 하고 말도 섞고 다음에 또 보자는 약속도 했다! 나중에 알고 보니 '다음에 또 보자'는 MBTI에서 F 성향을 가진 사람들에게 '안녕히 가세요' 정도로 가벼운 흔한 인사말이었지만, T인 나로서는 당장 몇 월 며칠 몇 시 어디에서 (그리고 언제까지) 만날지 빌드 업을 시작해야 하는 확실한 스케줄이었다. 아무튼 이 모든 게 내가 움직여를 기획하고 실행한 결과였다. 역시 사람은 움직여야 해.

몇 번 더 큰마음을 먹고 용기를 낸 결과, 조금씩 에리카와 움직여가 아닐 때도 만나고 또 그다음엔 어색함과 민망함을 완충해줄 제삼자 없이 단둘이도 만날 수 있게 되었다. 그렇게 되기까지 왕복 세 시간이 넘는 거리를 몇 번이고 오갔다. 추위에 떨고 졸음에 몸서리치며 쌓아온 길 위의 시간들 덕에 나와 에리카는 상당히 가까워졌다. 더 이상 에리카 몰래 우리 사이가 앞으로도 계속 좋을지 어떨지 카톡 타로를 보지 않아도 되었다. 이제는 궁합이 보고 싶어지면 에리카에게 당당히 생년월일시를 물어볼 수 있는 사이가 된 것이다.

그러던 어느 날이었다. 에리카의 친구가 코치로 있는 박스에서 다 같이 운동하고 있는데 인스타그램에서 낯선 계정으로부터 메시지를 받았다. 의류 사업을 하는 사람인데 나를 모델로 쓰고 싶다는 거였다! 전화 통화로 상세한 내용을 들어보니 심지어 그 의류라는 것이 속옷, 팬티였다. 여성용 드로즈를 새로 개발했는데 기존의 여성 속옷과 차별화를 둔 만큼 모델도 남다르게 기용하고 싶어 나에게 연락했다고 했다. 촬영 예정일은 불과 일주일 후였다.

원래는 다른 여성 스포츠 선수와 계약을 했었는데 갑자기 불발되었다고 했다. 그래서 급하게 찾은 차선책이 나였다. 나는 고민해보고 오늘 안에 대답해주겠다고 했다. 내가 모델을? 나는 낯선 사람과도 눈을 잘 못 마주치는데 초면인 카메라와 눈을 마주치고 그 앞에서 멋진 척을 할 수 있을지 자신이 없었다. 에리카라면 모를까 나에게는 그런 끼가 전혀 없었다. 하지만 그보다도 마음에 걸렸던 것은 촬영일까지 일주일밖에 남지 않았다는 점이었다. 속옷이면 노출이 있을 텐데 어떻게 벗지?

 여기서 어떻게 벗냐는 말은 노출에 대한 부담감 때문이 아니었다(그 부담도 없던 건 아니었지만). 나는 에리카와 친해진 두어 달 동안 무려 10킬로그램이나 불어 있었다. 에리카는 내가 바라던 이상으로 나를 좋아해줬고 나를 귀여워하는 마음을 잘 먹이는 것으로 표현했다. 내가 먹는 것을 좋아하니까 가장 좋아하는 걸 끊임없이 갖다준 거였다. 항상 메인 요리를 세 개 이상씩 푸짐하게 시키고 먹고 나면 아이스크림을 두 개씩 사주고 그랬다. 그런 끼니가 하루 종일 줄줄이 이어지는 날도 자주 있었다.
 하지만 살이 찐 것은 나 혼자였다. 에리카는 입이 짧아서 한 번에 많이 먹지 못했다. 조금씩 자주 먹는 스타일이었다. 에리카가 한두 입씩 여섯 끼를 먹을 때 나는 에리카가 시키고 남은 2~3인분의 양을 똑같이 여섯 끼씩 먹었다. 게다가 에리카도 이미 나에 대한 객관성을 상실해서 내가 10킬로그램이나 찐 것을 전혀 눈치채지 못했다! 내 체중 증가를 나보다 더 못 믿은 사람이 에리카였다.

그런 이유로 나는 속옷 모델을 할 만한 상태의 몸이 전혀 아니었다. 마른 것이 아름답다거나 마른 사람만이 모델을 할 수 있다는 편협한 발언이 아니라, 운동인으로서 캐스팅이 된 것인데 운동인의 몸이라고 보기 힘들다는 점이 문제였다. 근육은 언제나 준비가 되어 있지만 그 위에 불필요한 지방이 그득히 덮여 있어서 실제로 힘을 내기 전까지는 나의 강함을 증명하기 어려웠다. 영상 모델도 아니고 사진 모델인데 말이다!

그래서 못 하겠다고 했다. 일단 에리카에게만. 이런 제안이 왔는데 거절해야겠다고 핸드폰을 드는 나에게 에리카가 무슨 소리냐며 "이거 무조건 해야 돼"라고 말했다. '꼭', '당연히', '무슨 일이 있어도' 등등의 표현으로 에리카는 강하게 나를 푸시했다. 처음 보는 강경함이었다. 나중에는 한 번만 해달라고 언니 소원이라고도 했던 것 같다. 에리카는 그때부터 이걸 '샤크 코치'라는 스피커의 사이즈를 키울 기회로 확신했다. "내가 정말 할 수 있을까?"라고 자신 없어 하던 내게 언니는 "응"이라고 힘주어 말했다. 그리고 덧붙였다. "왜냐면 너는 너무 예쁘니까."

마지막 말에 객관성이 와장창 깨지면서 그간의 설득이 다 무너질 뻔했지만 어쨌든 나는 에리카의 성화에 떠밀려 속옷 모델 계약을 하게 되었다. 그리고 갑자기 붙은 살들을 다시 덜어내기 위해 일주일 동안 깨어 있는 시간엔 계속 유산소운동을 하고 토마토를 몇 박스씩 사서 아이스크림 대신 먹었다. 얼추 비포Before 에리카 적 몸을 회복하긴 했지만 촬영 당일까지도 자신감보다는 과연 이게 될까 싶은 불안감이 더 컸다.

촬영 콘셉트는 스포츠 겸용인 드로즈를 입고 실제로 여러 가지 운동을 하는 모습을 보여주는 것이었다. 다행이었다. 열심히 살을 뺐다고는 해도 보디빌딩하는 사람들처럼 수분까지 날리는 수준으로 지방을 커팅을 한 게 아니었기 때문에 가만히 앉아서 포즈만 취하면 근육이 그다지 도드라져 보이지 않았다. 하지만 로잉머신의 핸들을 당기고 바벨을 들어 올리면 곧장 실제로 쓰이는 근육들이 존재감을 과시했다. 신선했다. 촬영을 하면서도 굉장히 좋은 콘셉트라고 생각했다. 익숙한 동작을 하면 되니 나도 마음이 편해져서 나중에는 내가 먼저 완전 상의 탈의 컷을 제안하기도 했다.

촬영이 끝나고 실제로 공개된 화보는 예상보다 더 놀라웠다. 화보의 주인공인 나조차도 놀랐다. 여자도 이런 콘셉트로 이런 이미지를 구성할 수 있구나. 맨몸이 많이 노출되어도, 라인이 드러나는 옷을 착용해도 전혀 야하지 않고 그저 강해 보일 수 있었다. 그냥 강한 모습과 태도로 찍으면 되는 거였어!

나는 평생 보디 프로필 같은 건 찍을 수 없을 거라고 생각했다. 운동 지도자로서 홍보용으로 한 번 정도는 찍을 법한데 보디 프로필을 찍으려면 나비 같은 속눈썹을 붙이고 뭔가 나른한 듯한, 요염한 듯한 표정과 자세를 취해야 할 것 같아서였다.

말이 나와서 하는 말인데 그때나 지금이나 왜 보디 프로필 속 여자들은 모두가 하나같은 모습인지 의문이다. 현재의 몸에 이르기까지 저마다 다른 삶을 살아왔을 테고 각자의 운동을 거쳐 왔을 텐데 그런 역사가 사진에는 하나도 보이지 않았다. 나의 몸이 살아온 궤적을 기록하자는 게 보디 프로필인데 그저 모두가 핀업 걸이었다. 그들의 땀과 노력 대신 보이는 건 오로지 섹시함뿐. 뭔가 뒤바뀐 것 같았다.

하지만 화보 속 나는 그렇지 않았다. 내 운동에 집중하고 있는 나의 모습은 여리여리하지도, 그렇다고 딱히 마초 같지도 않았다. 그냥 한 명의 인간이었다. 여성스러움과 남성스러움은 허구에 불과했다. 어떻게 꾸며내느냐에 달렸을 뿐. 이렇게 촬영한 나의 속옷 화보는 온라인 커뮤니티에서 꽤 화제가 되었다. 많은 사람들이 나의 모습을 보고 고정관념을 깰 수 있었다고, 스스로의 모습을 제약하지 않을 용기를 얻었다고 했다. 그런데 사실은 나도 그 용기를 받은 사람 중의 한 명이었다.

자신감을 얻은 나는 친구들을 모아 제대로 보디 프로필을 찍기로 했다. 다이어트는 전혀 하지 않고 말이다. 당일 아침에도 국밥 한 그릇을 후루룩 마셔주고 후식으로 쿠키까지 야무지게 챙겨 먹은 후 촬영에 들어갔다. 힘든 촬영에 체력이 떨어지면 안 되니까. 같이 찍은 사람들도 찍어주는 사람들도 다 함께 운동을 해온 친구들이었다. 모두 내 제안에 바로 '그래 좋아, 하면 되지!'라고 승낙해줘서 기분이 좋았다. 역시 근력운동 하는 여자들은 쿨하다니까.

메이크업은 지극히 최소한으로 했다. 조명에 이목구비가 완전히 날아가버리는 것만 막아내는 정도였다. 당연히 이번에도 운동하는 콘셉트였으므로 이따금 땀 흘리는 모습을 연출하기 위해 분무기로 물만 뿌렸다. 그 과정을 '80kg 바디프로필'이라는 제목으로 유튜브에 올렸다. 화보 못지않은 반응이 있었다. 관련해서 인터뷰도 꽤 많이 했다. 인터뷰마다 공통적으로 '어떤 보디 프로필이 옳은가'라는 질문을 했다.

'현재진행형의 나를 기록하는 것'이 나의 대답이었다. 보디 프로필 촬영 이후에는 도저히 유지할 수 없는 식단을 하고 있다면,

말도 안 되는 볼륨과 스케줄로 일상생활이 불가능할 정도의 과도한 운동을 하고 있다면 그리고 이 모든 것이 오로지 한순간의 보디 프로필을 위한 일시적 '혹사'라면 그건 바람직하지 않다고 생각한다.

　사실 모두가 답을 알고 있다. 답이 아닌 길을 알게 모르게 강요하는 사회적 분위기가 있을 뿐이다. 나의 건강을 위해, 나를 위해 움직이고 내가 후회하지 않을 식사를 하면 된다. 그리고 이게 습관이 된다면 당신은 언제든 그 습관을 사는 당신의 보디 프로필을 남길 준비가 되어 있다.

ERICA

입덕부정기 부정

책임지지 않는 삶은 안락하다. 부양해야 하는 가족, 돌봐야 하는 반려 동식물, 경조사 챙겨야 하는 상사, 술 사줘야 하는 후배 같은 것들이 없는 삶은 얼마나 편안한가. 무언가를 '지킨다'는 것은 '보호한다protect'는 뜻이건, '순응한다follow'는 뜻이건 정성을 들인다는 말이다. 지키는 데는 에너지가 쓰인다.

나의 외부가 아닌 내면을 상대로 한 책임을 저버리면 사는 게 배로 더 쉬워진다. 약속을 지키지 않았다고 비난할 사람이 아예 없거나 많아야 한 명, 나 자신뿐이니까. 군것질 안 참기, 방 정리

안 하기, 양치 안 하고 자기 같은 건 남에게 발각되지 않는 한 (그래서 불쾌감을 유발하지 않는 한) 은밀히, 수도 없이 용인될 수 있다. 행위에 대한 책임을 저버리는 것보다 더 쉬운 것도 있다. 태도에 책임을 지지 않는 것이다. 태도는 눈에 잘 띄지도 않는다. 주관 없이 타성으로 흐르는 삶은 얼마나 안온한지.

나는 어설픈 완벽주의자 성향으로 항상 최대한 책임을 회피하며 살아왔다. 일분일초 결심의 내용이 변하는 스스로에게 신뢰가 없기도 했다. 만약 내가 조선시대 왕이어서 매 순간을 기록하는 사관이 붙었다면 조선왕조실록이 지금처럼 신뢰도 높은 레퍼런스로 평가받지는 못했을 것이다. 어제는 유교를 최고로 치다가 오늘은 불교를 숭상하면서 유교를 까고, 내일은 천주교를 받아들인다고 할 텐데 이게 정확한 사료로 취급이나 될는지. 숙종 이상으로 환국정치를 넘어 환난정치를 할 위인이 바로 나다.

그래서 뭔가를 좋아하게 돼도 그다지 좋아하지 않는 척하는 태도를 견지했다. 나 이거 좋아한다고, 이거 진짜 최고라고 온갖 야단법석을 다 떨어놨다가 금방 식고 나면 주변에 매번 내 마음의 변동 사항을 업데이트하는 것도 머쓱한 일이었다. '나 모나카 너무 좋아! 매일매일 모나카만 먹고 싶어!'라고 여기저기 떠들어대자마자 질려서 입에도 안 대게 됐는데 친구들은 모나카만 보면 내 생각이 난다고 한 봉지씩 사다 주는 그런 경우가 많았다. 그럼

'나 이제 이거 안 좋아해……'라고 하기도 민망해서 (왜냐하면 좋다고 말한 게 일주일도 안 됐기 때문) 어색한 웃음을 지으며 고맙게 받아 가방에 처박아놓기 일쑤였던 것이다.

좀 지긋한 사람이 되고 싶은데, 나는 호오의 그래프가 요동을 치는 사람이었다. 무슨 주식이나 코인도 아니면서 말이다. 그 한결같지 못함이 쪽팔려서 나는 나 자신도 속이기 시작했다. '아닌데? 별로 안 좋아하는데?'라는 스탠스를 고수하면 최소한 중간이라도 가니까. 해보니까 이게 어떤 종목이 대상일 때 더 안전한 경우가 있었다. 특히 결과를 내는 종목일 때 그랬다. 나는 문과임에도 수학을 꽤 좋아했는데 절대로 수학이 좋다, 재밌다는 말을 입 밖으로 내지 않았다. 수학을 좋아한다고 말하는 순간 수학을 잘해야 할 것 같아서였다.

내 생각에, 당당하게 수학을 좋아한다고 말하기엔 내 실력이 애매하고 불안했다. 술술 풀어서 만점을 받기도 했지만 턱 막혀서 답안지를 보지 않고서는 풀이가 되지 않을 때도 종종 있었고, 깜짝 놀랄 만큼 낮은 점수(70점대)를 받을 때도 있었다. 기복이 심했다. 하지만 무엇보다 항상 만점을 받는 것도 아닌데 문과 주제에 수학을 좋아한다고 하면 웃겨 보일 것 같다는 두려움이 더 컸다. '좋아한다는 애가 겨우 이것밖에 못 해? 꼴랑 이만큼 하면서 좋아한다 그랬어?'라는 비웃음을 살 것만 같았다. 일종의 자기 검열이었다. 성과중심주의 사회와 교육현장의 부작용일 수도 있을 것이다.

게다가 연기의 결과는 달콤했다. '에리카는 수학 좋아하지도 않으면서 맨날 90점 넘네'라는 주변의 감탄은 나를 약간 '노력하지 않는 천재형'으로 만들어주는 것 같았다. 그건 당시 만화에 빠져 살던 내가 은밀히 추구하던 콘셉트기도 했다. 그러니 그 태도를 버릴 이유가 없었다. 소설 《광장》의 주인공처럼 나는 점점 모든 것에 대해 철저히 중립국을 외쳤다.

"너 이거 좋아해?"

"아니, 그냥 그래."

운동을 시작하고 나서도 그 태도엔 변함이 없었다. 오히려 더 철저했다. 그 어떤 것보다 좋아하게 되었으니까 더 열심히 숨겨야 했다. 나는 이미 더 잘하고 싶다는 열망으로 가득 차 있었다. 더블언더를 수월하게 해내려고 밤마다 아파트 주차장에 나가서 아무도 모르게 연습했다. 와이어 줄넘기에 얼굴을 잘못 맞아서 몇 주를 칼 맞은 사람처럼 얼굴 한쪽에 빨간 줄이 그어진 채로 출근한 적도 있다. 그런 얼굴로도 누가 "우와, 에리카 씨 운동 정말 좋아하나 봐요"라고 하면 "아뇨~. 친구가 다니자고 해서 어쩔 수 없이……"라고 가증스러운 대답을 했다. 벌써 이렇게 노력하고 있는데, 좋아한다고까지 말해버리면 더 노력하지 않으면 안 될 것 같아서였다. 뭔가 실력으로 나의 좋아하는 마음을 증명해야 할 것 같아서.

'친구 때문에 어쩔 수 없이 끌려다닌다'는 말은 나의 오랜 방패 막이었다. 나를 크로스핏의 세계로 이끈 S양이 다행히도 몹시 주 도적이고 외향적인 성격이었기에 가능했다. '오늘은 내가 먼저 운동 가자고 해야 하나'라고 고민할 필요가 없게 그녀는 항상 '언 니 이따 6시에 칼퇴하고 박스 ㄱㄱ', '저 오늘 운동복 깜빡하고 안 가져 왔어요! 퇴근하고 나이키 들렀다 박스 가요!'라고 오전 11시 부터 메신저를 보냈다. 가끔 '아 오늘 너무 피곤해요ㅠㅠ'라고 메 시지가 와서 '헉 혹시 오늘은 쉬자고 하려나?' 싶어 가슴이 덜컹 하다가도 0.1초 만에 뒤이어 '그래도 운동 가야겠죠?! 오늘 로잉 안 탔으면 좋겠다'라고 보내서 다시금 나를 안심시켜주는 고마 운 친구였다.

그런 그녀가 1년 후 다시 미국으로 돌아갔을 때는 조금 막막해 졌다. 이제는 누구 핑계를 대야 하지? 다행히 그사이에 박스에서 다른 친구들을 많이 사귀게 되었다. 그들은 마침 나보다 나이가 몇 살씩 많은 언니들이어서 나는 K-유교걸로서 언니들의 부름 에 응할 수밖에 없다는 좀 더 손쉬운 콘셉트를 잡을 수 있었다. 언

니가 여럿이니 A 언니가 운동을 쉴 땐 B 언니 때문에 간다는 교차
핑계를 대기도 용이했다.

　심지어 나는 운동을 하는 순간에도 운동 별로 안 좋아하는 척
이중 삼중 트랩을 깔았다. 실로 지독한 콘셉트였다. 시간 기록을
재는 와드일 때는 기록 단축에 욕심내는 티를 내기 싫어서 너무
힘들기 때문에 빨리 고통스러운 시간을 끝내려고 서둘렀다는 핑
계를 댔다(어느 정도는 사실이기도 하다). 운동이 끝나고 바닥에
누워서 '아 진짜 싫다 이거'라고 짜증을 내는 것은 나의 시그니처
였다. '에리카 또 힘들어서 화났다, 오늘 빡세서 빡쳤다'라고 사람
들은 좋아했다. 이런 캐릭터여도 미움 받지는 않는구나 하고 나
는 내심 안심했다.

　여기저기 대회가 있다 하면 거의 다 참가하게 되었을 때도 내
의지로 참가한 적은 한 번도 없었다. 코치들이 출전해달라고 삼
고초려를 하는 상황이 만들어지고 나서야 못 이기는 척 대회에
등록했다. 가끔은 이미 내 개인정보를 알고 있는 코치들이 일단
신청부터 해놓고 나를 설득할 때도 있었다. 설득하면 또 100퍼센
트 설득되니까. 굳이 이런 귀찮은 과정을 거쳐야 하는 이유도 마
찬가지였다. 내가 먼저 나가고 싶다고 했다가 한심한 성적을 내
면 견딜 수 없으니까! 결과가 안 좋으면 부끄러우니까! 이런 태도

를 7~8년이나 징하게도 이어왔다. 유튜브를 시작하기 전까지.

유튜브에 운동하는 모습이 노출되면서 내게 운동 자극을 받거나 운동을 배우고 싶어 하는 사람들이 생기게 되었다. 나로 인해 자발적으로 운동을 시작한 사람들에게조차 꾸며낸 수동성을 유지할 순 없었다. 그건 기만이니까. 그런 면에서 유튜브는 내게도 긍정적인 터닝포인트가 되었다. 운동을 안 좋아하는 척하면서 다른 여자들에게 운동의 중요성을 설파한다는 건 어불성설이었다. 실로 오랜 시간이 지난 후에, 비로소 나도 나 자신에게 솔직해질 수 있었다.

〈슬램덩크〉로 보자면 나는 강백호보다는 정대만에 가까웠다고도 볼 수 있다. 강백호는 농구를 좋아한다는 거짓말로 시작했다가 진실로 좋아하게 되었지만 정대만은 농구 같은 거 왜 하냐며 심지어 농구부를 박살 내려고까지 했다. 그러다 나중에 울면서 사실은 농구가 하고 싶다고 말한다. 나 역시 내 마음을 마주 보기 위해 멀고도 먼 길을 돌아왔다. 프랑스 영화 〈소매치기〉의 마지막 신에서 미셸이 잔에게 고백하듯이 나도 이곳에 다시 한번 고백한다. '아 운동이여 당신에게 이르기 위해 나는 이 얼마나 기이한 길을 걸어왔는가?' 나는 운동을 좋아한다. 그것도 아주 많이!

생각해보면 학창 시절 수학 문제를 풀다 턱 막히는, 답답한 그 순간에도 수학이 싫지 않았다. 그땐 몰랐지만 나는 그 골치 아픈 과정까지 즐기고 있었다. 이제는 안다. 좋아한다는 걸 굳이 결과로 입증할 필요가 없다는 걸. 잘하지 못해도 괜찮다. 그래도 즐거울 수 있다. 그러니 주저하지 말자. 쓸데없는 걱정할 시간에 내 마음을 더 즐기면 된다. 좋아하는 걸 찾은 그 자체가 행운이다. 이 글을 읽는 당신에게도 운동이 '하길 잘했다'는 행운으로 다가오길 바란다. 그렇게 될 거라고 믿는다. 만약 그렇게 된다면, 누구의 눈치도 보지 말고 마음껏 행운을 누리기를!

SHARK

저 새끼 **백퍼** 로이더임

3대 중량(벤치프레스, 데드리프트, 백 스콰트 1RM의 총합)은 운동계에서 모의고사 성적표와 비슷한 역할을 한다. 운동 좀 한다는 사람에게 3대는 몇이냐고 묻는 건 고3에게 너 이번 모의고사에서 몇 점 받았냐고 물어보는 것과 같다. 상대방의 수준을 다소 도전적으로 가늠해보는 방식이라 말할 수 있다. 공부(또는 키)와 마찬가지로 자신감 있는 사람은 누가 먼저 물어봐주지 않나 내심 기다릴 것이고, 자신 없는 사람은 그건 왜요? 라고 날카롭게 되물어볼지도 모른다.

크로스핏에서는 3대 대신 토털Total을 잰다. 데드리프트와 백 스쾃까지는 똑같고 벤치프레스 대신 숄더 프레스를 한다. 3대 운동 중량은 보통 킬로그램으로 재는데 크로스핏 토털은 대부분 파운드로 얘기한다는 점도 다르다. 나는 크로스핏 3개월 차일 때 처음 토털을 재봤다. 반전 없이, 여자 1등이었다. 당시 그 박스에서 제일 운동 잘하던 언니를 단숨에 이겼다. 2~3년 차 정도 됐을 때는 남자들도 내 토털 기록에 긴장하기 시작했다.

당시 내 토털을 킬로그램으로 환산하면 데드리프트 170, 백 스쾃 145, 숄더 프레스 55 정도였다. 데드리프트와 백 스쾃 기록은 박스에서 여남을 통틀어 5등 안에 들었다. 보통 운동 좀 했다 하는 남자들이 데드리프트를 140킬로그램 정도, 백 스쾃은 100킬로그램 정도 들었다. 나와의 격차가 어마무시한 건 아니라고 생각한 건지 아니면 그냥 내가 여자여서였는지, 남자 회원들이 여럿 내 기록에 도전장을 냈다. 아침에 이미 토털을 측정하고 갔다가 낮에 올라온 내 기록을 보고 저녁에 다시 와서 재측정을 하는 남자들도 있었다. 그중 몇은 실패하고, 몇은 비슷하게 들고, 몇은 "샤크 이겼다!!!"라며 환호성을 지르고 돌아갔다.

2016년 리복이 주최한 대한민국 크로스핏 결전에서 대진표가 미리 나왔는데 나는 인라인스케이트 국가대표였던 코치와 붙게 되었다. 앞서 말했듯 그때는 내가 지금만큼 인지도가 높지 않았다. 2015년에 어깨 수술을 하고 회복 후 처음 참가하게 된 대회기도 했고. 그래서인지 대진표에 붙은 내 사진에 충격을 받은 사람들이 많았다. 이 사람은 남자 아니냐, 왜 여자 대회에 남자를 붙여놓았냐, 호르몬 검사해봐야 하는 거 아니냐, 상대 선수가 불쌍하다는 식의 댓글이 넘쳐났다.

그중 유독 무례하고 인신공격이 심한 댓글이 있었는데 알고 보니 작성자가 내 상대 선수의 남자 친구였다. 내가 일하던 박스의 대표가 그 남자의 박스 오너에게 전화해서 공식적으로 항의했고 경기장에서 당사자에게 직접 사과를 받았다. 이 일련의 과정에서 나는 당연히 기분이 좋지 않았다. 화가 났고 조금은 수치스러웠다. 화가 났던 건 나에 대해 아무것도 모르는 사람들이 내 사진만 보고 나의 외모에 이러쿵저러쿵 말을 하는 게 어이가 없어서였다. 수치심의 이유는 그땐 잘 몰랐다. 지금 생각해보니 남자 같다는 말이 (편견에 가득 찬 표현인 건 물론일뿐더러) 중립적인 표현이 아니기 때문이었다. 여자에게 남자 같다고 평가하는 것. 사람들이 나에게 의도한 것은 명백한 모욕이었다.

나는 이 경기를 무조건 이겨야겠다고 생각했다. 모욕을 명예로 갚아줘야겠다고 결심했다. 경기 종목 중에 버피가 있었는데 나는 힘으로 무게를 다루는 종목엔 강했지만 버피같이 몸이 날

렵해야 하는 종목은 상대적으로 약했다. 스피드가 핵심인 인라인스케이트 국가대표 출신이 유리할 수밖에 없었다. 하지만 이를 꽉 깨물고 내 인생 마지막 버피라고 생각하며 해치웠다. 중간에 다리가 풀렸지만 버피 하나하나마다 내게 달린 댓글들을 생각했다. 나는 그 경기에서 이겼고 대회 전체에서 1등을 했다. 첫 공식 대회, 첫 1등이었다.

그 이후로 여러 대회에서 계속 1등을 하니 크로스핏계에서는 나름 유명인사가 되었다. 그러다 에리카 언니와 유튜브를 시작하니까 이제는 크로스핏을 하지 않는 사람들에게도 조금씩 알려지기 시작했다. 유명세에는 호감만 있는 게 아니었다. 응원의 메시지와 함께 악플도 달리기 시작했다. 과거에 겪었던 일들이 비슷하게 좀 더 큰 규모로 되풀이되기 시작했다. 이번에는 익명이다 보니 강도도 조금 더 셌다. '저 새끼 백퍼 로이더임. 아니면 내가 장을 지짐', '바지 까보면 꼬추 덜렁할 듯' 등등이 내게 달린 악플의 수준이었다.

표현 수위를 떠나 악플들이 내가 남자라고 확신한다는 점이 신기했다. 혹시 남자가 아닐까? 하는 추측이 아니었다. 그들은 나를 낳은 우리 엄마보다도 더 내 성별에 전문가 같았다. 처음엔 나도 울컥해서 일일이 대응했다. 어떤 악플에는 내 핸드폰 번호도 남겼다. 직접 만나서 같이 여잔지 남잔지 병원에 확인하러 가자고,

서로 현금 100만 원 걸자고. 그러자 악플러는 바로 모든 댓글을 지우고 도망갔다. 그 꼴을 보니 키보드 뒤에서 나오지 못하는 겁쟁이들을 굳이 상대하는 게 무가치한 일이란 걸 깨달았다. 그래서 또 다른 웹사이트에서 나를 여자인 척하는 남자라고 온갖 저질스런 욕과 함께 조롱한 글은 그냥 고소했다.

실수한 것은 그 글에 댓글로 고소하겠다고 선언을 하고 고소장을 접수하러 간 것이었다. 그사이에 글이 삭제되어 수사가 어려워졌다. 혹시 비슷한 일을 겪고 있다면 그냥 무통보로 고소장부터 쓰러 가길 바란다. 인생의 소소하지만 중요한 팁이다. 어쨌든 '쟤는 욕하면 고소를 한다'는 사실이 공표되니 댓글 창이 비교적 깨끗해졌다. 김혜자 배우님은 꽃으로도 때리지 말라고 하셨지만 꼬추 운운하는 사람들은 법으로 좀 때려야 얌전해지나 싶었다.

살면서 남자로 오해받은 일이 종종 있긴 하다. 사실 셀 수 없이 많다. 한번은 6개월 정도 나에게 배우던 여자 회원이 내게 여자 친구 있냐고 물어본 적이 있었다. 당황해서 대충 얼버무렸는데 얘기가 길어지다 보니 느낌이 이상했다. "왜 여자 친구 없어요? 혹시 코치님 게이예요?" 알고 보니 그 회원은 날 철석같이 남자로 믿고 있었다. 약간 김종국처럼 몸은 커도 목소리만 가는 타입이라고 생각했던 것이다. 여자 탈의실에 들어가고 여자 화장실에 들어가도 그저 직원이라 관리하러 들어갔겠거니 했다고. 결국 내 주민등록증까지 확인시켜줘야 했다.

화장실 얘기가 나와서 말인데 지금도 가능하면 밖에서 혼자 화장실에 가지 않는다. 화장실에서 나와 마주친 여자들이 많이들 놀라기 때문이다. 내 목소리가 남자 같진 않지만 또 딱히 한 방에 여자라고 느껴질 만한 톤도 아닌데, 그럴 땐 매번 일부러 하이솔 톤으로 가늘게 "저 여자예요~"라고 슬픈 자기소개를 한다. 한두 번이 아니니 유쾌하게 웃어넘기기가 힘들긴 하다. 솔직히 기분 좋은 과정은 아니다.

카페 같은 데서 여자 화장실에 들어가려다 직원에게 제재를 당한 적도 많다. 조용히 신고하려던 직원을 밖에서 에리카 언니가 발견해서 간신히 해명해준 적도 있다. 일단은 내가 "여기 화장실은 어딘가요"라고 물었을 때 여자 화장실을 안내해주는 경우가 잘 없다. 안내받은 대로 가보면 대개 남자 화장실이 나온다. 한 카페 직원은 조금 긴가민가했는지 고민하다가 "여자 화장실은 왼쪽이고, 남자 화장실은 오른쪽입니다"라고 안내해주셨다. 별거 아닌데 되게 고마웠다. 배려받은 기분이었다.

나를 오해한 여자들을 원망하고 싶진 않다. 내가 이런 피해를 보는 가장 근본적인 원인은 여자 화장실에 침입하려는 남자들이 실제로 많기 때문이다. 하루가 멀다하고, 아니 하루에도 열두 번씩 여자 화장실에 불법 촬영 카메라를 설치한 남자, 숨어 있다 여성을 상대로 범죄를 저지른 남자 들에 대한 기사와 뉴스가 쏟아진다. 일일이 보도되지 않은 사건은 더 많을 것이다. 여자 화장실이 여자들이 안심하고 사용할 수 있는 진짜 여자들만의 공간이 되면, 여자 화장실에는 항상 여자들만 있다는 사회적 믿음이 굳건하다면 어떤 외형의 사람이 들어와도 '조금 다른 스타일의 여자구나'라고 생각하고 말 것이다. 지금은 어쩔 수 없이 경계심부터 들게 된다. 현실이 현실이다 보니.

　안전 보장 다음으로 바라는 바가 있다면, 앞으로 나 같은 스타일의 여자가 더 많아져서 모두에게 이런 '웃픈' 에피소드가 줄었으면 한다는 것이다. 길거리에 머리 짧고 근육질인 여자가 발에 채게 흔해지면 화장실에서 마주치게 되어도 놀라지 않을 것이다. 가장 좋은 건 내게 여남 화장실을 다 알려준 카페 직원처럼 편향된 사고를 최대한 지양하는 것이다. 그다음 좋은 것은 혹시 상대방의 성별을 착각하게 되었을 때 깔끔하게 사과하는 것이다. 나를 남자로 착각한 대부분의 여자들이 아주 정중하게 내게 사과를 해주신다. 적반하장으로 왜 남자같이 하고 다녀서 사람 헷갈리게 하냐고 버럭 하는 쪽은 또 의외로 다른 성별이다.

운반인에서 운동인으로

몇 년에 걸친 운동 입덕부정기가 끝나자마자 자의 반 타의 반으로 운동 지도자라는 새로운 직업을 받아들여야 했다. 입덕부정기를 짧게 끝내고 순순히 팔자에 순응했다면 그간 뭐라도 한두 스펙은 준비가 되었을 것 같기도 한데 나는 운명을 받아들이자마자 밀린(?) 자격들을 취득하느라 하루가 몇 개여도 모자랐다. 그래도 해야지 어쩌겠나. 맨땅에 헤딩을 해도 내가 해야지. 나를 믿고 배우러 오는 사람들을 안전하게 지키려면. 다음의 모든 자격증은 샤크가 엄선하고 추천한 것이다.

1. 퍼스널 트레이너 자격증

대한스포츠문화산업협회에서 주관하며 트레이너 관련 자격증 중 가장 베이직한 자격증이라 할 수 있다. 80시간의 교육 후 테스트를 일정 점수 이상으로 통과해야 수료할 수 있다. 수업은 기초 해부학 및 근육학, 영양학, 생리학, 트레이닝 방법론 등의 이론 강의와 조별로 모의 트레이닝을 진행하는 실기 시간으로 이루어진다. 나처럼 아무 베이스가 없는 사람이 토대를 닦기에 괜찮은 코스다. 생활스포츠지도사(생활체육지도자) 2급 시험과 연관된 정보도 꽤 많기 때문에 시험 대비 목적으로 사전에 들어두기에도 좋다.

2. 파워리프팅 1급

세계 파워리프팅 협회 IPF의 한국 지부인 IPF KOREA에서 발급하는 자격증이다. IPF는 국제올림픽위원회인 IOC에서 관리하는 상당히 권위 있는 단체다. 소위 말하는 3대 운동의 원리 및 자세와 스트렝스 향상법, 지도법 등을 교육받으며 협회에서 주관하는 파워리프팅 대회의 엄격한 룰을 숙지하게 된다. 열여섯 시간의 교육 후 실제 대회 룰로 측정을 완료해야 수료할 수 있다. 지도자 자격과 선수 자격이 함께 부여되는 자격증으로 수료 후에

는 관련 대회에 출전할 수도 있다. 나는 수료 3개월 후 IPF 파워리
프팅 대회에 출전해 은메달을 땄다.

3. SFG 케틀벨 지도자 Level 1/Level 2

스트렝스의 학교School of Strength라고 불리는 세계적인 단체 스트
롱퍼스트Strong First의 케틀벨 지도자 과정이다. 스트롱퍼스트의
창시자가 러시아인이기 때문에 케틀벨의 러시아 말인 기랴Girya
를 붙여 Strong First Girya, 줄여서 SFG라고 말한다. 총 3일간 무려
아침 8시부터 저녁 6시까지 빽빽하게 수업을 진행하고 마지막
날 스킬 테스트를 통과해야 자격을 얻을 수 있으며 실패하면 세
미나 종료 후 3개월(나 때는 코로나 시국을 고려해서 6개월로 연장되
었다) 내에 온라인으로 해당 종목 영상을 제출해 통과해야 자격
증이 발급된다. 추가 기간까지 테스트를 통과하지 못하면 수료
로 남게 된다. 테스트는 여자 기준 59킬로그램 이하는 12킬로그
램, 59킬로그램 초과는 16킬로그램짜리 케틀벨로 진행한다.

세미나 과정 중에 별도로 아이언메이든(남자의 경우 비스트테
이머) 테스트를 신청할 수 있다. 24킬로그램짜리 케틀벨로 피스
톨Pistol🟡, 숄더 프레스, 택티컬 풀 업Tactical pull up🟡을 성공하면 주어
지는 칭호로 그때까지 아시아에서는 단 두 명밖에 성공하지 못

했다(그중 한 명이 샤크였다!). 세미나는 참여자들을 팀으로 나누어 지도자 한 명이 한 팀씩 맡아 진행되고, 테스트는 각 팀을 이끄는 팀 리더들과 스트롱퍼스트의 지도자들을 총괄하는 마스터 존 엔검Jon Engum 그리고 모든 동기가 숨죽여 지켜보는 가운데 실시한다. 종목마다 모든 팀 리더가 엄지를 들어야 패스. 도전 기회는 세 종목을 통틀어 단 두 번뿐. 나는 사람들의 감탄과 경악 속에서 샤크의 뒤를 이어 아시아 세 번째 아이언메이든이 되었다.

Level 2는 Level 1을 취득한 지 7개월 만에 도전했다. Level 1보다 조금 더 난도가 높은 상위 기술 지도법을 배운다. Level 2 세미나는 기본기가 입증된 Level 1 취득자들을 대상으로 하기 때문에 세미나 기간이 이틀로 Level 1보다 하루가 적다. 마찬가지로 마지막 날 테스트를 통과해야 한다. 재시험 조건은 Level 1과 같다.

4. CrossFit Level 1

크로스핏을 가르치고자 하는 사람에게 어쩌면 생활스포츠지도사 2급보다 더 기본으로 요구되는 자격증이다. 이틀간 세미나를 진행하며 마지막 날 보는 테스트를 통과해야 한다. 원래는 본사에서 직원이 파견 나와 영어로 세미나를 진행하고 시험지 역시 영어가 기본이었는데 몇 년 전부터 한국인 본사 직원이 생겨서 한국어로 진행한다. 시험지도 한국어로 선택할 수 있다. 코로나로 인해 최근 온라인 코스도 생겼다.

크로스핏 Level 1은 1기부터 현재까지 시험 문제가 변하지 않고 똑같다. 그래서 시험 문제를 유출하는 걸 엄격하게 금지한다. 시험지를 먼저 제출하고 나온 사람들끼리 모여 있는 것도 감독관이 유심히 지켜본다. 결과는 7일 정도 후나 늦어도 2주 안에 나오는데 합격/탈락 여부만 알려주고 뭘 틀렸는지 알려주지 않는다. 그 때문에 한번 탈락하면 계속 탈락하게 되는 악순환의 고리에 빠지기 쉽다. 가능하면 집중해서 한 번에 따도록 하자.

5. 생활스포츠지도사 2급

아직 예전 이름인 생활체육지도자, 줄여서 '생체'로 더 익숙한 자격증이다. 국가 공인 자격증으로 국민체육공단에서 시행하며 비 체육 전공자들도 응시할 수 있다. 57개의 운동 종목 중 하나를 선택해 지원하는데 일반 트레이너들의 경우 대개 보디빌딩을 선택한다. 효력이 평생 가는 국가 공인 자격증인 만큼 가장 취득 과정이 길고 까다롭다(대신 비용은 가장 저렴하다). '필기-실기/구술-연수/현장 실습'을 차례대로 일정 점수 이상 격파해나가야 다음 스테이지로 넘어갈 수 있다는 점에서 어느 정도 게임 같은 느낌을 주기도 한다.

필기는 스포츠 생리학, 스포츠 역학, 스포츠 심리학 등 일곱 과목 중에 다섯 가지를 선택해 응시한다. 한 과목이라도 40점 이하가 나오면 과락이며 전체 평균은 60점을 넘어야 한다. 실기/구술은 시험관 세 명 앞에서 종목과 관련된 동작을 몸으로 시연하고 난 후 랜덤으로 뽑은 질문지 네 개에 대답해야 한다. 실기와 구술 모두 70점 이상이 합격선인데 구술에서는 태도 점수가 20점가량으로 상당히 비중이 높다는 점을 주목해봄 직하다. 혹시 잘 모르는 문제가 나오더라도 자신감 있는 태도와 큰 목소리로 뭐라도 아는 것을 또박또박 말하는 것이 좋다. 아무 말이나 하면 최소 1점이라도 받을 수 있지만 잘 모르겠습니다라고 하는 순간 무조건 탈락이다.

대망의 마지막 단계는 연수/실습이다. 연수 66시간+현장 실습 24시간으로 가장 긴 시간을 투자해야 하기 때문에 미리 스케줄 조절은 필수다. 코로나로 인해 연수는 전면 온라인으로 대체되었으며 이로 인해 출결과 태도 평가가 더 까다로워졌다. 모든 것이 녹화되기 때문에 현장의 융통성이 오히려 사라진 것이다. 배정된 연수원마다 조금씩 상황은 다르지만 거의 15분마다 부르는 랜덤 출석을 놓치거나, 화면에 얼굴 전면이 다 나오지 않거나,

자리를 5분 이상 비우거나, 핸드폰 등 딴짓을 하는 모습이 포착되거나, 배경이 외부거나, 차량이나 도보로 이동 중이면 바로 감점이다. 실제로 연수가 시작된 지 이틀 만에 여기저기서 탈락자가 심심치 않게 나왔다는 소식이 들렸다.

연수가 끝나면 현장에서 트레이너 일을 지도받는 현장 실습이 시작된다. 이건 코로나 시국에도 오프라인으로 진행된다. 나는 K-빨리빨리 경쟁에 밀려 소재지인 서울에서 이역만리 경남대로 배정이 되었기 때문에 개인적으로 근처 지인의 체육관을 섭외했다. 현장 실습 개인 섭외가 가능한 연수원이 있고 아닌 곳이 있어서 미리 잘 알아보고 신청해야 한다. 지도자 입장에서 현장 실습을 해줘서 얻는 이득은 거의 없고 귀찮은 일은 많다. 요건에 맞는 체육관을 운영하는 지인이 없다면 섭외하기가 몹시 힘들 것이다.

현장 실습이 끝나면 각종 보고서와 함께 리포트를 제출한다. 심사에 통과하면 마침내 최종 합격이다. 모든 것을 다 이겨내고서도 마지막에 서류 한 장을 깜박해서 연수가 무효화되는 케이스도 많다. 다음 해에 또 시간 낭비하지 않도록 꼼꼼히 체크하고 또 체크하자. 최종 합격은 모든 일정이 끝나고 나서도 한참 후, 몇 개월 후에 발표된다. 4월에 접수를 하고 첫 관문인 필기 시험을 5월에 쳤는데 최종 결과를 12월에 받았으니 실로 대장정이다. 이미 현직에서 일을 하고 있는 사람들을 위해 합격증 배부 한 달쯤 전부터 공식 사이트에서 합격 확인증을 발급받을 수 있다.

자! 이렇게 나의 트레이너 자격 쌓기 대장정이 끝났습니다……! 라고 말하면 좋겠지만 아직 나의 여정은 계속되는 중이다. 이 이후로도 관절 가동범위에 관련한 자격증 3종과 신경계 출력에 관여하는 훈련법 자격증을 취득했다. 그리고 자격증이 나오지 않는 더 많은 세미나와 교육에도 참석했다. 운동이라는 분야는 알면 알수록 정체되어 있기가 힘들다. 항상 새로운 이론과 방법론이 쏟아지며 이 정보들을 적절히 감별해 수용하는 것부터가 나의 일차적 능력이 된다. 아무래도 이번 생엔 게으르긴 틀렸다!

피스톨 Pistol 한 다리를 앞으로 쭉 펴고 한 다리로만 완전히 앉았다 일어나는 스쾃.

택티컬 풀 업 Tactical pull up 바에 최소 목젖이 닿아야 하는 기존 풀 업보다 더 높이 올라가는 풀 업.

SHARK

여성분들만 매너로 모십니다

　한창 크로스핏 선수 겸 코치로 일을 할 때는 하루에 수업을 네 개씩 했다. 오전 수업 두 개, 오후 수업 두 개. 6년 정도 변함없는 스케줄로 수업과 운동을 병행하다 어느 순간 무릎 부상을 당했다. 바로 수술을 했지만 경과가 좋지 못했고 여러 가지 사정이 겹쳐 일하던 박스를 그만두게 되었다. 현역일 때는 아무래도 운동 욕심이 더 많았어서 가끔은 수업 시간이 아깝기도 했다. 그러나 무릎 수술 후에는 예전만큼의 운동량을 소화할 수 없으니 수업에 대한 욕구가 더 강해졌다. 사실 체대생 때부터 나의 꿈은 운동

선수가 아닌 운동을 가르치는 사람이었으니까.

소속 체육관이 없는 상태인지라 일단 인스타그램으로 PT를 모집했다. 처음 연락을 주신 분은 이제 막 취미로 풋살을 시작한 여자분이었다. 나와 동갑이었던 걸로 기억한다. 크로스핏은 전혀 해본 적이 없는, 나와는 아무런 접점이 없던 분이어서 어떻게 날 알게 되셨는지 조금은 신기했다. 이분의 운동 목적은 '풋살을 더 잘할 수 있는 몸 만들기'였다. 스포츠를 잘하려면 기초 체력과 근력이 뒷받침되어야 한다는 기본 원리를 잘 알고 계신 현명한 분이었다.

적당한 거리의 헬스장을 대관해서 그분과의 PT를 시작했다. 비非크로스피터 여성의 기초 체력은 정말 놀라운 수준이었다. 박스에서는 여남을 떠나서 버피 10회를 1분 내에 하는 게 사실 그렇게 큰일은 아니다. 하지만 이분은 1분 내에 버피 5회씩 다섯 세트를 하는 것도 대단히 힘겨워하셨다. 크로스핏 와드에 비교하면 어마어마하게 스케일링(레벨 조절)을 한 것인데도 말이다. 생각해보니 체대 시절 시험 삼아 짧게 해본 PT도 대상이 같은 학교 언니, 그러니까 체대생이었다. '아 완전 일반인 여자들의 근력 상태는 이 정도구나'라고 처음으로 체감을 했다.

그래도 PT를 10회 정도 진행하니 꽤 근력이 향상되었다. 직접 내 눈으로 확인해보진 않았지만 풋살 실력에도 눈에 띄게 긍정적인 효과가 있었던 것 같다. 그분의 놀라운 성장을 보고 풋살 동료들이 비결이 뭐냐고 엄청나게 물어봤다고 하니 말이다. 풋살을 하지 않는 친구들 중에도 니가 하는 근력운동 그거 나도 배워보고 싶다는 사람이 많았다고 했다. 그러나 아무래도 일대일 수업이다 보니 비용이 꽤 되는 편이라 실제로 나를 찾아온 사람은 그 많은 사람 중 한 명뿐이었다.

이 무렵 나는 모 댄스 동아리에 속해 있었다(멋있어 보이는 건 뭐든 다 해보고 싶었다). 여자들만 가입할 수 있는 인터넷 커뮤니티에 올라온 모집 글을 보고 찾아갔다. 열 명 정도가 갹출해 회비로 대관료를 내고 강사에게 차비와 밥값 정도를 지불하는 작은 모임이었다. 일주일에 한 번씩 세 시간 정도 힙합과 팝핀을 배우고 췄는데 체력이 달리는 사람들이 많았다. 동아리 사람들이 '하루가 다르게 체력이 점점 약해진다', '여기저기가 아프기 시작해서 춤추기도 힘들다', '나도 운동 배워보고 싶다'는 등의 말을 자주 했다. 주변에 이렇게 근력운동을 시작해보고 싶은 사람이 많은데 일대일 PT가 비싸서 대부분이 체념하는 상황이 너무나 안타까웠다. 그래서 고민 끝에 건대 쪽에 있는 저렴한 에어로빅실을 대관했다. 여덟 명 정도가 금방 모였다.

거기서 매주 토요일마다 모여 운동을 했다. 아마도 이게 샤크 코치 최초의 여성 전용 그룹 운동일 것이다. 샤크짐의 기원이자 원형인 셈이다. 아무것도 없는 빈 공간이라 맨몸으로만 진행하는데도 모두가 너무나 재밌어했다. 그리고 맨몸운동인데도 엄청나게 힘들어했다. 크로스피터들에 비하면 나의 왕 초보 회원들의 근력은 신생아 수준이었다. 그러나 내뿜는 열정과 에너지는 어마어마했다. 수업을 진행하는 나도 그 기운을 받아 기분이 좋아질 정도였다. 하지만 안타깝게도 코로나 사태 발발로 모임이 오래 지속되지는 못했다.

그룹 수업은 못 했지만 개인 PT를 계속하고 있었고 회원도 꽤 늘어서 벌이에 문제는 없었다. 사실 그룹 수업 때는 거의 우정페이 정도로 대관료만 겨우 메꾸는 수준의 비용을 받았으니 냉정하게 말하자면 경제적으로는 별 메리트가 없었다. 그러니 굳이 아쉬워할 이유가 없는데도 내내 아쉬웠다. 에어로빅실에서 느꼈던 그 기분 좋은 활기가 그리웠다. 마침내 내 체육관이 있으면 좋겠다는 마음이 뚜렷이 들었다. 내가 마련한 내 체육관에서 여자들을 모아 마음껏 운동을 가르치고 싶었다.

주식을 하는 건 아니지만 주식을 보듯이 인터넷으로 주야장천 부동산 매물을 살펴봤다. 매일매일 틈만 나면 들여다보니까 3년 정도 만에 여기면 되겠다 싶은 괜찮은 매물을 발견했다. 큼직하거나 번듯한 곳은 아니었다. 나는 간이 작아서 처음부터 빚을 내고 크게 판을 벌이지는 못하는 편이다. 그래서 내 힘으로 해결할 수 있을 만한 곳, 골목길 안쪽 오래된 건물 지하 1층의 연기 연습실로 쓰이던 작은 스튜디오를 계약했다. 지금 PT 하는 회원 수 정도면 월세는 무리 없이 내겠다 싶어 용기가 났다.

계약서에 사인을 하고 체육관의 이름을 뭐로 할까 고민했다. 뭔가 멋지고 휘황찬란한 이름을 갖고 싶었다. 많은 사람들이 혹할 만한 그럴싸한 이름. 그런데 에리카 언니가 아무리 생각해봐도 샤크짐만 한 게 없다고 했다. 제일 간결하고 직관적이라고. 샤크 코치가 가르치는 샤크짐, 확실히 다른 어떤 이름보다 내 공간 같은 느낌이 들었다. 태어나서 처음으로 사업자등록을 하는데 두근거리고 설렜다. 이미 십여 년 전에 법적 성인이 되었지만 이제야 비로소 어른이 된 듯했다. 내 사업장을 가지고 있는 진짜 어른 말이다.

체육관의 위치, 오픈일, 이름 등등 관련된 모든 것들을 오래 고민했지만 내 체육관을 여성 전용으로 한다는 생각에는 한 번도 흔들림이 없었다. 내가 체육관을 한다면 무조건 그리고 당연히 여성 전용이었다. 그간의 짧은 경험으로도 일반 여자들에게 운동, 그중에서도 근력운동을 시작한다는 것 자체가 엄청나게 용기 있는 선택임을 알 수 있었다. 어려운 결심을 한 여자들이 조금 더 쉽게 첫걸음을 뗄 수 있도록 돕고 싶었다. 그들에게는 한없이 높은 근력운동의 문턱을 낮춰주고 싶었다.

그룹 운동이 일대일 PT의 비용적 허들을 낮춰준다면 여성 전용이라는 안정감은 정서적 허들을 낮추는 제1 조건이자 근본적인 전제였다. 일대일 PT의 경우엔 어차피 나와 회원 둘만의 시간과 공간이기 때문에 특별히 외부를 신경 쓸 필요가 없다. 하지만 인원이 많아지면 여자들이 확실히 정서적 지능이 높아서인지, 배려에서 비롯된 염려가 많아졌다. 내가 다른 사람보다 너무 못해서 민폐가 되지 않을까? 라는 걱정을 정말 많이들 했다. 그룹에 나와 체격이 같은, 체력이 비슷한 상황의 여자들만 많다면 그런 걱정을 조금은 덜 수 있을 것 같았다. 누구든 편하게 '나도 한번 해볼까'라는 마음을 먹길 바랐다. 원치 않는 시선으로부터의 자유를 주고 싶기도 했다.

수업 이름을 '스플래쉬'로 정한 것도 그런 생각의 연장선상이었다. "운동이라는 망망대해에서 우리 가볍게 물장구부터 쳐보자!"는 의미였다. 이것도 에리카 언니와 함께 생각해냈다. 스플래쉬의 쉬She로 여성 전용의 의미도 담을 수 있겠다는 건 언니의 아이디어였다. 몇 번의 수업 후 회원들의 후기와 소감에서 가장 많이 반복된 말은 '여자들끼리 있어서 너무 좋다'는 것이었다. 의

도대로 잘 되었구나 하는 안도감이 들었다.

　나를 믿고 찾아와준 사람들에게 고마워서 나도 더 열심히 여성들만을 위한 체육관을 꾸려나갔다. 여성 전용이 아닌 기존 체육관은 덤벨 같은 장비도 5킬로그램 이하를 잘 구비해놓지 않는다. 있어봤자 핑크색의 아주 저렴한 브랜드로 한 세트 정도, 구색 갖추기만 할 뿐이다. 구비된 장비들의 무게도 갭이 크다. 5킬로그램 다음이 7킬로그램, 그다음이 10킬로그램이나 12킬로그램인 식이다. 나는 덤벨을 2킬로그램부터 시작해서 2.5킬로그램, 3킬로그램으로 촘촘하게 여러 세트씩 비치했다. 조금씩 성장해나갈 수 있도록 일종의 브리지 웨이트Bridge weight를 넉넉하게 준비한 것이다.

　어떤 회원은 전에 다니던 체육관에 덤벨이 4킬로그램짜리와 8킬로그램짜리 두 종류밖에 없어서 1년 내내 4킬로그램으로만 운동했다고 했다. 그래서 자기는 평생 4킬로그램이 한계라고 생각했는데 샤크짐에 와서 5킬로그램도 들어보고 6킬로그램도 들어본다고 굉장히 뿌듯해했다. 앞으로도 조금씩 더 들 수 있겠다는 자신감도 생겼다고.

　철봉 같은 경우도 기존 체육관에 설치된 것은 대부분의 여자들에게 너무 높다. 안 그래도 운동 자체가 낯선데 높은 곳에 매달려야 한다는 공포감까지 더해져 운동 초보 여자들이 접근하기가 쉽지 않다. 나는 샤크짐을 찾는 여자들의 평균 키를 고려해 철봉을 설치했다. 너무너무 무서울 줄 알았는데 샤크짐에 와서 태어나서 처음 풀 업을 해본다고 감격하는 사람들이 많았다. 해보니까 욕심이 난다며 시키지 않아도 따로 남아서 스스로 연습하고 가는 사람들도 생겼다.

　샤크짐을 찾은 여자들은 평생 살면서 근력운동은 해볼 생각도 안 해봤는데, 그런 게 내 인생에 있을 거란 상상도 못 해봤는데 해보니까 이렇게 즐거울 수가 없다고 상기된 얼굴로 입을 모아 얘기했다. 수업이 반복되면서 회원들끼리 서로 친해지니까 그간 각자가 여성으로서 겪었던 운동 또는 일상의 고충도 자연스럽게 공유되었다. 비슷한 부분에서 불편함을 느꼈던 사람들이 모이니 관심사도 겹치고 말도 잘 통할 수밖에 없었다. 그때만 해도 여성들의 성적 대상화, 사회적 코르셋 등의 여성 인권 관련 이슈가 지금보다는 덜 공론화되던 때였다.

　남자 친구, 결혼, 아이 얘기만 하는 친구들 사이에서 소외감을 느끼다 샤크짐에서 참아왔던 말, 하고 싶은 말을 토로하는 사람들이 많아졌다. 이곳에서 같은 생각을 가지고 살아가는 다른 여자들을 만나면 답답함도 풀리고 서로 안도하게 되는 모양이었다. 서로 재테크 정보도 나누고 인생 얘기도 하는 모습들을 보며 나도 많이 배웠다. '내가 제대로 하고 있구나. 잘하고 있구나'라는 확신도 갖게 되었다. 여성 전용 체육관은, 정말로 필요한 것이었다.

하루하루 샤크짐이 단순한 체육관을 넘어 여성들을 위한 하나의 플랫폼이 되어간다는 걸 느낀다. 나는 언제나 존재감 있는 스피커가 되고 싶었다. 많은 여자들이 목소리를 낼 수 있는, 그들의 목소리를 하나로 모아 증폭시켜줄 수 있는 그런 스피커가 되고 싶었다. 에리카 언니와 유튜브를 하며, 체육관을 하며, 또 이렇게 책을 쓰며 조금씩 꿈이 실현되어가는 것 같아 매일매일이 새롭게 기쁘다. 앞으로도 나의 신념이, 여자들의 의지가 이끄는 대로 행동할 생각이다. 그 종착역이 어디가 될지, 어떤 풍경이 펼쳐질지 언제나 기대가 된다.

나라면 **여기** 안 다녀

"여기에 내 체육관을 할 거야!" 샤크가 처음으로 현재의 샤크 짐(1호점) 공간을 선보였을 때 나는 말을 잇지 못했다. 한 명은 지나가더라도 두 명이 동시에 오르내리기는 힘겨운 좁고 가파른 계단 밑 지하 공간이었다. 지하 1층이 아닌 '공간'이라고 묘사할 만큼 크지 않은 너비였다. 게다가 중간이 기역 자로 꺾인. 사실은 계단까지 도달하기도 전부터 조금은 심란한 주변이었다.

지하철 4호선 한성대입구역에서 지극히 가깝기는 했지만 그 외에는 그다지 자랑할 만한 입지가 아니지 않나 싶었다. 강남의 조용한 동네에서 한평생을 살고 분당에서 대부분의 직장 생활을 한 나에게는 너무나 낯선, 솔직히 말해 너무나 복잡하고 지저분한 골목 한가운데였다. 차 한 대 지나가면 사이드미러 양쪽 끝이 전봇대에 아슬아슬하게 스칠 것 같은 좁은 뒷골목이었다. 끝자락에는 사시사철 생선을 좌판에 내어놓고 파는, 역시 크지도 않은 구식 시장이 딸려 있었다.

고층 건물 하나 없이 오래된 건물들이 즐비한 골목길에서도 샤크가 고른 건물은 가장 낡은 건물인 것 같았다. 게다가 그 외관이라니. 7080 중년 남성들을 겨냥한 듯한 술집 간판이 1층의 좁은 입구를 다 차지하고 있었다. 맥주 회사에서 납품 계약 체결 기념으로 무료 증정한 걸 그대로 쓴 건지 MAX라는 맥주 브랜드만 못생긴 폰트로 크게 적혀 있는 '누우런' 간판이었다. 근현대사를 배경으로 한 시대극 세트장의 소품이라고 하면 납득이 갈 만했다.

'여기가 맞다고?' 싶은 위치에 숨어 있는 '설마 여긴 아니겠지' 싶은 공간. 그게 바로 태초의 샤크집이었다. 신이 나서 싱글벙글하며 "어때?"라고 묻는 샤크에게 나는 "우와……"라는 대답밖에 할 수 없었다. 절친한 친구가 첫아이를 낳고 처음으로 보여줬는데 그녀의 못생긴 남편만을 쏙 닮아 있어서 도저히 귀엽다는 말이 안 나오는 상황 같았다고 해야 하나. '그래, 이게 너의 아기구나……!'라는 심정으로 나는 간신히 덧붙였다. "그래…… 여기구나!"

　그리고 솔직히 나라면 여기 안 다닐 거라고 생각했다. 세상에 훤하고 널찍하고 깔끔한 체육관이 얼마나 많은데 이게 될까 싶었다. 샤크가 계약하기 전에는 (아마도 가난한)연극배우들이 연습실로 쓰던 곳이라고 했다. 그래서 나름의 방음 처리와 에어컨, 앰프 스피커, 레일 전등 같은 게 다 남아 있었는데도 권리금도 싸고 월세도 말도 안 되게 싸다고 샤크가 자랑을 늘어놓았다. 나는 끄덕끄덕하며 그냥 샤크가 말하는 모든 금액이 그럴 만하다고 생각했다. 합리적이라는 표현조차 과한 것 같았다. 그럴 만하니까 그럴 만하지.

　그런 공간에 바닥을 깔고 나니 한결 낫……긴커녕 더더욱 이게 뭔가 싶었다. 하필 또 주문이 잘못 들어가서 원래 의도한 회색이 아닌 괴상한 하늘색 점박이가 들어와 있었다. 주제에 값도 비싸고 재주문해서 수입하려면 시간이 너무 오래 걸린다고 해서 오픈 일정상 그냥 깔아버렸다. 진짜 구리다고 생각했지만 오배송을 샤크가 더 속상해했기 때문에 오히려 잘됐다고 이게 더 눈에도 밝고 '샤크'집답게 바다 같은 느낌이 연상된다고 마음에도 없는 말로 위로를 건넸다. 내 미의식 잠깐 눈 감아…….

　묘한 바닥이 다 깔리자마자 바로 회원을 모집해서 수업을 여는 샤크의 과감한 추진력에 나는 감탄했다. 아직 변변한 장비도 없는데……. 과연 훌륭한 장사치다 싶었다. 나의 걱정과는 다르게 유튜브가 한창 상승세를 타기 시작한 시점이어서 그런지 굉장히 많은 사람들이 몰려서 더 놀랐다. 파워 랙이나 스테이션 같은 게 하나도 없으니까 실평수 20평이 될까 말까 한 공간에 열 명씩 동시에 운동이 가능했다. 한 시간 후에는 또 다른 열 명이, 다시 한 시간 후에는 또 새로운 열 명이 몰려들어와서 땀을 뻘뻘 흘리고 갔다.

화장실도 샤워실도 구색만 갖춘 이곳이 저 사람들은 아무렇지도 않은가? 신기하게 느껴졌다. 그러다 곧 깨달았다. 저들에게는 그 무엇보다 '여성 전용'이라는 공간이 간절하다는 것을. 그리고 그런 사람들이 굉장히 많다는 것을. 나는 내 공간도 아님에도 부족한 것 많은 샤크짐에 찾아와주는 이들에게 일말의 미안함을 느꼈는데 그들은 오히려 이런 공간을 열어줬다는 이유로 샤크에게 또 덩달아 같이 유튜브를 하는 나에게까지 감사함을 표시했다. 재능 기부도 무료 봉사도 아니고 돈을 받고 운영하는 영업장인데도 말이다.

그 사람들과 섞여서 같이 운동을 하고 끝나고 자주 커피도 마시고 밥도 먹고 그리고 그보다 많은 술을 마시면서 많은 대화를 나누었다. 여기를 찾아오기까지 그들이 겪었던 일들에 대해. 굳이 대화하지 않아도 저절로 느껴지는 많은 감상들도 있었다. 온전히 여성들만이 모이니 비로소 눈에 들어오는 쾌적함과 편안함이 분명 있었다. 잃고 나서야 소중함을 알 듯, 제거되고 나서야 그전까지 남자 위주로 돌아가던 체육관에서 알게 모르게 스며들었던 모종의 불편함과 이따금 느껴지던 불쾌함이 나에게도 선명해진 것이다.

하나둘 장비가 들어오고 샤크짐이 점점 더 제대로 된 체육관으로서의 면모를 갖춰가면서 한 타임에 수용 가능한 인원은 기존의 열 명에서 예닐곱 명 정도로 줄어들 수밖에 없었다. 혼자 모든 수업을 소화하던 샤크도 체력적 한계에 직면했고, 수업 신청에 실패해 운동 기회를 놓친 사람들의 아쉬움의 목소리도 높아졌다. 샤크가 나에게 도움을 요청한 것은 이런 상황에서였다. 유튜브를 통해 나를 보러 찾아오는 사람들도 조금씩 생기기 시작한 시점이었다.

샤크짐에 오는 사람들은 기본적으로 다 초보였지만 그중에서도 왕 초보들을 담당하는 온램프(꺼진 몸에 불을 켠다는 뜻) 수업을 내가 맡아보기로 했다. 내 이름으로 모집해 받은 나의 첫 회원 두 명을 뚜렷이 기억한다. "저희 정말 초보인데 괜찮을까요" 하고 물어오는 그들에게 나는 제가 더 초보 코치여서 죄송하다고 말하고 싶은 심정이었다. 샤크의 거의 모든 수업을 직관(?)해왔고, 따로 코칭 포인트들도 전수받았고, 혼자 내면의 드라이 리허설까지 마쳤지만 데뷔 수업은 긴장 그 자체였다.

그럴 수밖에 없는 게 어떻게 스케줄이 꼬여서 내가 첫 수업을 하던 그 시간에 그 작은 샤크짐에서 샤크도 다른 PT 수업을 진행하게 되었다. 아마도 마음이 안 놓인 샤크가 바꿀 수도 있던 본인의 스케줄을 모른 척 내버려뒀을 가능성이 크다. 심지어 샤크뿐만이 아니었다. 당시 함께 운동을 하던 아는 트레이너 동생도 그때밖에 시간이 안 된다며 구석에서 조용히 본인 운동만 하겠다고 와서 쇠질을 하고 있었다. 아마 그 자식도 내가 어떻게 수업하는지 궁금해서 온 게 아닐지. 다들 눈물 나게 얄미웠다.

유튜브로만 보던 인물을 실제로 만나게 돼서 긴장한 회원 둘과 처음으로 다른 사람에게 운동을 가르쳐보게 돼서 긴장한 나와, 내가 수업을 잘할지 걱정되어 긴장한 샤크와 본인이 흥미진진하게 지켜보고 있는 걸 들킬까 봐 긴장한 트레이너 동생까지 샤크짐엔 숨 막히게 팽팽한 긴장감만이 감돌았다. 심지어 샤크에게 수업을 듣고 있는 PT 회원조차 이쪽의 상황이 더 궁금해서 샤크의 말보다 나에게 더 귀를 기울이고 있다는 게 선명하게 느껴졌다.

그들의 모종의 기대감을 꺾었을지도 모르지만 명확하게 플로가 짜여 있는 수업이었기 때문에 다행스럽게도 큰 문제 없이 수업이 마무리되었다. "네, 오늘은 여기까지 하겠습니다"라고 하자마자 샤크짐에 존재하던 모든 사람이 안도의 한숨을 내쉬는 듯한 환청이 들리는 것 같았다. 물론 거기엔 나의 내적 한숨도 포함되어 있었다. 그럼에도 처음이었기 때문에 복기할수록 아쉽고 부끄러운 순간들이 계속 새롭게 떠올랐다.

두 분 중 한 분은 개인 사정으로 아쉽게 중간에 그만두시고 (마지막 인사할 때 눈물 날 뻔했다!) 한 분은 지금도 샤크짐에 열심히 다니신다. 한번은 그때 얘기를 하면서 처음이라 서툴러서 미안했다고 하니 두 눈을 똥그랗게 뜨고 날 바라보며 이렇게 얘기하셨다. "처음이셨다고요? 전혀 몰랐는데요?" 이제는 나름 짬이 쌓였다고 수업 진행이 꽤 여유로워졌다. 한 수업에 수십 명씩 들어와도 쫄지 않는다. 벌써 헤아리기 어려울 정도로 많은 회원들을 온램프로 키워내고 보니, 이제야 샤크짐의 면모가 새삼 다르게 보인다.

레트로한 무드가 가득한 골목길엔 하나하나 저마다의 스토리가 가득할 고택이 다정하게 늘어서 있고 그 끝엔 숨은 맛집이 가득한 정다운 시장이 있다. 이것저것 추가해서 배부르게 먹어도, 정수리까지 붉어질 만큼 잔뜩 취하게 마셔도 일인당 만 얼마밖에 안 나오는 최고의 가성비 회식 명소가 엎어지면 코앞이다. 봄이면 흩날리는 벚꽃 아래 야외 테이블에 앉아 성북천을 바라보며 쏘주에 부추전을 곁들일 수 있는, 언제나 현금 할인이 가능한 이 동네가 정말 사랑스럽다. 모두 샤크짐으로 오세요!

키운다! 근육도 포부도

이미 여러 번 얘기한 것 같지만 나는 (굳이 덩치에 비교하지 않더라도) 굉장히 소심한 편이다. 그래서 샤크짐 1호점을 내기까지도 꽤 오래 혼자만의 고민의 시간을 보냈다. 떨리는 마음으로 1호점을 오픈할 때, 이게 다른 지점과 구분되는 '1호점'이 될 거란 생각은 전혀 하지 못했다. 그저 최초이자 최후의 유일한 샤크짐이 되겠거니 했다. 소소하게 PT 하고 가끔 그룹 수업도 하는 그 정도의 규모로 말이다.

나 혼자 운영했으면 아마 지금도 그 정도의 소박한 규모를 유지하고 있을 것이다. 샤크짐이 무려 3호점까지 생긴 데는 에리카의 공이 크다. 처음 에리카에게 수업을 도와달라고 했을 때는 솔직히 에리카와 좀 더 접점이 있었으면 좋겠다는 지극히 개인적인 소망이 크게 작용을 했다. 수업을 교대하면서 오며 가며 스치고, 같은 주제로 더 많은 얘기를 하게 되는 것만으로도 좋았다. 그런데 에리카와 일하는 것은 나의 행복지수 향상 이외의 시너지가 있었다.

나와 에리카는 서로 정반대에 가까운 너무나 다른 타입의 사람이다. 단편적으로 MBTI만 봐도 서로 단 한 글자도 겹치지 않는다. 나는 전반적으로 살가운 성격은 절대 못 된다. 낯선 사람 특히 공적인 사유로 만난 사람들에게는 꽤 무뚝뚝한 편이다. 일부러 선을 긋는 건 아니고 그저 어떻게 사적인 대화를 시작할 수 있는지 도무지 알 수가 없기 때문에 어쩔 수 없이 그렇게 된다. 내가 진행하는 수업도 전체적으로 차분하고 진지한 분위기가 유지된다.

하지만 에리카에게는 수업 또한 새로운 사람을 사귀는 하나의 통로였다. 처음 보는 사람에게도 어쩜 그리 친근하게 말을 걸고 재밌게 대화를 이끌어내는지. 처음에 에리카는 초보자들을 대상으로 한 입학 반을 담당했다. 사실 유튜브나 트위터 등을 통해 샤크짐에 찾아온 사람들은 운동도 운동이지만 우리가 실제로는 어떨지 호기심에 방문하는 경우가 많았다. 이들은 호기심이 충족되면 단발성으로 체험을 끝낼 확률이 높았다.

그런데 에리카는 이 사람들의 상당수를 정규 수업으로 끌어왔다. 내가 정확한 정보 전달에 집중한다면 에리카는 운동 자체를 즐기도록 만드는 데 특화되어 있었다. 에리카는 종종 정규 수업에도 참여해서 회원들과 함께 운동을 했다. 에리카가 있으면 수업 분위기가 확연히 살았다. 화기애애 그 자체였다. 나는 회원들과 사적으로 만날 생각을 감히 못 했는데 에리카는 거침없이 먼저 같이 밥 먹자고, 카페 가자고, 술 한잔하자고 사람들을 불러 모았다.

그러니 자연스럽게 샤크짐 내에 커뮤니티가 형성되었다. 에리카가 판을 깔자 사람들이 서로를 더 편안하게 대하고 친해지기 시작했다. 커뮤니티가 커져갈수록 체육관은 더 붐비게 되었다. 그러다 보니 주말에는 아침부터 저녁까지 교대로 쉴 틈 없이 수업을 할 수밖에 없었다. 내가 담당하는 정규 수업 정원은 여섯 명, 에리카가 맡는 초보자 반 정원은 네 명이었는데 정원이 적으니 클래스를 많이 열어야 회원들을 다 받아낼 수 있었다.

우리가 수업을 더 열고 싶어도, 사람들이 더 열어달라고 해도 이제는 체력적 한계로 더 이상은 불가능이었다. 샤크짐은 수요에 비해 공급이 너무 달렸다. 오픈한 지 1년 만에 포화 상태에 다다랐다. 좀 더 넓은 공간에서 더 많은 인원을 수용해야겠다는 생각이 들었다. 내심 샤크짐이 조금만 더 넓었으면 좋겠다 싶은 아쉬움이 있었는데 이제는 진짜로 샤크짐을 넓혀야만 하는 시점이었다.

그동안에도 틈틈이 부동산 정보를 체크하긴 했지만 결심을 하게 되자 보다 적극적으로 새로운 자리를 알아보기 시작했다. 또 부동산 앱을 주식이나 코인 보듯이 걸핏하면 들여다봤다. 이 정도면 나쁘지 않다 싶은 매물이 간간이 있었다. 한 군데는 위치도 1호점과 가깝고 사이즈도 꽤 넉넉했는데 계약 직전 건물주의 반대로 무산됐다. 체육 시설은 사람이 너무 많이 드나들어서 찜찜하다는 이유였다. 코로나 공포가 절정이던 때라 체육 시설에 대한 인식이 전반적으로 별로였다.

다른 한 군데는 가계약까지 갔었는데 서로 원하는 계약 기간이 안 맞아서 결국 파투가 났다. 이제 계약하나 보다! 하고 두근두근했다가 무산되는 일을 연속으로 몇 번 겪고 나자 조금은 시무룩하게 되었다. 다시 마지못해 부동산 앱을 켰다. 그동안은 1호점 권인 한성대와 성신여대 근처만 보다가 그날은 기분 전환도 할 겸 안암역 쪽도 한번 살펴봤다. '체육 시설 우대'라는 설명이 붙은 매물이 있었다!

바로 전날 올라온 싱싱한 매물이었다. 심지어 신축 건물인데도 주변 시세에 비해 말도 안 되게 저렴했다. 당장 에리카를 끌고 실물을 보러 갔다. 설마설마하면서 찾아가보니 세상에, 기대 이상으로 훌륭한 매물이었다. 제일 중요한 건 에리카가 처음으로 고개를 끄덕였다는 점이었다. 그동안 같이 많은 매물을 봤는데 한 번도 시원한 반응을 보인 적이 없던 터였다. 내 맘에 됐다 싶은 곳도 에리카는 항상 시큰둥해했는데 이곳은 확실하게 '아주 좋다'고 평가했다.

그래서 그 자리에서 계약하기로 결정했다. 건물주가 바쁜 사람이라 연락이 닿고 실제로 대면해서 도장을 찍을 때까지 다섯 시간 정도 걸렸는데 그걸 부동산에서 내내 머물면서 기다렸다. 너무 맘에 드는 공간이라 혹시라도 중간에 누가 채가거나 계약이 어그러질까 봐 너무 불안해서였다. 계약서 세부 내용을 조금 고치면서도 시간이 오래 걸렸는데 비로소 모든 과정이 다 끝나고 도장이 찍힌 계약서를 품에 넣으니 그제야 좀 안심이 됐다. 이제 진짜 내 거구나!

그리고 곧바로 다음 고민이 찾아왔다. 이 새로운 공간을 어떻게 활용할지 생각해보지 않은 것이었다. 현재의 1호점을 정리하고 확장 이전할 건지, 두 공간을 동시에 운영할 건지조차 미정이었다. '넓은 샤크짐'을 바라기만 하다가 이제 진짜로 넓은 공간이 생겨버렸으니 이제는 판단을 잘해야 했다. 매물을 고를 때보다 몇 배 더 고민스러웠다. 지금도 잘되고 있는데 잘못된 결정을 해서 모든 것을 그르치게 될까 봐 겁이 났다.

생각을 정리하려고 그간 샤크짐 1호점에서의 일들을 회고해봤다. 그러자 내가 바라는 체육관의 틀이 조금씩 잡혀갔다. 그동안은 운동의 즐거움을 알려주는, 운동이 낯선 이들에게 운동에 대한 진입장벽을 낮춰주는 수업을 주로 해왔다. 당연히 의미가 크고 중요한 일이지만 해보니 이 일의 적임자는 따로 있었다. 바로 에리카였다. 굳이 내가 손을 대지 않아도 될 정도로 에리카는 스스로 에리카만 할 수 있는 수업을 훌륭하게 꾸려나가고 있었다.

내가 더 잘 할 수 있는, 더 해보고 싶은 건 정교하게 고중량을 다루는, 순수한 힘을 탐구하는 수업이었다. 1년간 1호점을 운영해보니 똑같이 운동을 추구하는 와중에도 사람들 각각의 성향은 굉장히 다양했다. 누군가는 바쁜 일상에 지쳐 체육관에서만큼은 심각하지 않게 즐기고 싶어 했고 어떤 사람은 깊고 진지하게 스스로를 계발하고 싶어 했다. 이 사람들이 한 공간, 한 수업에 섞이니까 세세한 요구 사항을 만족시키는 데 한계가 있었다.

그래서 결정했다. 기존의 1호점을 절대적 스트렝스를 키우는 학교 같은 곳으로, 새로운 2호점을 쉽고 즐겁게 스트레스를 해소하며 체력을 키우는 공간으로 나누기로. 결정 후에도 실제로 내부 공간을 구상하고 구현하기까지 수많은 사건들이 있었다.

  마지막에는 인테리어 업자가 마무리를 제대로 하지 않아서 울고 싶을 정도로 곤란했는데 회원들이 발 벗고 나서서 도와주었다. 열댓 명이 기꺼이 아침 일찍부터 나와서 무거운 장비들을 옮기고 바닥을 깔고 청소까지 나눠 했다. 그 고마움은 정말이지 이루 말로 다 할 수 없는 것이었다. 회원들도 그동안 운동해서 키운 힘을 실제로 샤크짐을 더 큰 공간으로 만드는 데 써먹는다는 사실에 굉장히 감개무량해했다. 인테리어 업자가 도중에 일을 내팽개쳐서 막막한 상황이었지만 동시에 가장 뿌듯하고 벅찬 시간이기도 했다. 우여곡절 끝에 2호점을 완성한 후에는 1호점도 새로운 콘셉트에 맞게 대대적인 리모델링에 들어갔다. 이때도 '팀 샤크!'를 외치며 많은 분들이 모여 자기 일처럼 도와주셨다. 얼마나 감사한지…….

  서로 다른 콘셉트의 1호점과 2호점은 성공적이었다. 어느 한쪽만 흥하면 어쩌지 걱정했는데 빠르게 두 지점 다 넉넉히 수업이 차게 되었다. 각 지점의 매력이 다르기 때문에 '두 짐$_{gym}$ 살림' 하는 사람들도 많다. 나는 이 성공의 이유가 서로 방식은 달라도 1호점과 2호점 모두 '여자들이 강해지는 곳'이기 때문이라고 생각한다. 여성 전용 체육관은 꽤 생겨나고 있지만 이 중에 진짜 여자를 강하게 만드는 체육관은 손에 꼽는다. 대부분은 여자를 '예뻐지게' 하는 게 목표다. 하지만 샤크짐은 최소한 사회가 얘기하는 여성스러움에는 관심이 없다.

회원들은 2호점 오픈을 축하하는 자리에서 벌써 3호점은 언제 오픈하냐고 눈을 빛내며 물었다. 나는 1호점을 준비하면서 2호점을 하게 되리라곤 꿈에도 생각지 못했다. 이제는 '그래. 까짓것 3호점, 4호점 못 할 건 또 뭐야'라는 자신감이 든다. 강해지러 찾아오는 여자들이 점점 더 많아졌으면 한다. 회원들의 근육이 커지는 동안 나도 확실히 샤크짐에서 포부가 커졌다. 여자들끼리 모이면 세질 일밖에 없다니까!

가정교육? 잘 받았는데

꽤 유교적인 가풍을 지닌 우리 집은 은근히 사농공상의 귀천을 따지는 편이다. 조상 중 누군가가 임진왜란 직후 혼란스러운 틈을 타 어느 양반의 족보를 구입한 건 아닐지 진실은 알 수 없는 일이지만, 외가와 친가 모두 양반 집안이라는 전근대적인 자부심이 있다. 그에 맞게 후손들도 대부분 당연히 공부에 전념하다가 그에 걸맞은 직업을 가졌다. 양쪽 다 교직에 몸담은 사람이 꽤 되고 반대로 사업을 하는 사람은 한 명도 없다. 아, 사업을 하다 망한 사람은 딱 한 명 있다. (큰아빠 사랑해요!)

돈에 관련해서는 무심한 척 점잔을 빼는 것을 암묵적인 미덕으로 여겼는데 사실은 유전적으로 공부 머리를 조금 타고난 대신 사업 감각이란 전무하기 때문에 더욱 그런 스탠스를 밀고 나간 것이 아닌가 싶기도 하다. 사업이 썩 좋지 않게 마무리됐던 그 한 명도 현재 교사였던 배우자의 연금으로 편안한 노후를 보내기 때문에 '자기 사업을 하는 건 위험해. 안정적인 게 최고다'라는 편견이 더욱 강화된 면도 없지 않으리라. (큰아빠 곧 찾아뵐게요!)

그런 분위기에서 자라 역시 평범하게 회사를 다니던 나에게 샤크는 나와는 다른 세계 사람처럼 느껴졌다. 샤크는 타고난 사업가였다. 더 크게 벌 수 있는 능력이 있는데 굳이 다른 사람을 위해 일하면서 그보다 적은 돈을 받는 건 바보짓이라고 했다. 그것이 허황된 말이 아니었던 게 샤크는 실제로 그렇게 살고 있었다. 한 번도 멈추지 않고 꾸준히 본인의 역량을 키웠고 때가 되었다 싶으니 거침없이 본인을 자기 사업장의 대표로 만들었다.

스스로는 간이 작고 소심하다고 하지만 내가 볼 때 샤크는 언제가 적기인지를 알고 항상 준비하는 야망가였다. 그리고 기회가 오면 절대로 놓치지 않는 행동가이기도 했다. 이거 안 될 거 같은데 싶었던 1호점을 열자마자 보란 듯이 성공시키고 어느 순간 나까지 자신의 동료로 만들어놨다. 나도 샤크와 일하며 사회인이 된 이래 가장 많은 돈을 만져봤다. 그래서 샤크가 2호점 얘기를 꺼냈을 때 의심 없이 '그럴 때가 됐구나'라고 생각했다. 샤크가 해야 한다고 하면 해야 되는 시간인 것이다.

과연 샤크는 보석 같은 장소를 잘도 발굴해냈다. 무지렁이인 내가 봐도 대박인 곳이었다. 계약을 하고 운영 방식과 그에 따른 공간 구성에 대해 샤크와 많은 대화를 했다. 주로 소크라테스 문답법으로 샤크가 자문자답을 하면 나는 사이사이에 비생산적인 헛소리를 추임새처럼 끼워넣는 형식이었다. "2호점 최대 동시 수용 인원은 스무 명 정도로 잡을까? 어떻게 생각해?"라고 물으면 "우와 사람 바글바글하면 진짜 신나겠다!"라고 박수를 치며 좋아했다. 샤크는 이런 나를 물끄러미 바라보다가 2호점 대표직을 나에게 맡기겠다고 말했다. 무슨 생각이었을까?

2호점 공사를 맡길 인테리어 업자도 샤크가 구했다. 지인이 근무하는 곳 포함, 크로스핏 박스 세 곳을 작업해본 사람이었다. 일당이 저렴한 만큼 딱 그 정도만 일한다는 평도 있었지만 세 군데 모두 특별한 불만 사항이나 심각한 문제는 없다는 후기를 듣고 믿어보기로 했다. 40대 중반의 남자였는데 다소 과하게 자신만만해 보였다. 의외로 사람 볼 때는 순진한 구석이 있는 샤크는 괜찮은 사람 구한 것 같다고 좋아했다. 하지만 나로서는 글쎄? 싶은 인상이었다.

그 나이대 아저씨들의 행동 양식은 좀 빤한 데가 있고 나는 마음만 먹으면 누구에게건 니즈에 따라 비위를 잘 맞춰줄 수 있는 악마의 재능이 있어서 주로 내가 그 업자와의 커뮤니케이션을 담당했다. 처음에는 과연 크로스핏 박스를 세 번이나 작업해본 짬이 있구나 싶었다. 정확하게 출퇴근 보고를 하고 자재 등의 영수증도 정직하게 첨부했다. 샤크가 부동산 잘 보는 눈으로 사람도 잘 골랐나 싶기도 했다. 딱 일주일까지만.

맨 처음 그가 호언장담한 공사 완료 기간은 2주였다. 그보다도 더 빨리 끝낼 수도 있다고 했다. 하지만 조금씩 현장 출근 시간이 늦어지기 시작하더니 언젠가부터는 언제 온다 간다 말도 없어졌다. 가오픈 예정일까지 일주일도 안 남았는데 딱 보기에도 공사는 반도 안 되어 있었다. 샤크와 나는 현장에 방문하기 전에 항상 곧 가보겠다고 미리 연락을 했는데 하루는 뭔가 기분이 싸해서 불시에 찾아가봤다. 한창 공사가 진행 중이어야 하는 현장은 개미 새끼 한 마리 없이 텅 비어 있었다.

그는 그 이후로도 여러 가지 다채롭지만 진부한 핑계를 댔다. 오다가 차 사고가 났다, 어디 어디를 다쳐서 병원에 갔다 등등. 어렸을 때 내 눈높이 선생님이 나의 숙제가 감쪽같이 사라져버린 이유를 들을 때 이런 느낌이었을까. 나는 깊은 카르마를 느꼈다.

이미 가오픈날 수업 일정을 잡고 수업료도 받아놨기 때문에 샤크와 나는 부처의 마음가짐을 지닐 수 없었다. 가장 중요한 바닥 공사가 있기 전날 밤, 샤크는 내일은 꼭 약속한 시간에 나와달라고 그에게 카톡을 보냈다. 그는 버럭 호통을 쳤다. 경우 없이 늦은 시간에 연락을 한다는 것이었다.

어쩔 줄 몰라 하는 샤크 대신 내가 그를 상대했다. 일단 그동안 우리가 참아왔던 그의 경우 없음에 대해서 간략히 브리핑을 했다. 그중에는 당신은 새벽 1시에도 당신의 개 사진 수십 장을 귀엽다며 보내지 않았었냐는 지극한 팩트도 담겨 있었다. 최대한 정중한 어조로 전달했건만 그는 그것을 아주 간단하고 간결하게 받아쳤다. "야!" 놀라움을 표시하는 감탄사일까 잠시 생각했다. "이게 어디서 버릇없이! 가정교육 못 받았냐?!"

웃음이 나올 정도로 1차원적인 반응이었다. 그는 마지막 남은 한 조각의 K-권위, '나이'밖에 휘두를 무기가 없을 정도로 할 말이 없던 것이었다. 그가 먼저 존대가 없는 미국식 화법을 구사했으므로 나도 그 이후로는 같은 양식으로 대해줬다. 그에게는 자식같이 아끼는 개가 있었기 때문에 너는 개의 가족과 같다는 식의 덕담도 해줬던 것 같다. 그리고 그 개가 오매불망 기다리는 따뜻한 집으로 즉시 돌아가보는 것이 좋겠다고(오해하지 마시라. 나는 인간보다 동물을 더 사랑하는 동물애호가다).

이 모든 소통을 지켜보던 샤크는 울었다. 하지만 인생지사 새옹지마, 천사 같은 회원들의 도움으로 2호점은 무사히 바닥 공사까지 마무리하고 예정일에 맞게 첫 수업을 개시할 수 있었다. 전날 밤에 뜬금없이 내일 혹시 시간 되냐고 카톡을 보내고 아침에 오자마자 목장갑부터 나눠주었는데도 회원들은 즐거워하며, 이건 무슨 와드냐고 농담도 하면서 조립, 분해, 청소 등을 신속하게 분담했다. '내가 사랑하는 내 체육관이 내 보탬으로 성공해서 더 크게 2호점을 낸다! 그 2호점을 내 손으로 만들어간다!'는 사실에 다들 무척 흐뭇한 듯 보였다. 여자들이 여자들만의 공간을 새롭게 탄생시켜 나가는 걸 지켜보는 건 여자들이 강해지는 걸 지켜보는 것만큼이나 눈물겹게 감동스러운 순간이었다.

상황이 진정되자 문득 인테리어 업자의 돌발 행동에 의문이 들었다. 왜 그랬을까? 물론 근본적인 원인은 그가 개자식이기 때문이지만 그는 나름 박스 세 곳의 레퍼런스 콜을 통과한 사람이었다. 그러니까 그가 그렇게 불성실하고 돼먹지 못하게 군 사람은 오직 우리뿐이었다.

이유는 하나였다. 샤크와 내가 둘 다 젊은 여자였기 때문이었다. 나는 비슷한 상황을 이미 몇 번 겪어봤다. 이사 같은 걸 할 때, 나 혼자 있는 날과 옆에 장년 이상의 남성이 있는 날, 인부들은 티가 나게 태도가 달라졌다. 그 태도 변화를 감추려고도 하지 않았다. 그건 나의 나이와는 또 상관이 없었다. 내가 몇 살이건 상관없이 그들은 내가 아닌 내 옆 남자의 눈치를 봤다. 진짜 고용주가 나였을 때도. 사실 특정 직업군만이 공유하는 사고방식은 아닐 것이다. 단지 그들이 사회적 체면에 느슨해 그 발상을 더 거침없이 드러낼 뿐이지.

인테리어 업자와의 에피소드를 겪고 나자 다시 한번 '여성 전용' 공간이 갖는 의미와 중요성을 실감하게 되었다. 잊을 만하면 다시 한번 여성들이 한국 사회에서 갖는 사회적 입지의 현주소를 자각하게 되는 일이 생긴다. 더 좋은 방향으로 나아가야겠다고 다짐하게 만들어주니 어찌 보면 향상심을 자극하는 이 나라가 좋은 사회라 할 수도 있겠다. 도무지 방심할 틈을 안 준다니까.

이따금 불어펜으로 불어서 그랬나 싶게 삐뚤빼뚤한 채로 여전히 남아 있는 페인트 라인이나 안에 이물질을 품은 채로 서글프게 울고 있는 시트지의 한 귀퉁이를 볼 때 은은하게 그 인테리어 업자를 회고하게 된다. 그리고 타이트하게 정신을 다잡는다. 나는 2호점에서 더 많은 여자들을 강하게 길러낼 것이다. 누구에게도 지지 않는 심신이 강력한 여자들을. 김 사장, 계속 그렇게 살면서 기다려봐. 이제 당신의 가정교육 여부를 물어볼 그녀들을 어디서든 마주치게 될 거야.

운동하는 여자들에게

2021년 도쿄 올림픽은 여러모로 이야깃거리가 많은 행사였다. 코로나 바이러스 창궐로 개최 자체가 불투명했다가 결국 1년이 미뤄져 5년 만에 열린 유일한 올림픽이 되었다. 그럼에도 사태가 나아지지 않아 모든 경기를 사상 최초로 무관중으로 치렀고 자연히 사상 최고의 적자를 냈으며 골판지 침대나 스펀지 매트리스, 부실한 식사 등 사상 최악의 선수촌 운영 수준으로도 입방아에 오르내렸다. 그러나 이런 기이한 기록들을 차치하더라도 도쿄 올림픽은 한국 여성으로서 분명 기념할 만한 이벤트다. 2021년, 대한민국 여자 국가대표 선수들은 단연코 그 어느 해의 올림픽보다 뜨거운 관심을 받았다.

훈련 과정부터 경기, 대회 식순에 이르기까지 여자 선수들은 오랫동안 2부 리그처럼 취급되어왔다. 메인 이벤트는 언제나 남자가 차지한다. 올림픽의 폐막식은 남자 마라톤 1등에게 금메달을 수여하는 것으로 시작된다. 남자에게만. 이것이 '전통적'인 올림픽 폐막식의 하이라이트다. 도쿄 올림픽에서 그나마 최초로 여자 마라톤과 공동으로 금메달을 수여했다. 무려 근대 올림픽 창시 후 126년 만의 일이다.

전 세계인들의 축제라는 올림픽에서도 여자들에 대한 공식적인 대우가 이랬다. 마치 여자는 완전한 하나의 인간이 아닌 0.7 정도에 그치는 인간인 것처럼. 올림픽의 이런 태도는 당연한 구석도 있다. 근대 올림픽의 창시자 쿠베르탱부터 여자들이 운동하는 건 부적절하고 추하며 상스럽다 했으니 말이다. 그는 올림픽이 남성을 위한 것이라고, 스포츠에서 여자의 존재는 승리한 남성에게 환호와 열광을 보내는 보상에 그친다고 확실하게 못 박았다.

스포츠계의 이런 유서 깊은 여성 혐오 역사에서 여자 선수들의 경기는 (예술성을 평가하는 피겨스케이팅이나 리듬체조 등을 제외하고는)종목을 막론하고 오랫동안 부경기나 들러리 경기 또는 이벤트 경기 같은 대우를 받았다. 부족한 지원 아래 어쩌다 성과를 올리면 잠깐 언급되고 오래 잊혔다. 금메달 정도 따지 않고서는 기사 한 줄 나기 힘들었다. 심지어 금메달을 땄어도 그 순간에만 반짝 오! 했다가 금세 관심을 거두었다. 사소하게는 예능 프로에서조차 여자 선수들 섭외는 꾸준하지 못했다. 2002년 월드컵 남자 국가대표들이 아직도 국위선양의 영웅으로 TV 프로그램마다 얼굴을 비치는 것과는 분명히 대비된다.

그러나 2021년 열린 서른두 번째 올림픽에서는 분위기가 조금 달랐다. 양궁, 유도, 태권도, 마라톤 등 다양한 종목에 출전한 한국대표 여자 선수들에게 국민적 지지와 관심이 모였다. 그건 그들의 미모나 패션, 최종 성적 때문이 아니었다. (서른 몇 년을 살아오며) 체감상 처음으로 여자 선수들의 외모보다 그들이 고된 훈련을 이겨내고 국가의 대표로서 출전했다는 사실이 더 크게 평가되었다. 사람들은 경기복의 디자인보다 경기에 임한 그들의 최선을 높이 샀다. 주목을 받은 여자 경기 중에서도 가장 뜨거웠던 곳은 단연 배구 코트였다.

한일전 같은 주요 매치가 공중파에 중계되지도 않았지만 여자 배구 4강 경기는 최고 시청률이 무려 34.66퍼센트가 넘었다. 도쿄 올림픽에서 한국 대표팀이 치른 모든 경기를 통틀어 가장 높은 시청률이다. 우리도 그 34.66퍼센트 중의 한 명이었다. 배구 여자 대표팀의 거의 모든 경기를 실시간으로 챙겨 봤고 시간이 여의치 않아 놓치면 트레드밀 위에서 달리면서라도 재방송을 봤다. 심지어 전력 분석을 목적으로 대표팀과 경기가 잡힌 상대 국가의 예전 경기까지 찾아봤으니, 여자 배구에 꽤나 진심이었던 셈이다.

처음엔 몇몇 선수에 대한 팬심에서였고 다음엔 한국인의 DNA에 새겨져 있는 어쩔 수 없는 애국심 때문이었다. 그러나 결국 열정적인 시청과 응원의 근원은 여자 배구 경기 그 자체가 되었다. 다른 이유가 필요 없었다. 그냥 경기가 너무 재밌었다. 파워, 스피드, 전략적인 팀플레이, 뜨거운 우정, 환호와 탄성이 모두 그곳에 있었다. 그들의 승리에 대한 투지, 그것이 그대로 드라마였고 예술이었다. 여자 배구가 이렇게 흥미진진하고 박진감 넘치는 걸, 그전엔 왜 몰랐을까?

20대 중반까지만 해도 배구든 축구든 농구든 여자 경기는 남자 경기에 비해 뭔가 맥이 빠지고 템포가 느려서 재미가 덜하다는 생각을 가지고 있었다. 문제는, 사실 여자 스포츠 경기를 제대로 본 적이 없다는 점이었다. 실제로 경험하지도 않았으면서 꽤

나 확고한 편견을 가지고 있었던 것이다. 우리에게 스며든 고정 관념은 어디에서 왔을까. 어쩌다 TV에 여자 경기가 나오면 "에이 재미없어. 채널 돌려"라고 말하던 아빠? "솔직히 남자 경기가 거칠고 세니까 더 흥미로운 요소가 많지"라고 말하던 남선배? 여자 축구 선수의 경기 모습을 희화화하던 게 개그 18번이던 전 남친? 건강하고 힘센 여동생에게 넌 커서 여자 역도 선수나 하라고 놀리던 교회 오빠?

사실은 그들도 여자 경기를 제대로 본 적이 없을 것이다. '안 봐도 알고 원래 다 아는' 게 그들이 주장하는 남자들의 놀라운 능력이니까. 아무도 본 적 없는 '늘어지고 하품 나오는 여자 경기', '우스꽝스런 여자 경기'는 상상 속에만 존재하는 구전설화처럼 입에서 입으로만 전해지고 있었다. 마치 구미호나 홍콩할매처럼. 그러나 사실은 그렇지 않았다. 그게 도쿄 올림픽에서 조금이나마 밝혀졌다. 그래서 기억할 만한 올림픽이 되었다. 여자 선수들이 비로소 여자가 아닌 선수로 보여진 올림픽으로. 사람들에게 감동을 주는 경기력으로 기억된 올림픽으로.

어느 날은 어쩌다 남자 배구 경기도 보게 되었는데 뭔가 어색하게 느껴졌다. '남자들이 배구를 다 하네?'라는 생각이 들었다. 하도 주야장천 여자 배구 경기만 봤더니 배구는 여자끼리 하는 게 디폴트인 것으로 인식된 것이다. 배구 코트에 여자들만 있는 모습이 익숙해져서 그곳에 여자가 아닌 남자들이 있는 모습이 꽤 이상했다. 남자들은 배구와 안 어울려 보였다. 그래서 경기도 그다지 보고 싶지 않았고 결과가 별로 궁금하지도 않았다. 아마 대부분의 남자들이 여자 경기를 볼 때 이런 느낌일 것이다.

우리가 무의식적으로 배구를 여자들의 것으로 여기게 되기까지 그다지 오랜 시간이 필요하지 않았다. 올림픽 기간은 2주일, 그중에서도 배구 경기가 있었던 건 단 며칠, 그 며칠 중에서도 실제 배구 경기 시간은 길어야 두 시간 남짓이다. 사고의 고착이 생각보다 단시간에 빠르게 일어난 것이다. 한편 남자들은 거의 일평생 남자 경기만 접하며 살아간다. 본인이 그 스포츠에 관심이 있든 없든 상관없다. 모든 언론과 미디어에서 각종 남자 경기의 소식을 줄기차게, 대대적으로 전하니까. 남성들이 남자 경기만을 스포츠로 여기며 여자 경기를 어딘가 좀 어색해하는 건 어찌보면 당연한 결과다.

도쿄 올림픽에서 여자 선수들이 관심의 대상으로 부상한 건 비단 그들 개개인의 역량이 뛰어나서만은 아니다. 그전에 사회적 인식의 변화가 있었다. 상대적으로 낮은 위치에 있는 여성 인권에 대한 문제의식이 대두되었고 고용 차별, 임금 격차, 유리 천장

등 같은 노력과 성취에도 평가절하되기 십상인 여성들의 역량에 대한 재평가를 요구하는 목소리도 높아졌다. 전투부대, 함선, 철도, 각종 기술 분야 등 암묵적으로 금녀의 영역이라 여겨지던 곳도 이제 거의 남아 있지 않다. '여자도 어디든 진출할 수 있다', '여자도 다 해낼 수 있다'는 생각이 현실에서 구현되는 경우가 좀 더 많아졌다.

그 생각이 여자 스포츠, 여자 운동에도 미친 결과가 도쿄 올림픽이었다. 사회적 관심을 반영해 언론들은 여자 경기에 예전보다 좀 더 많은 시간과 지면을 할애했다. 그리고 그렇게 전달된 치열하게 땀 흘리는 여자 선수들의 모습은 다시 여성들에게 큰 울림으로 다가왔다. '여자는 무엇이든 할 수 있다!' 사회 인식이 사회 현상을 이끌기도 하지만 사회 현상이 사회 인식을 바꾸기도 한다. 둘은 상호작용하며 시너지를 낸다. 달라진 사회 분위기로 고취된 여성 스포츠의 위상은 다시 여성들의 향상된 사회적 입지로 돌아올 것이다.

우리는 배구 코트뿐 아니라 축구 필드에, 유도 도장에, 웨이트 존에 여자들이 바글바글해지길 바란다. 그래서 그 공간의 이방인이 아닌 주인공으로 보이길 바란다. '운동하는 여자'가 '밥 먹는 여자'나 '숨 쉬는 여자'처럼 지극히 당연한 조합이 되길 바란다. 쿠베르탱은 틀렸다. 운동은 인간이라면 누구나 할 수 있고, 모두가 해야 하는 것이다. 여자도 인간이기에 여자가 운동하는 것이 특이하거나 어색하게 여겨져선 안 된다. 당연한 것이 더 당연해지도록 우리 같이 운동하자. 운동을 넘어 어디서든 여자의 모습이 익숙해지는 사회를 위해서.

비밀요원 명단

강연재 ♥ 강지연 ♥ 곽기은 ♥ 김도희 ♥ 김민지
김수연 ♥ 김애림 ♥ 김예은 ♥ 김윤지 ♥ 김인숙
김재희 ♥ 김정다운 ♥ 김지수 ♥ 김진희 ♥ 김태훈
김필준 ♥ 김혜현 ♥ 노서연 ♥ 데이지 ♥ 도윤
먼지민 ♥ 모리 ♥ 모윤지 ♥ 미쓰커피 ♥ 민경아
바라다 ♥ 박나영 ♥ 박성아 ♥ 박소연 ♥ 박은영
백윤하 ♥ 변지환 ♥ 서희 ♥ 손은선 ♥ 손정슬
신수아 ♥ 안정진 ♥ 양혜진 ♥ 오은비 ♥ 원재희
유병욱 ♥ 유지현 ♥ 윤량의 ♥ 이동현 ♥ 이미래
이승은 ♥ 이신혜 ♥ 이영주 ♥ 이예울 ♥ 이은화
이지혜 ♥ 임근화 ♥ 임쎄정 ♥ 장우연 ♥ 장혜진
전미선 ♥ 전예솔 ♥ 정다희 ♥ 정송 ♥ 정은영
정혜진 ♥ 조수정 ♥ 조영아 ♥ 조현오 ♥ 진희지니
차평화 ♥ 천민희 ♥ 최슬지 ♥ 최은정 ♥ 최지원
하은혜 ♥ 한성희 ♥ 헤스 ♥ 홍석현 ♥ 홍성나

비밀기지 목록

- **나락서점**
  부산광역시 남구 전포대로110번길 8 지하 1층

- **너의 작업실**
  경기도 고양시 일산동구 일산로380번길 43-11

- **다다르다**
  대전광역시 중구 중교로73번길 6 1층

- **다시서점**
  서울특별시 강서구 방화대로33길 13 1층

- **버찌책방**
  대전광역시 유성구 인근 이동식 책방(인스타그램 참조)

- **북스피리언스**
  서울특별시 마포구 연남로11길 34 지하 1층

- **이랑**
  경기도 고양시 일산서구 일현로 127 가동 2층

- **이후북스**
  서울특별시 마포구 망원로4길 24 2층

- **책방이층**
  대구광역시 중구 달구벌대로393길 48 1층 좌측

- **책방토닥토닥**
  전라북도 전주시 완산구 풍남문2길 53 2층 청년몰

* 이 책은 독립서점을 기반으로 한 위즈덤하우스 사전 독서 모임 'SSA 비밀요원 프로젝트'를 통해 제작되었습니다.

뗴인 근력 찾아드립니다

초판 1쇄 인쇄 2022년 5월 30일 **초판 1쇄 발행** 2022년 6월 9일

지은이 샤크 코치·에리카 코치
펴낸이 이승현

편집2 본부장 박태근
스토리 독자 팀장 김소연
책임 편집 이은정
공동 편집 곽선희 김해지
디자인 김준영

펴낸곳 ㈜위즈덤하우스 **출판등록** 2000년 5월 23일 제13-1071호
주소 서울특별시 마포구 양화로 19 합정오피스빌딩 17층
전화 02) 2179-5600 **홈페이지** www.wisdomhouse.co.kr

ⓒ 샤크 코치·에리카 코치, 2022

ISBN 979-11-6812-338-0 03810